KB266074

얼룩무늬 청춘 6

충주·월드컵 편

얼룩무늬 청춘 6 충주·월드컵 편

발행일	2026년 4월 6일

지은이	조자룡	일러스트	히에누
펴낸이	손형국		
펴낸곳	(주)북랩		

출판등록 2004. 12. 1(제2012-000051호)
주소 　서울특별시 금천구 가산디지털 1로 168, 우림라이온스밸리 B동 B111호, B113~115호
홈페이지 www.book.co.kr
전화번호 (02)2026-5777　　　　　　　　　　　　　팩스 　(02)3159-9637

ISBN 　979-11-7598-205-5 04810 (종이책)　　　　979-11-7598-206-2 05810 (전자책)
　　　　979-11-6836-417-2 04810 (세트)

작가 연락처 문의 ▶ ask.book.co.kr
전용 게시판에 문의를 남기시면 저자에게 직접 전달됩니다.

(주)북랩 성공출판의 파트너
북랩 홈페이지와 SNS에서 다양한 출판 솔루션을 만나 보세요!
홈페이지 book.co.kr　　•　**블로그** blog.naver.com/essaybook　　•　**출판문의** text@book.co.kr
카톡채널 북랩

조자룡 자전에세이 ❻

얼룩무늬 청춘 6

충주·월드컵 편

북랩

아, 2002년!
황홀했던 감격시대

8년 근무한 공군 본부에서 탈출은 쉽지 않았다. 국내 최초 대형 정보 체계 구축이라는 사명감으로 열정을 불살랐으나, 성과는 신통치 않았고 근무 기간은 연장되었다. 보람 있었으나 고뇌와 번민의 연속이었다.

계룡대 근무 기간은 업무적으로는 바쁘고 힘든 시절이었으나 가정에서는 행복하였다. 아내를 만나 결혼하여 보금자리를 틀었고, 운 좋게도 한 부대에서 세 아이를 얻었다. 자주 전속해야 하는 현역 군인으로는 보기 드물게 세 아이는 모두 계룡시가 고향이다. 군인의 자식답게 육·해·공군 본부가 있는 계룡대에서 삶을 출발하였다.

충주 비행단 무장탄약정비대대(武裝彈藥整備大隊)와 항공전자정비대대(航空電子整備大隊) 통제 실장은 입대 이후 처음으로 스스로 원한 부대와 직책이었다. 비행단으로 가는 각오가 남달랐다. 자못 거창한 꿈을 가지고 있을 때다. 나에게 군은 꿈을 이루기 위한 터전이었다. 군에서 경험하고 싶은 직책은 대대장과 전대장 등 지휘관이었다. 지휘관을 통해 인간의 심리를 완전히 파악하여 지휘 통솔의 달인이 되고 싶었다.

통제 실장은 대대 차 선임자다. 실질적으로 대대를 총괄한다. 나에게 통제 실장은 대대장을 위한 실전 연습이었다. 얼마나 열심히 하느냐에 따라서 향후 대대장과 군 생활의 성패가 좌우되리라. 일찍이 누구도 이루지 못한 업적과 경험을 쌓고 싶었다. 탁월함을 넘어서는 위대한 지휘관이 되기 위해서 말이다.

무대(무장탄약정비대대)와 항대(항공전자정비대대)에서 함께 근무했던 전우에게는 어쩌면 악몽이었을지도 모른다. 모든 사람이 최선을 다해 살아가는 인생이지만 심신이 고달플 정도는 아니다. 적당히 일하면서 행복한 자유 시간을 보내기를 원한다. 내가 전우에게 바란 건 최강의 전사로서 최고, 최대의 성과였다. 당연히 과중한 업무로 허덕일 수밖에 없었다.

나와 함께한 통제실이나 대대원은 쉽지 않은 과정이었으나 잘 참고 따랐다. 물론 나는 열 배 더 열심히 일하는 솔선수범을 보였다. 고통을 호소하였으나 소기의 성과를 거두었을 때 뿌듯해 했다. 사람은 거저 얻은 성과보다 스스로 쟁취한 업적에 더 큰 쾌감을 느끼는 법이다. 나의 지나친 업무에 대한 집착을 이해하지 못했으나 공감하고 갈채를 보냈다.

새벽부터 밤늦도록 일에 몰두하는 과정에서 하나가 된 전우와 일찍이 경험하지 못한 경천동지할 충격과 경악, 전율적인 감동을 함께하였다. 그것은 하나의 기적이었다. 2002년을 대한민국에서 보낸 모든 사람이 목격한 그 뜨거운 열정과 불타오르는 붉은 함성은 나를 무아지경(無我之境)으로 내몰았다. 2002 한일월드컵은 꿈(★)은 이루어진다는 기적을 증명하였다. 온 국민이 광기에 휩싸여 열광하는 데 감격하였다.

대한민국의 발전과 영광을 내 손으로 일구고 싶었다. 그 목적은 온 국민이 함께 기뻐하는 모습을 보고 싶다는 일념이었다. 내 힘으로 이룬 건 아니지만 그 최종 목적을 목격하였다. 언제 어떤 일로 온 국민이 그보다 더 열광적으로 기뻐하고 환호하겠는가?

2002년 한 해는 미쳤다. 나만 그런 게 아니라 무대와 항대를 비롯한 충주 비행단 모든 전우, 아니 한민족 전체가 그랬다. 첫 승에 목말라하던 축구의 변방 국가에서 월드컵 우승을 상상하던 순간이 있었다. 질 것 같지 않았다. 당시 최강으로 일컫던 포르투갈, 이탈리아, 스페인을 꺾고 4강에 오를 때는 정말 우승이 가능하리라는 착각에 빠졌다. 4강에서 독일에 1 대 0으로 패하여 꿈은 깨졌으나 그 여운은 쉽게 사그라지지 않았다.

전율적인 행복을 누리던 충주 비행단 통제 실장 2년 대부분을 대대장 선문영 중령과 함께하였다. 선 중령은 내게 행운이었다. 여자는 사랑하는 남자를 위해 화장하고, 남자는 알아주는 사람을 위해 일한다는 말이 있다. 아무리 큰 꿈을 가지고 열정적으로 일하더라도 알아주는 사람이 없다면 흥이 나지 않는 법이다. 선 중령은 나를 신뢰하였다. 아무리 열심히 일해도 힘이 들지 않았다.

대대장의 격려와 칭찬 한 마디는 새로운 일에 과감하게 뛰어들게 하는 촉매제였다.

에너지가 고갈될 정도로 일에 몰두하였으나 이내 회복하였다. 존경하는 상관과 신뢰하는 동료와 사랑하는 부하와 함께하는 사람이 행복하지 않다면 누가 행복하겠는가? 게다가 시대는 감격시대, 한반도가 붉은 함성으로 들썩이던 2002년이다. 내가 살아오면서 느꼈던 가장 강렬한 희열과 감동은 충주에서였다.

내가 부대 일에 전념할 수 있도록 혼자 집안일을 모두 처리한 아내가 고맙다. 나를 무한 신뢰한 대대장 선문영 중령에게 감사한다. 믿고 따라준 동료 장교와 무대 항대 전우가 진심으로 고맙다. 경험하지 못한 감동을 선사한 히딩크 감독과 태극 전사, 붉은 악마와 온 국민에게 감사한다.

이 책은 온 국민이 기쁨에 전율하고 감동에 겨워 울고 웃던 그 시절, 황홀했던 감격 시대에 관한 이야기다. 나에게 감동을 선사한 모든 사람에게 감사드리며, 특히 동고동락했던 대대장 선문영 중령과 충주 비행단 무장탄약정비대대, 항공전자정비대대 전우에게 이 책을 바친다.

2026. 4.

조자풍

22장

2001

충주 가는 길

우여곡절 끝에 어렵게 결정된 비행단 행 전속이다. 공군 병력 대부분이 근무하는 비행단이건만, 비행단으로 가는 길은 쉽지 않았다. 세상만사가 그렇다. 타인의 역경이나 시련은 그저 풍경일 뿐이지만 막상 자신에 주어지면 견디기 어려운 현실이 된다. 남이 다 하는 일이라도 직접 하려면 쉽지 않다. 아무리 사소한 일이라도 자신과 연관되면 큰일이 된다. 이것이 각자 자신의 세계에서 주인공으로 살아가는 자아의 실체다.

충주 비행단 무장탄약정비대대 통제 실장으로 보직이 결정되고 나서 얼마 후 전속 날짜까지 정해졌다. 2001년 1월 8일 월요일이다. 어느 날 옆 사무실 정비처 김 소령에게 전화가 왔다.

"우째 갈 낀데?"

"머를?"

뜬금없는 질문에 어리둥절해서 되물었다.

“내도 충주 간다 아이가, 니랑 보임 일자가 같데…… 충주 어떻게 갈 건지 묻는 기다.”

“아, 그래? 그거 잘됐네. 나는 자가용에 당장 쓸 물건만 간단히 싣고 갈 건데. 뭐가 문젠데?”

짐이 있어서 같은 차로 움직이기는 어려울 테다. 각자 자기 차로 움직이는데 어떻게 갈 거냐는 질문이 얼른 이해가 되지 않았다.

“나는 충주 비행단에 근무한 적도 없고, 가본 적도 없어서 길을 모른다 아이가? 니가 길을 잘 알모 따라갈라칸다.”

“아, 그래서……. 걱정하지 마라. 나는 충주 비행단에 근무한 적은 없어도 탄약 시스템 출장 다니느라 여러 번 가 봤다. 내 차 뒤만 살살 따라오면 될 거다.”

밑도 끝도 없이 물은 이유를 알았다. 정비처에 근무하는 김진곤 소령은 공사 37기로 학군 16기인 나와 동기다. 친하게 지내지는 않았어도 1989년 교육사에서 학군 16기 무장 장교 13명과 사관 37기 정비 장교 13명이 3개월간 매일 축구를 해서 잘 안다. 당시에도 축구를 잘했으나 주력만 엄청나게 빨랐지 발재간이 크게 뛰어나진 않았다. 공군 본부에 함께 근무하면서 김 소령이 얼마나 축구를 잘하는지 알게 되었다. 내가 직접 만나 본 사람 중 가장 축구를 잘하는 사람이었다. 소위로 김해 비행단에 부임한 뒤 매주 조기 축구회에서 실력을 연마했다고 한다.

김 소령의 보직은 정비 관리실장이다. 비행단 군수 분야에서 대대장 다음으로 높은 직위다. 무장탄약정비대대 통제 실장인 내가 대대에서 차 선임자라면 김 소령은 정비 업무로 군수 전대를 지휘하는 정비 과장을 보좌하는 임무다. 정비 관리실장은 소령이지만 지휘관·참모에 포함되지 않아서 비행단 군수 분야 위관 장교 대표로 활동한다. 각 대대 통제 실장을 이끄는 위치다. 내가 너무 늦게 통제 실장에 나가는 바람에 동기급 정비 관리실장과 일하게 된 셈이다.

군은 상명하복 규율이 엄격한 사회다. 위계질서를 지키기 위하여 업무상 상·하급자가 계급이나 기수가 같거나 역전되는 걸 피한다. 계급이 높더라도 선배가 부하로 있으면 지휘 통제가 껄끄러울 수밖에 없다. 동기도 마찬가지다. 명령과 지시에 탐탁하지 않게 여기기라도 하는 날이면 상황 정리가 복잡하다. 마음의 부담은 서로 마찬가지다. 나로서는 부득이하였으나, 김 소령에게 부담을 준 것 같아 미안했다.

김 소령이 내게 전화한 건 앞날에 대한 계산도 깔린 듯하다. 나중에 업무로 부딪히지 않기 위하여 사전에 좋은 관계를 맺으려는 뜻도 있어 보였다. 그건 내가 더 바라는 바다. 아무리 열심히 일하고 상관에게 충성을 다해도 인정받지 못한다면 말짱 도루묵이다. 대대에서 충분히 성과를 내더라도 상위 부서인 정비과에서 인정하지 않는다면 무의미하다. 정비관리실장 비위를 맞추기 위해서 따로 노력이라도 해야 할 판에 먼저 다가온 김 소령이 고마웠다.

2001년 1월 7일 일요일, 나는 당장 쓸 간단한 세간살이를 챙겨서 빨간 프라이드에 싣고 충주로 출발하였다. 내비게이션이 없을 때다. 찾아가는 길은 지도를 보고 숙지한 지식과 도로 이정표가 전부다. 아무리 아는 길이라도 편안하지 않다. 고속도로 진·출입로를 착각하거나 갈림길에서 잘못 선택하면 예정보다 시간이 늦어진다. 당시에는 그런 일이 비일비재했다.

계룡에서 충주까지는 한 시간 반 거리다. 시간상으로는 도착해야 하는데 비행단 입구나 이정표가 보이지 않았다. 마음속에 불안이 쌓이고 차츰 초조해지는 찰나 핸드폰 벨 소리가 울렸다.

"지나간 거 아이가? 도착할 시간 지났는데?"

뒤따라오던 김 소령이었다. 내비게이션은 없었으나, 다행히 2000년에 유행하기 시작한 핸드폰을 가지고 있었다. 길을 안다고 자신 있게 나선 나를 따라오고 있었으나 예상외로 시간이 길어지자 의구심이 든 게다.

"그러게……. 도착할 시간이 되었는데 도시 안 보이네. 내 기억이 잘못됐나?"

"잘 안다며? 우째, 돌아가?"

나는 충주 비행단뿐만 아니라 공군 전 기지를 순회하였다. 탄약 시스템 개발 업무 8년간 가보지 않은 부대가 없다. 특히 비행단은 수십 차례씩 드나들었던 터다. 문제는 너무 많이 다니다 보니 비행단을 혼동하기 쉬웠다. 공군 비행단 정문 입구는 분위기가 비슷하다. 대체로 탁 트인 4차로에 아름다운 가로수가 서 있다. 나는 커다란 메타세쿼이아를 떠올렸다. 그게 착오였다. 메타세쿼이아가 늘어선 부대는 청주 비행장이고, 충주 비행단 가로수는 사과나무였다. 그러니 정문 앞을 지나쳐도 모른 게다.

"그래, 아무래도 돌아가야 할 것 같아. 유턴하자."

나는 적이 자신이 없어서 김 소령의 말에 따랐다. 어차피 확실치 않은 바에야 독박보다는 공동 책임이 낫다. 김 소령의 판단은 정확했다. 유턴해서 5킬로미터 정도를 지나자 비행단 정문이 눈에 띄었다.

비행단 가는 길은 쉽지 않았다. 공군 본부를 탈출해서 비행단으로 가는 전속 자체가 험로였으나 실제로 찾아가는 길도 만만치 않았다. 정문을 찾지 못해 헤맨 끝에 겨우 도착하였다. 나는 원래 길치다. 몇 번 갔던 길도 찾아가지 못한다. 도상 훈련을 통해서 어찌어찌 찾아가지만, 다음에 갈 때는 또 공부해야 한다.

돌이켜보니 과대망상으로 꿈속에서 산 내 탓이다. 인류 역사와 대한민국의 번영과 영광에만 관심 있었지 현실에는 어리숙하였다. 이상과 현실은 다르다. 사람은 종종 상상 속을 거닐지만 사는 건 늘 현실이다. 그럭저럭 무사히 도착했으나 비행단 생활은 수월할 것인가? 내 상상과 현실의 괴리를 좁혀 연착륙할 수 있을 것인가?

Sun Moon Young

부임할 무장탄약정비대대의 대대장은 선문영 소령이다. 선문영 소령을 알게 된 건 오래전 일이다. 1988년 대학교 4학년 여름, 마지막 병영 훈련 때였다. 병영 훈련은 거의 모두 실습이다. 이론 교육은 학군단에서 이미 마친 터다. 대학교에서 할 수 없는 실사격이나 유격 훈련 등을 주로 한다. 선문영 소령을 처음 알게 된 날은 우천으로 야외 활동이 불가능해서 강의실에서 실내 교육을 한 날이다.

'SUN MOON YOUNG'

중위 계급장을 단 교관이 검은 선글라스를 쓰고 강의실에 들어서자마자 칠판에 큼지막하게 쓴 글자다. 우리는 서로 얼굴을 마주보며 어리둥절하였다.

"이게 뭐야? 태양과 달과 젊음?"

"젊은 태양과 달?"

교관의 의도를 알 수 없는 우리 학군 장교 후보생은 머리를 갸웃

거리며 술렁였다. 영어에는 젬뱅인데 설마 외국인 교관?

나는 정말 영어는 꽝이었다. 어려서 가치관이 민족주의와 국수주의에 빠졌던 터라 영어 교육에 거부감을 가졌다. 중학교 1학년 때 첫 영어 시간이었다. 영어 수업이 시작되기 전에 나는 칠판에 큼지막하게 써 놨다.

"영어를 배우지 말자!"

"국어를 사랑하자!"

당시 영어 선생은 젊은 여교사였다. 칠판에 써 놓은 글을 지우며 말했다.

"영어가 낯설고 배우기 쉽지 않을 거야. 그래도 미국이 주도하는 현대 사회에서 영어를 모르고는 경쟁이 쉽지 않아. 이건 좋고 싫음의 선택 사항이 아니라 그냥 필수다. 너희가 영어를 싫어해도 어쩔 수 없이 써야 하는 필수 요소야. 마음을 열고 열심히 공부하면 나중에 도움이 될 거다."

의외로 칠판에 글을 쓴 사람을 확인하지도 않았고, 추궁도 없었다. 지금 생각해 보니 백 번 천 번 옳은 말이다. 영어 선생의 말을 귀담아듣고 순순히 따라야 했다. 나는 그리 호락호락하지 않았다. 나는 우리 조상과 역사가 부끄럽지 않았으나 자랑스럽지도 않았다. 정체성을 지켜온 것은 자랑할 만한 일이나 그 과정이 너무 굴욕적이었다.

우리나라 역사는 수난의 연속이다. 역사상 가장 거대한 중국이라는 나라 옆에 위치해서 맞은 숙명이다. 우리나라는 단군 이래

단 한 번도 세상을 지배하거나 문화적으로 선도하지 못했다. 그 점이 마음에 들지 않았다. 재레드 다이아몬드의 『총·균·쇠』나 유발 하라리의 『사피엔스』를 읽었다면 그런 오해는 없었으리라. 『총·균·쇠』나 『사피엔스』는 최근에 유행한 책이다. 1979년에는 그 비슷한 책도 없었다.

사실 역사에서 주도한 민족이나 나라는 신체나 정신이 우월해서가 아니다. 지정학적으로 많은 사람이 모여 살거나 이동하는 길목에 있어서 인간의 발견이나 발명을 쉽게 공유해서다. 몇몇 천재의 힘이 아니라 수많은 사람의 집단 지성이 만들어낸 문화요, 문명이다. 먼저 문명을 일궜다고 해서 이집트인이나 이라크인 혹은 인도인이나 중국인이 우수하다는 증거는 없다. 환경에 적응하여 거대한 집단을 이루었고, 필요에 따라서 문자와 제도가 먼저 만들어진 것뿐이다.

세상을 정복하여 대제국을 건설한 나라나 민족은 자연재해에 따른 굶주림을 극복하기 위한 어쩔 수 없는 이동이나, 이웃 나라와 생존 공간을 확보하기 위한 처절한 투쟁이나, 세상을 지배하겠다는 지도자의 허영이 만들어낸 괴물일 뿐이다.

그건 세상을 이해하게 된 지금이나 아는 사실이다. 나는 우리나라가 4대 문명을 일구지 못하고 알렉산더나 카이사르나 칭기즈칸 같은 영웅이 없다는 데 부끄러웠다. 우리나라에서 정복 군주로 칭송하는 광개토대왕은 당시 세상 전부가 아니라, 열에 하나도 안 되는 만주를 정복했을 뿐이다. 로마나 몽골 제국과는 도저히 비교할 수 없는 수준이다.

현재 대한민국이 약소국가는 아니다. 인구 5천만 명이 넘는 나라는 그렇게 많지 않다. 그러나 우리나라는 항상 약소국이었다. 역사상 가장 거대한 나라 중국 옆에 붙어 있어서다. 심지어 섬나라 왜구라고 괄시하던 일본마저 규모에서는 한반도의 두 배다. 주변에 우리나라보다 작거나 약한 나라가 없다. 그러니 늘 약소국가 신세였고, 국제 정세의 변화에 따라 침략을 받는 것이 일상이었다.

백성을 착취하여 영화를 누린 지도자나 기득권자는 평시에만 지배자였다. 외부의 침략에 대항하여 목숨 바쳐 나라를 지킨 건 언제나 괄시받던 서민이나 천민이었다. 탁 트인 평원이 없고 올망졸망 산과 골짜기로 이루어진 척박한 땅이라서 정복의 유인이 없었던 것도 원인이었으나, 현재 한민족의 정체성을 지킨 건 가족과 둥지를 지키려는 하층민의 생존 본능에 힘입은 바 크다.

백성 위에 군림하던 지배층의 주된 관심사는 가문의 생존과 번영이었다. 가장 좋은 방법은 강자와 맞서 싸우고 백성을 보호하는 정의로운 삶이 아니라, 백성을 수탈하여 강자에게 뇌물로 바치는 것이었다. 그래서 일제가 조선을 합병할 때까지 대한민국 역사의 주류 문화는 사대주의, 모화사상이다. 우리나라를 제외한 당시 모든 세상이던 한·수·당·송·원·명·청이라는 중국에 굴복하고 사대하는 방식으로 살아남았다.

어쩔 수 없는 시대 상황이라고 하더라도 우리나라는 정도가 좀 심했다. 정치만 그런 게 아니다. 삼국시대 중국으로부터 전해진 불교는 곧 국교가 되었고, 송나라에서 전해진 주자학은 조선의 지배 종교 혹은 학문이 되었다. 중국이 몰락하고 서구 세력이 등장하자 종교는 기독교로 빠르게 바뀌었다.

다윈에 따르면 인간의 진화는 발전이 아니라 적응이다. 변화하는 환경에 적응하는 개체나 종만이 살아남는다는 게 적자생존이다. 역사를 돌아보면 우리 민족의 생존 방식이 어쩔 수 없었다고 생각한다. 강자에 빌붙어야 살아남는다면 그렇게 하지 않을 사람이 누가 있겠는가? 그래도 마음 한구석으로는 썩 유쾌하지 않고 찜찜하였다.

지렁이도 밟으면 꿈틀하는 법이다. 그것이 생명체의 생존방식이고 최후의 자존심이다. 우리나라나 민족에게는 그것이 없는 듯했다. 너무나도 쉽게 강자를 추종했다. 중학교에 입학하던 1979년 당시 내 판단에는 사대 대상이 중국에서 미국으로 바뀌었을 뿐 행태는 변함이 없었다. 전 국민적으로 유행하는 종교가 그랬고, 영어를 국어와 같은 위상으로 하는 교육이 그랬다. 당시 내가 칠판에 쓴 글은 치기 어린 농담이나 장난이 아니었다. 내 힘으로 바꿀 수 있는 건 아니지만, 마음속으로는 민족주의자로서 외세에 항거한다는 대의명분이 있었다.

"영어를 배우지 말자!"

"국어를 사랑하자!"

두 번째 영어 시간에도 같은 글자가 칠판에 있는 것을 보고 선생은 정색하였다.

“앞으로는 이런 장난 하지 마라. 영어를 가르쳐야 하는 교사로서 마음이 펴치 않다. 어쩔 수 없는 시대의 요청이라고 하지 않았니? 세상은 하고 싶은 일만 하면서 살 수는 없어. 마음에 들지 않거나 괴로워도 수용하렴.”

두 번째도 누군지 확인하지 않았다. 다만 학생의 장난 혹은 반발에 슬퍼 보였다. 어쩌면 영어 선생도 직업으로 선택하였으나 영어나 영어 교육이 마음에 들지 않았는지도 모른다.

나는 물러서지 않았다. 마치 구국의 항쟁이라도 하듯 세 번째 영어 시간 전에도 똑같은 문구를 칠판에 적어 놓았다. 영어 선생도 세 번째는 참지 않았다.

“누구야? 이리 나와!”

나는 비겁하게 숨지 않았다. 하긴 숨고 싶어도 60여 명 급우가 칠판에 쓰는 것을 지켜보았기에 들통이 나지 않을 수도 없었다. 선생의 지시에 나는 당당하게 앞으로 걸어 나갔다.

“국어를 사랑하자는 마음도 영어를 배우지 않겠다는 마음도 충분히 이해하고 존중한다. 하지만 너 하나로 인해서 다른 사람이 좋지 않은 영향을 받는다면 어쩔래? 두 번까지는 용서하였으나 더는 용서할 수 없다. 영어 교육이 싫다면 한 시간 동안 복도에서 손 들고 무릎 꿇고 앉아 있어!”

선생은 손에 든 지시봉으로 내 손바닥을 20여 대 때리면서 지시했다. 세 번째 영어 시간은 교실이 길게 이어진 복도에서 홀로 손 들고 무릎 꿇고 앉아서 지나가는 선생 눈치를 살펴야 했다. 자랑스러운 일이 아니었으나 부끄럽지도 않았다. 나는 적어도 대한민국 국민으로서 국어에 대한 예의를 지켰다고 생각했다.

물론 이후 영어 교육을 받지 않은 건 아니다. 하지만 혐오하는 마음이 있는 영어에 마음을 쏟을 리 없다. 전체 수위를 다투던 성적 때문에 어쩔 수 없이 영어 공부를 하였으나, 잘하기 위한 게 아니라 좋은 점수를 얻기 위한 단순 암기였다. 어떤 이유에서든 잘못 새겨진 민족주의로 영어 공부를 제대로 하지 않은 건 내 인생에 적지 않은 걸림돌이 되었다. 고등학교 대학교 때도 소홀하였다. 그때는 영어의 필요성을 충분히 깨달았으나 기초가 부실해서 따라잡기에 버거웠다. 스스로 우월하다는 편협한 민족주의에 심취했던 대가는 컸다.

영어가 아킬레스건이던 나에게 외국 선생이나 교관은 부담이었다. 영어 못하는 게 죄는 아니지만, 성적우수자가 추앙받던 당시 분위기에서 열등감을 느끼지 않을 수 없다. 교관이 영어로 질문한다면 어떻게 대응한단 말인가? 동기생이 보는 앞에서 큰 수모를 당할 수도 있다. 선문영 중위는 이목구비가 뚜렷하고 얼굴 폭이 좁아서 외모가 이국적이었다. 이유 없는 염려가 아니었다.

기우였다. 선문영 중위은 한국인이었다. 실내임에도 선글라스를 쓴 건 경험이 없는 강단 공포증에서 벗어나려는 방편이었고, 선문영은 그냥 자신의 이름을 영어로 쓴 것뿐이었다. 어쨌든 선문영 중위의 자기소개 전략은 주효했다. 삼십 년도 훨씬 지난 지금까지 내가 선명하게 기억하는 게 그 증거다. 부모가 일부러 의도하였는지는 몰라도 선 중위는 이름으로 널리 알려지는 행운을 거머쥔 셈이다. 태양과 달과 젊은이라니, 떠오르는 태양과 달이라니 너무 멋지지 않은가?

당시에는 이름만 왼 정도였으나 임관하고 보니 같은 무장특기였다. 인연이 끝나지 않은 것이다. 서로 알고 지내는 정도였지 함께 근무한 적은 없다. 선문영 소령은 공사 34기다. 나와는 3년 차이다. 기수가 가까워서 소통이 쉬울 수는 있으나 그렇다고 업무가 쉬운 건 아니다. 오히려 자칫 껄끄러워질 수 있다.

군은 상명하복 위계질서가 뚜렷한 사회다. 한 기수든 열 기수든 상관임에는 차이가 없다. 오히려 독점하려는 권력의 속성상 가까운 기수일수록 배제되고 따돌림당할 위험이 따른다. 일단 직속 상관에게는 절대복종해야 한다. 충분히 신뢰가 쌓인 다음에야 의견을 개진하거나 설득해야 하리라.

처음 본 순간 이름으로 강력하게 아로새긴 태양과 달과 젊은이, 떠오르는 태양과 달이라던 선문영. 같은 소령으로 맞은 대대장과의 앞날은 어떠할 것인가? 과연 새로운 태양과 달은 내 앞날을 비추는 광명이 될 것인가?

군대스리가

군에서 가장 인기 스포츠는 단연 축구다. 우스갯소리로 여자가 가장 싫어하는 이야기 3위는 축구다. 2위는 군대 이야기, 1위는 군대에서 축구하는 이야기라는 말이 있다. 여자가 왜 군대와 축구 이야기를 싫어하겠는가? 대부분 남자가 후끈 달아서 달려들기 때문이다. 왁자지껄 떠들어대는 통에 끼어들 틈도 없다. 성격이 무뚝뚝하거나 우울한 일로 시무룩하던 사람도 군대와 축구 이야기에서는 빠지지 않는다. 비슷비슷한 이야기에 경험도 없는 처지여서 여자가 듣기에는 괴롭다. 병역 의무를 마쳐야 하는 한국 남자라면 누구나 할 말이 많은 게 군대 이야기요, 축구 이야기다.

군에서 가장 대접받는 사람은 잘생기거나 똑똑한 사람이 아니다. 부유하거나 학벌 좋은 사람도 아니다. 신체 건강하고 축구 잘하는 사람이다. 건장한 남자는 사역에서 제 몫 이상의 일을 해낸다. 축구 잘하는 사람은 지출을 막는 일등공신이다. 휴무일이나 일과 후에 벌어지는 내무실, 중대, 대대 대항 축구 경기에는 최소한의 경품이 걸리게 마련이다. 술을 마음껏 마실 수 없는 병사 처지에서는 과자나 음료수를 두고 경기를 벌이는 수준이지만 그 횟수가 잦기에 비용이 만만치 않다. 어쨌든 재미있게 운동하고 공짜로 먹는다면 즐겁지 않은가?

그뿐만이 아니다. 군대는 전쟁을 위해서 존재한다. 전투에서 패한다면 죽은 목숨이다. 군에서는 모든 승부가 전투다. 친선 게임이라고 적당히 하다가 지면 영락없이 뺑뺑이다. 경기에서 패하면 지휘관이나 선임자에게 벌칙을 받게 마련이다. 경기에서 져서 울적하고, 쓸데없는 비용을 부담해야 하는데다가 벌로 연병장까지 돌아야 한다면 누구라도 참가하고 싶지 않을 테다. 하지만 빠질 방법은 없다. 군대에서는 운동도 사역이다. 어차피 해야 할 일이라면 방법은 이기는 것뿐이다. 그러니 축구 잘하는 신병이 들어오면 당장 특별 대접을 한다. 선임 병의 비호 아래 온갖 특혜를 부여한다. 물론 경기에서 이길 때만 그렇다.

병사끼리만 축구를 하는 게 아니다. 지휘관은 여흥이나 체력 단련 혹은 부대 단합을 목적으로 축구 경기를 연다. 부대 내 경기라면 즐거운 놀이지만 중대나 대대 간 경기라면 다르다. 지휘관과 부대의 명예가 걸린 승부다. 승률은 늘 반반이지만 모든 지휘관은 승리만을 원한다. 어떤 지휘관도 패배를 용인하지 않는다. 경기에 패하면 다음 승리를 위하여 체력단련을 시킨다. 체력 단련이 무엇이겠는가? 연병장 구보나 팔 굽혀 펴기 또는 피티 체조다.

　　　　　　　　　　　　　얼룩무늬 청춘 6 - 충주·월드컵 편

군에서는 왜 그렇게 축구에 열중하는가? 민간인과 마찬가지로 접근이 쉽기 때문이다. 공 하나와 적당한 인원만 있으면 된다. 규칙이 단순하여 설명이 필요 없고 인원수 제한이 없다. 군대 축구는 팀당 11명을 고집하지 않는다. 인원이 적으면 7명씩 뛰기도 하고, 많을 때는 팀당 20명이 참가하기도 한다. 아예 50명씩 뛰면서 공을 두 개나 세 개로 할 때도 있다. 인원이 제한되고 운동 기구나 시설이 필요한 야구, 농구, 배구, 테니스와 비교해 보라. 군에서 축구를 할 수밖에 없고, 군대 생활하는 남자라면 축구에서 벗어날 도리가 없다.

1990년대에는 2002 한일 월드컵 붐으로 비행단에서도 매년 대대 대항 축구대회가 열렸다. 그러잖아도 늘 해야 하는 축구인데 더 자주 강제로 할 수밖에 없었다. 대대장은 축구 감독을 임명하여 일과 후에 따로 훈련을 시켰다. 축구에서 승리는 대대원 사기와 직결한다. 다른 운동은 소문나지 않더라도 축구 경기 결과는 즉각 입방아에 오른다. 모든 사람이 지켜보는 연병장 한가운데서 치러지는 경기다. 관전자는 승리에 환호하고 패배에 좌절할 수밖에 없다. 소문나지 않는 게 이상하리라.

대대원의 사기와 대대의 명예가 달렸는데 방관할 사람이 있겠는가? 운동에 관심이 없거나 축구를 좋아하지 않는 지휘관이라도 십중팔구 팔을 걷어붙이고 달려들게 마련이다. 이래저래 축구는 군에서 뗄 수 없는 운명이다. 하지 않을 수 없고 이겨야 만사가 편안하다. 잘 생기고 똑똑한 사람이나 부유하고 학벌 좋은 사람을 어디다 써먹겠는가? 군에서는 그저 튼튼하고 축구 잘하는 남자가 최고다.

1980년대에 세계 축구를 주름잡은 건 독일의 프로 축구 리그 분데스리가다. 축구 선수 차범근이 이름을 떨친 바로 그 리그다. 현재는 영국의 프리미어리그가 가장 강하고 인기가 있지만, 당시만 해도 분데스리가에 비교가 되지 않았다. 그래서 군대 축구를 세계에서 가장 강한 프로축구 리그 이름을 따 군대스리가라고 부르기 시작했다. 처음에는 우스갯소리로 시작하였으나 어느새 표준말로 굳어졌다. 하긴 대한민국 국민의 절반 가까운 사람이 경험하였으니 표준말이 되지 않는 게 이상한 일이다.

대부분 남자가 좋아하는 축구지만 정비 분야 수장인 정비과장 최석진 중령과 직속 참모인 정비 관리실장 김진곤 소령이 특히 축구를 좋아하였다. 둘 다 사관학교 축구 선수 출신인지도 모른다. 틈만 나면 정비 장교(정비와 무장이 특기 통합된 뒤였다)를 집합시켜 축구를 하였다.

보통 민간인은 날씨 좋은 날을 가려서 야외 활동을 한다. 육군이나 해군도 가능하면 비가 오지 않는 날 운동한다. 공군은 다르다. 공군은 전투기 운영이 첫째 목표다. 최신에 전천후 전투기라도 비 오는 날 비행은 위험할 뿐 아니라, 항공기 수명에 좋지 않은 영향을 끼친다. 날씨 좋은 날은 무조건 비행을 목표로 한다. 그러다 보니 일주일에 하루 있는 전투 체련은 비 오는 날 하게 마련이다. 체련의 날이 아니라도 비가 와서 비행이 중단되면 즉각 인터폰으로 집합 명령이 떨어졌다.

"전달, 전달! 전 정비 장교는 30분 후 축구 복장으로 대연병장에 집합할 것! 다시 한 번 전달한다. 전 정비장교는 30분 후 축구 복장으로 대연병장에 집합할 것! 야대 통제 실장은 축구공을 지참할 것! 이상 전달 끝!"

정비 업무를 총괄하는 정비 상황실과 각 대대와 중대 반까지 정비 업무 통제를 위하여 인터폰이 설치되어 있다. 정비 과에서는 전 정비 분야에 실시간 지시하고 보고받을 수 있다. 나는 방송이 나오는 즉시 하던 일을 접고 무장 상황실에서 무장탄약대대 전 중대에 인터폰으로 다시 전파했다.

"전달, 전달! 통제 실장이다. 대대 전 장교는 20분 후까지 축구 복장으로 대연병장에 집합할 것. 다시 한 번 전달한다. 대대 전 장교는 20분 후까지 축구 복장으로 대연병장에 집합할 것. 이상 전달 끝."

대대에도 중대와 반 간 인터폰이 설치되어 있었다. 나는 대대 장교에게 상부 지시에 최우선으로 따르도록 하였고, 지시한 시간에 절대 늦지 않도록 하였다. 군대는 상명하복 체계로 일사불란을 강조한다. 어차피 복종하지 않을 수 없을 바에야 최대한 빨리 씩씩하게 응하는 게 유리하다. 어차피 할 일 다 하면서 늦었다고 욕먹을 까닭이 있는가?

내 위치가 어중간하였다. 보통은 정비관리실장과 기수가 같은 대대 정비 장교는 없다. 내가 늦게 통제 실장에 나왔기에 정비관리실장과 공교롭게도 동기다. 무장탄약정비대대나 장교가 잘못을 저지른다면 질책하는 사람도 받는 사람도 부담스럽긴 마찬가지다. 그런 일은 사전에 방지하는 게 최선이다. 나는 정비과의 지시에 최우선으로 따를 것을 대대 장교에게 주문하였다.

무장탄약정비대대는 비행단에서 가장 큰 규모의 대대고, 중대는 비행단 전 지역에 분산되어 있다. 인터폰 방송을 듣는 즉시 자가용으로 출발해도 10분은 족히 걸리는 중대가 많다. 활주로 끝이나 반대편에도 절반의 중대가 있다. 그래도 지시한 30분 이내에 도착하는 건 무장대대 장교뿐이었다. 정비관리실장도 그 점에 대하여 진심으로 고마워하였다. 늘 공을 내게 돌리고 회식할 때도 종종 첫 번째 건배 제의를 내게 양보하곤 하였다.

동기가 같은 부대에서 사이좋게 지내는 일은 쉽지 않다. 보이지 않는 경쟁으로 소원해지기 일쑤다. 나는 그 점을 염려하여 많이 노력하였으나, 정비 관리실장도 최대한 배려하였다. 김 소령은 관후한 사람이었다. 나는 운이 좋았다.

아무리 군이 상명하복 체계고 일사불란을 강조하더라도 각자 사정은 있게 마련이다. 사무실에 축구화나 운동복이 없을 수도 있고, 중대에 급한 일이 있을 수도 있다. 시간을 정해놓아도 십여 분 늦게 도착하는 사람이 있게 마련이다. 김 소령은 늘 훈시를 잊지 않았다.

"무장대대 장교 좀 보고 배워라. 전 비행단에 분산되어 있는데도 시간 안에 전원 도착하지 않는가? 더구나 무대통제실장은 제일 선임 장교다. 고참보다 늦게 오는 게 말이 되는가?”

이게 좋은 그림이다. 나는 최대한 빠르고 정확하게 처신하여 동기인 정비관리실장의 체면을 세워 주고, 정비관리실장은 내게 공을 돌림으로써 혹시 둘 사이에 불협화음이 있는 것으로 오해받을 일을 차단하였다. 둘은 손발이 잘 맞았다.

김 소령은 성격만 호탕하고 너그러운 게 아니다. 진짜 본모습은 축구였다. 김 소령은 공군사관학교 축구선수 출신이다. 원래도 빠르고 축구를 잘하였는데 입대 이후 줄곧 매주 조기축구회에서 활동하였다. 당시 서른넷 한창나이다. 나는 직접 축구 해본 사람 중에 김 소령만큼 축구 잘하는 사람을 본 적이 없다. 180이 넘는 키에 달리기만 잘하는 게 아니라 볼 컨트롤과 드리블이 기가 막혔다. 비행단 전체로도 군계일학이었다.

김 소령은 팀을 고참과 졸참으로 나누어서 경기하였다. 이것도 정비관리실장과 내가 반대편에 서서 혹시 발생할지 모르는 불상사를 막으려는 방편이었다. 우리끼리 하는 친선 경기지만 승부에서 패배란 없다고 교육받은 장교다. 그렇지 않아도 지기 싫어하는 게 인간 본성인데 지면 바보 취급하는데 지려는 사람이 있겠는가? 악착같이 하다 보면 부딪치고 다투기 마련이다. 이때 둘이 상대편에 선다면 언성이 높아질 수도 있다. 그런 일이 없게 하려면 같은 편이 되는 길뿐이다. 김 소령은 현명하였다.

주로 정비관리실장 이하 정비 장교끼리 축구를 하였으나, 종종 정비과장을 포함한 지휘관·참모가 참여하기도 했다. 이때 김 소령이 실력을 유감없이 발휘하였다. 정비과장이 축구를 좋아하고 잘하는 편이었으나 나이가 사십 대다. 이십 대 청년처럼 빠르게 지속해서 뛸 수는 없는 노릇이다. 김 소령은 빼어난 개인기로 상대 수비수 서너 명을 제치고 텅 빈 골대 앞에 있는 정비과장에게 완벽하게 어시스트하였다. 선임자의 기분에 따라 분위기가 바뀐다. 골을 넣은 정비과장의 기분이 고양될 때 평화가 넘쳐흐른다. 운동장 분위기 조성은 언제나 정비관리실장 김 소령 몫이었다.

원하지 않는 운동은 사역이다. 따라서 군대에서 사역이 아닌 일은 없다. 행사 참여나 제초 작업만 사역이 아니다. 때로는 인원수를 채워야 하는 영화 관람이나 회식도 사역이 될 수 있다. 보기 싫은 영화를 보는 것이나 먹기 싫은데 참여해야 하는 회식도 고역이다.

세상만사 마음먹기에 달렸다. 어쩔 수 없는 일을 한탄해봐야 소용없는 짓이다. 기왕 해야 할 일이라면 적극적으로 참여해야 한다. 시켜서 하는 일이 아니라 스스로 원하는 일이라고 세뇌해야 한다. 강제로 하는 일은 놀고먹는 일도 괴롭지만 스스로 원해서 하는 일은 폭풍우 속 골프나 혹한기 눈 산행도 즐겁다. 나는 잘하지 못하는 축구를 좋아하기도 하였지만, 괴롭지 않기 위해서 적극적으로 달려들었다. 어차피 자주 할 수밖에 없는 축구를 즐겼다.

미운 네 살

'미운 네 살'이라는 말이 있다. 아이가 말을 배우고 나서 얼마 뒤 말끝마다 '싫어'와 '안 해'를 반복할 때다. '죽이고 싶은 여덟 살'과 '웬수같은 사춘기'라는 말도 있다. 모두 극심한 변화를 겪는 성장기의 한 모습이다. 아이의 잘못이 아니다.

막, 말을 배운 네 살 때는 부정어를 익힐 때다. 싫다는 말과 안 하고 못 한다는 말의 의미를 깨달아서 연습 삼아 말한다. 반대하는 말이 반대가 아닌 셈이다. 죽이고 싶은 여덟 살에는 문맥으로 반대하는 자기 의사를 표현할 때다. 어떤 원인과 이유로 할 수 없다고 말하는 걸 연습한다. 무조건 싫다는 미운 네 살과 또박또박 말대꾸하며 하지 않겠다는 이유를 설명하는 죽이고 싶은 여덟 살을 경험하지 않은 사람은 모른다.

미운 네 살과 죽이고 싶은 여덟 살이 아이가 말을 배우느라고 연습하는 것이라면 웬수같은 사춘기는 부모와 정신적으로 독립하는 과정이다. 아이에게 부모는 세계다. 부모와 같은 생각으로 사물을 대할 때 생존 확률이 높아진다. 부모의 사고와 판단을 무조건 추종한다. 사춘기는 성장을 마치고 성인으로 독립하는 관문이다. 부모의 결정에 반대하며 자신의 의지를 드러낸다. 육체의 성장을 마치고 부모의 정신세계에서 탈출하는 마지막 과도기인 셈이다.

옛 어른은 사춘기 청소년의 말대꾸나 튀는 행동을 싸가지없는 놈이라고 나무랐으나 사춘기 때 반항하는 건 지극히 당연한 일이다. 지금은 제1의 반항기와 제2, 제3의 반항기라는 걸 모두가 안다. 반항기 없이 자란 아이는 자랄 때는 착하다고 칭찬받지만, 어른으로 성장하지 못한다. 성인이 되어서도 부모의 정신세계에 머무는 유아 신세를 면치 못한다.

충주로 전속한 2001년은 아들이 만 네 살이 되던 해다. 아들은 딸과 다르다. 외모만 다른 게 아니라 성향이 완전히 딴판이다. 화성에서 온 남자, 금성에서 온 여자라는 말이 있지만, 말과 행동이 다르다는 점에서 정말 그렇다.

첫째 하연이는 얌전하였다. 일찍 글을 배워서 다양한 지식을 섭렵해서인지는 모르지만, 엄마 말을 잘 이해하고 그대로 따랐다. 둘째 준연이는 걸음마하기 전부터 온갖 사고를 저질렀다. 걷지도 못하면서 손에 잡히는 게 있으면 무조건 잡고 일어서고 걸었다. 오를 수 있는 데는 무조건 올라갔다. 돌 전에 책상 위에 있던 386 컴퓨터 모니터 위에 있는 것을 발견한 엄마가 기겁한 적도 있다.

충주 무장탄약대대 통제실장이던 나는 업무에 파묻혀 살았다.

새벽부터 밤까지 일에 몰두하였다. 통제 실장은 마지막으로 비행단 업무를 배울 기회다. 뒤에는 아무리 배우고 싶어도 배울 시간이 없다. 영관 장교는 비행단 지휘관이나 사령부급 이상 부대 참모 직책뿐이다. 공군 본부에서 탄약 시스템 개발 사업으로 8년간 근무한 나로서는 공군의 말단 부대인 비행단 실무를 익힐 마지막 기회를 놓칠 수 없었다.

4월에 있을 전투 검열 전에 대대의 전쟁 계획을 검토하여 다시 작성하느라고 1월부터 3월까지 밤늦게까지 일할 때다. 아내는 운전면허 없이 하는 비행단 살림살이에 녹초가 되었다. 내가 결혼 전에 운전면허 취득을 권하였으나 아내는 관심이 없었다. 공군 본부에서 근무하던 계룡시는 상가가 가까워서 문제가 없었다. 비행단은 활주로를 포함하고 있어 면적이 넓다. 육·해군 일반 부대와는 규모가 완전히 다르다. 관사에서 부대 정문까지만 해도 1킬로미터에 이르고, 부대에서 시내까지는 10킬로미터가 넘는다. 아이 셋을 데리고 장에 다니는 모습을 상상해 보라.

셋째 예연이는 등에 업어서 문제가 없지만, 손은 두 개인데 장 본 짐과 아이가 둘이라서 아내는 어찌할 줄 몰랐다. 시내에서 신호등에 따라 건널목을 건널 때는 한 아이를 반대편에 데려다 놓고, 다음 신호에 건너와서 그다음 신호에 아이 손을 잡고 건넜다. 한 번 장에 다녀오는 일이 보통 일이 아니었다.

그뿐만이 아니다. 서울 본가 부모 형제로 인하여 끊임없는 우환에 시달렸다. 새벽에 나가서 밤늦게 돌아오는 나는 아무런 도움이 되지 않았다. 어머니의 당치 않은 요구와 큰형 부부갈등과 둘째 형의 엉뚱한 요구에 시달렸다. 아내는 그야말로 심신이 파김치였다. 스트레스에 잠도 제대로 못 잘 정도로 힘들어했다.

엄마의 사정이야 어떻든 아이들은 쑥쑥 성장한다. 첫째 딸은 얌전해서인지 똘똘해서인지 미운 네 살을 모르고 지나갔으나 둘째 준연이는 달랐다. 힘든 엄마 마음에 아랑곳하지 않고 끊임없이 반대하였다.

"준연아, 밥 먹어야지!"

"싫어, 안 먹을 거야!"

화가 벌컥 치민 아내는 호통치기 마련이다.

"뭐? 그럼 아무것도 먹지 마!"

"싫어, 먹을 거야."

사람 환장할 일이다. 그게 말하기 연습이란 걸 알았으면 아내가 그토록 힘들어하지 않았으리라. 자라고 하면 안 잔다고 하고, 자지 말고 하면 자겠다고 우긴다. 닦는 것도 싫다고 하고, 옷도 갈아입지 않겠다고 버틴다. 어느 휴일에 지켜보던 내가 참지 못하고 쥐어박기 시작했다.

"이 자식이 뭐라고? 다시 한 번 말해 봐! 지금 엄마한테 뭐라고 했어? 싫어? 못해? 안 해?"

나는 홧김에 손으로 준연이를 마구 때렸다. 전에도 가끔 손찌검하였으나 엎어놓고 엉덩이를 몇 대 때리는 정도였다. 그때는 달랐다. 워낙 아내가 힘들어할 때기도 해서 나는 정말 화가 났다. 몇

대를 때렸는지 모른다. 무서워서 울지도 못하던 아들이 컥컥댔다. 어디 급소에 잘못 맞았는지도 모른다.

"왜 그래?"

때리다 말고 놀라서 물었다. 등골이 오싹할 정도로 소름이 끼쳤다. 갑자기 애가 잘못될 것 같은 두려움이 몰려왔다.

'내가 무슨 짓을 한 건가? 네 살짜리 애를 때릴 데가 어디 있다고 손찌검한단 말인가? 무슨 일이라도 생긴다면 어떻게 살아간단 말인가?'

정말 놀랍고도 두려운 순간이었다. 헐떡이던 준연이는 다행히 금방 정상으로 돌아왔다. 나는 살면서 다짐을 여러 번 했다. 아버지가 어머니를 때리는 모습을 보고 아내를 욕하거나 때리지 않겠다고 다짐하였고, 부모한테 자주 꾸지람 듣는 형을 따라 하지 않겠다고 마음먹었으며, ROTC 훈련 중 선배한테 엄청나게 맞고 나서 후배를 구타하지 않겠다고 다짐하여 대부분 지켰다. 공포에 질려 컥컥대던 아들의 모습을 보고 다짐하였다.

'잘못이 있더라도 아이를 때리지 말자. 때릴 수밖에 없는 상황이면 다치지 않을 엉덩이나 몇 대 때리고 말자. 자식을 버리거나 학대하는 뉴스에 분노하던 내가 아니던가? 때리다가 애가 다치기라도 한다면 무슨 낯으로 살아갈 것인가?'

잠깐이지만 수많은 상념이 머리를 스쳤다. 나는 아이를 사랑한다. 사랑하는 만큼 건전하고 건강하게 자라서 남부럽지 않게 잘살기를 바란다. 바르지 않은 길을 간다면 아이에게 미움받는 한이 있더라도 때려서라도 고치겠다. 이것이 이제까지 생각이었다. 부모의 일반적인 생각이기도 하다. 가장 듣기 싫은 소리가 자식이 싸가지 없는 놈이라는 욕설 아니던가?

이후 생각이 바뀌었다. 물론 싸가지없는 놈으로 키워서는 안 된다. 다른 방법을 찾아야 한다. 잔소리해도 고쳐지지 않는다. 때려서도 안 된다. 무엇으로 아이를 가르칠 것인가? 어떻게 해야 자식을 유능하면서도 올바른 사람으로 성장하게 할 것인가? 미운 네 살, 아들을 혼내다가 고민에 빠졌다.

통제실 감독관

공군에서는 준위를 감독관이라고 부른다. 그 기원은 확실치 않으나 준위가 부사관이 오를 수 있는 최고 계급으로 실제 작업보다는 감독 업무를 주로 하다 보니 생겨난 것인지도 모른다. 준위가 위관 장교보다 낮은 계급으로 가볍게 대하는 걸 막고 권위를 부여하기 위하여 부르기 시작한 것으로 보인다.

공군 정비 분야 작업 현장에서 최고 권위자는 준위다. 거의 모든 중대나 반에 편성되어 작업을 지휘 감독한다. 정비행정 업무 부서인 대대 본부 통제실에도 감독관이 있다. 정비전문 지식으로 대대장 보좌를 임무로 하지만, 더 큰 임무는 대대 준사관 화합과 조율, 통제다. 문서를 취급하므로 정비 기술이나 행정에 능숙해야 함은 물론, 인간관계가 원활해야 하고 대대 준위 고참 기수가 맡는 게 보통이다.

무장탄약정비대대 통제실 감독관은 양민혁 준위다. 성격이 서글

서글하고 호탕하여 누구하고도 잘 어울렸으며, 충주에서 오래 근무해서 부대 분위기와 현황 파악에 밝았다. 무장·탄약 기술 지시에 정통하고 생소한 컴퓨터와 문서 관리 시스템을 다룰 줄 아는 몇 안 되는 감독관 중 한 명이다.

대대 통제 실장은 대체로 대위다. 실무에 어둡지 않지만 정통하지는 못한 형편이다. 무장·탄약 정비 업무 통제에 감독관의 지식이나 조언이 큰 역할을 한다.

나는 탄약 시스템 개발 업무를 하였지만, 공군 본부 근무만 8년이다. 공군 돌아가는 체계를 대체로 이해하였다. 국방부와 합참, 육·해·공군의 각급 부대 기능과 임무를 숙지하였다. 탄약은 전쟁의 필수요소다. 탄약시스템은 전·평시 탄약 업무를 통제하는 걸 목표로 한다. 국방부 주관으로 개발하는 육·해·공군 탄약 시스템을 소요 제기부터 업무 분석, 단계별 산출물 검토, 시험 평가, 유지 보수 업무를 주관하였기에 국방체제를 꿰뚫었다.

군에는 작전 계획이 있다. 적의 공격에 대비하는 방어 계획과 공세 전환을 위한 공격 계획이 포함된다. 연합사와 합참 작전 계획에 따라 각 군 작전 계획을 수립하며, 공군 작전 계획을 바탕으로 비행단과 각 대대 전쟁 준비 계획을 수립한다.

군의 존재 목적은 전쟁 승리다. 엄청난 예산을 투자하여 병력을 양성하고 장비를 유지하는 목적은 단 하나, 유사시 전투나 전쟁 승리다. 평시 비행 임무 지원이나 부대 관리 업무가 중요하지만, 그 조차도 전쟁을 대비한 것이다. 4월에 계획된 작전사령부 주관 전투 검열은 전쟁 준비 상태 점검이다. 나의 첫 임무는 가장 중요한 대대 전쟁 준비 계획 수립이었다.

전투 검열은 2년 주기다. 이전에 세운 대대 전쟁 준비 계획은 당연히 있다. 연합사, 합참, 공군 작전 사령부, 비행단 작전 계획을 따르기에는 부족한 게 많았다. 이전 통제실장이 최선을 다해서 작성했겠지만, 비행단 차원의 시각으로는 주도면밀하지 못하다. 전체 전황을 그릴 때 세부계획이 가능하다.

부임하자마자 철야 작업으로 대대 전쟁 준비 계획을 재검토하였다. 밤새 작업한 절차서는 아침에 문서 담당 병사에게 워드 작업을 지시하고, 빈칸으로 둔 각종 현황은 감독관에게 채워 넣을 것을 주문하였다. 감독관이 정비 업무에 능통하였으나 상급 부대 작전 계획에는 어두웠다. 대대 차원의 조치사항만 알 뿐이다. 3개월 동안 대형 바인더 두 권을 새로 만들어내는 걸 보고 혀를 내둘렀다. 합참이나 공군 작전 사령부, 비행단 작전 계획은 대대에 없다. 단 본부에 보관하던 비밀 문서를 확인해서 단계별 현황과 절차를 준비해야 한다.

대대 전쟁 준비 계획을 그렇게 열심히 작성한 까닭은 앞날을 위해서다. 대대장직을 수행하기 위해서는 업무에 정통해야 하고, 전대장이나 단장, 공군 본부 참모 역할을 위해서도 전쟁 계획이 바탕이 된다. 평소에는 사고 예방이나 주어진 임무 완수지만, 사실 군인에게 가장 중요한 건 현대전의 개념과 전장 상황을 꿰뚫는 통찰력이다. 전쟁 계획을 직접 수립한 사람만이 가질 수 있는 능력이다.

나의 저돌적인 업무 추진에 모두가 놀랐다. 덕분에 파김치가 되었다. 내 요구에 작성할 자료가 너무 많았다. 물론 낮에 모은 자료를 바탕으로 야간에 혼자서 계획을 수립하였다. 전투 검열 준비는 대대 통제실만 하는 게 아니다. 비행단 차원에서 실시하는 전시 전환, 긴급 귀환 및 재출동, 대량 탄약 조립 훈련, 최대 무장 장착 훈련과 같은 항공 작전이나 화생방 훈련, 기지 방어 훈련과 같은 지상 작전 실제 훈련에 동참해야 한다.

그뿐만이 아니다. 전투 검열에는 이론 평가가 있다. 공통적인 보안, 화생방, 기지 방어 관련 평가와 항공 작전 관련 직무 지식 평가가 있다. 군수 전대는 병력이 수천 명이다. 모든 사람에게 수십 페이지에 달하는 평가 내용을 복사해서 나눠주는 게 보통 일이 아니다. 필요한 인력이나 비용이 장난이 아니다. 군수 분야 직무 지식 평가 준비를 주관하던 정비과에서는 내용을 요약해서 복사한 유인물을 전파하였다.

복사 용지를 받아든 통제실 감독관이 화를 벌컥 내면서 내동댕이쳤다.

"이거 늙은이 갖고 장난치는 거야 뭐야! 이걸 읽으라고 주는 거야? 제기럴 저절로 쌍욕이 나오네, 정말."

유인물을 주워 보니 그럴 만하였다. A4 용지를 4분의 1로 축소한 정도가 아니었다. 가로세로 4분의 1로 축소한 16분의 1 크기였다. 글자는 그야말로 깨알 같았다. 아니 어쩌면 깨알보다도 작을 성싶었다. 물론 30대인 나는 읽을 수 있다. 대부분 장병도 읽는 데 문제가 없다. 문제는 노안이 시작된 40대 이후 부사관이나 준사관이다.

나는 50대 이후 노안으로 그냥은 책을 읽지 못한다. 돋보기가 없으면 핸드폰 문자 확인도 곤란하다. 완전히 까막눈 신세다. 지금은 감독관이 열화와 같이 화낸 것을 완전히 이해한다. 당시에는 제대로 몰랐다. 뻔히 보이는 걸 트집 잡는 것으로 보였다. 통제 실장의 지나친 요구와 여러 전투 검열 실제 훈련과 평가 준비에 짜증이 난 것이라고 지레짐작하였다.

"너무 많이 축소했네. 내가 보기에도 힘든 데 감독관님이야 오죽하겠습니까? 그저 감독관님이 넓은 아량으로 용서하십시오. 정비과에서도 수천 명에 달하는 사람에게 자료를 나눠주려니 고육지책이겠지요."

"실장님, 그래도 그렇지 돋보기를 쓰고라도 읽을 수 있어야 할 거 아닙니까? 돋보기로 보아도 그냥 점이에요, 점!"

나는 지금 돋보기를 쓰고도 음식물 포장지에 쓰인 글을 읽을 수 없다. 그때 감독관이 딱 그런 상태였다. 세상에 쉬운 일은 없다. 어떤 사람은 은퇴 후 연금이 많은 군인을 부러워하고 자신의 처지를 하소연하지만, 막상 군대 생활은 쉽지 않다. 전쟁이 없을 때는 놀고먹는 것 같지만, 사실 어떻게 보면 전시가 더 편할 수도 있다. 전투와 관련된 사항 외에는 누구도 간섭하지 않으니 말이다. 군대 생활이 만만하다면 장교나 부사관이 누가 일찍 제대하겠는가? 연금탈 때까지 버틸 수 없는 데는 다 까닭이 있는 셈이다.

전투 검열에서는 장병의 참여 의지를 높게 평가한다. 전쟁이든 업무든 자발적으로 수행할 때 최대의 성과를 거둘 테다. 누구도 훈련을 싫어하지만 좋아서 하는 것처럼 유도해야 한다. 그게 지휘관의 능력이다. 원하지 않는다면 억지로라도 시켜야 한다. 그것도 지휘관의 능력이다.

나는 대대원에게 주어진 임무는 물론이고 비행단에서 주관하는 훈련이나 평가에 모두 적극적으로 참여할 것을 주문하였다. 특히 각 중대에서 가장 나이가 많은 감독관의 솔선수범을 요구하였다.

사실 50대 나이에 방독면을 쓰고 군장하고 이동하는 건 쉬운 일이 아니다. 특히 날이 무더워지는 4월 이후에는 화생방 훈련이나 기지 방어 훈련이 그 어떤 임무보다도 힘들다. 가장 연장자인 감독관이 앞장설 때, 모두가 불평불만 없이 따르리라. 말이야 맞는 말이지만, 양 준위는 영 불만이다.

"실장님, 너무 그러지 마세요. 적당히 갈구세요. 남 따라 하기도 바쁜데 다른 사람보다 더 열심히 하라는 건 너무하는 거 아닙니까?"

"아니, 통제실 감독관님이 그런 말을 하시면 됩니까? 대대 본부에서 모범을 보이고 독려해도 모자랄 판에 딴죽을 걸다니요. 많은 돈 들여 군대를 양성하는 이유가 뭡니까? 전쟁에서 이기려는 것 아닙니까? 열심히 훈련하는 건 전투에만 도움 되는 게 아니에요. 본인의 생존을 위해서도 필요합니다."

"그래도 나이가 있잖아요. 젊은이도 힘들어하는 판에 우리 같은 사람은 방독면 쓰고 달리면 숨이 막혀요."

사실 감독관은 자신이 힘들어서 하는 불평이라기보다는 대대 준사관 전체를 위한 대변일 테다. 누가 서슬 퍼런 통제 실장의 목에 방울을 매겠는가? 그나마 가장 가까운 곳에서 일하는 고참이 총대를 메야 하리라. 나는 애국심을 최고의 가치로 여기고, 조국의 번영과 영광을 내 손으로 일구겠다는 거창한 꿈을 가졌을 때다. 그런 감독관의 불평이 통할 리 없었다.

"아니 그게 말이 됩니까? 방독면하고 달릴 수 없으면 제대해야지, 왜 군대 생활 합니까? 월급은 월급대로 받아먹으며 임무는 할 수 없다면, 그야말로 무위도식하는 기생충 아닙니까? 다시는 그런 말 하지 마세요!"

버럭 화를 내며 말을 끊는 내 말에 감독관은 앙앙불락이었으나 더 말하지 않았다. 할 말이 없지 않았으나 통하지도 않을뿐더러 내 말이 과히 틀리지 않아서이리라. 기분대로 말은 지껄였으나 영 속이 불편하였다. 그래도 삼십 년 이상 군 생활한 원로 아니던가? 대대를 대표하는 감독관이다. 감독관이 한 말이 꼭 맞는 말이 아니더라도 많은 사람이 지켜보는 가운데 내가 한 말에 대해서 모욕으로 느낄 수 있다.

"감독관님, 부대 후문 쪽에 김치찌개 맛이 괜찮은 집이 있던데 퇴근길에 막걸리 한잔하실까요?"

앙금은 바로 푸는 게 좋다. 시간을 질질 끌다가 때를 놓치면 호미로 막을 걸 가래로도 막지 못하는 불상사가 생긴다. 어쨌든 나는 감독관에게 가장 많이 도움을 받아야 하는 처지다. 사이가 틀어져서 좋을 게 하나도 없다. 둘만 마서서는 어색하기도 하고 대화도 끊기므로 몇몇 준사관과 저녁 식사를 함께했다. 술은 요술 방망이다. 울적했던 마음을 기고만장하게 만드는가 하면, 미워하고 원망하던 마음을 일시에 풀어버리기도 한다.

"감독관님, 낮에 한 말 죄송합니다. 바쁘다 보니 저도 모르게 허튼소리가 나왔습니다. 감독관님 마음이 저와 다르겠습니까? 통제실 감독관이다 보니 대대 준사관들을 대신해서 한마디 했겠지요."

이미 막걸리 한잔에 마음이 푸근해진 감독관은 천부당만부당하다는 듯 되받는다.

"아이고, 실장님 그게 무슨 말입니까? 실장님 말씀이 지당하지요. 말이야 바른 말이지, 저희가 월급 받는 이유가 뭡니까? 군인은 백 년 키워서 한 번 써묵는다카지 않습니까? 제가 잘못했습니다. 마음 쓰지 마이소."

"아닙니다. 감독관님 마음 잘 압니다. 일 욕심이 많아서 이것저것 막무가내로 추진하지만, 감독관님 도움 없이는 제대로 할 수 있는 게 별로 없습니다. 마음 푸시고 대대 감독관님들께도 잘 말씀 드려 주십시오."

눈치를 보면서 두 사람의 안색을 살피던 다른 감독관이 끼어들었다.

"살다 보면 이런 일 저런 일 다 있습니다. 실장님이야 대대 잘 돌아가게 하려고 하신 말씀이고, 통제실 감독관님이야 나이든 동료가 안쓰러워서 하신 말씀이겠지요. 어디 악의가 있습니까? 모두 잘하려고 한 말이니까 서로 이해하시고 기분 좋게 막걸리나 드시지요. 말한 김에 제가 건배 한번 하겠습니다. 무장대대를 위하여!"

"위하여~"

군인은 순박하다. 나이 든 사람도 때 묻지 않은 사람이 많다. 월세다, 전세다, 하면서 매년 이사해야 하는 각박한 세태에 물들지 않아서일 테다. 정비 부대 간부는 대부분 관사에서 생활한다. 유사시 즉각 응소하여 작전을 펼칠 수 있도록 군에서 관사를 제공한다. 박봉에도 집 걱정 없이 산다. 모여 생활하므로 전우 간 유대감도 깊다. 어떤 일로 틀어져도 대부분 술 한잔으로 해소한다.

너무 열심히 사는 바람에 주위 사람을 피곤하게 하였다. 통제실 감독관도 부사관도 병사도 힘들어했다. 하지만 내가 몇 배 더 일하는 모습을 보고 겉으로 불만을 드러내지는 않았다. 어쨌든 밤낮으로 뼈 빠지게 일하지 않는가? 수당도 없이 초과 근무하는 모습을 보면서 불평할 수는 없으리라. 영관 장교는 초과 근무 수당이 없다.

지나친 업무 추진에도 묵묵히 따르던 옛 전우가 그립다. 그 나이에도 순진무구했던 마음이 완전히 할아버지가 된 지금까지 변하지 않았을까?

도로 주행 연습

　나는 비행단 근무 경력이 있으나 가족은 처음이다. 1989년에 공군소위로 임관해서 1993년 공군 본부로 전속할 때까지 광주 비행단 무장대대에서 근무한 바 있다. 아내와는 1994년 처음 만나서 이듬해 결혼했다. 장교는 보직 이동이 잦아서 자녀가 여럿일 경우 태어나는 장소가 다른 게 보통이나, 공군 본부에서 정보체계 개발 사업을 하는 동안 낳은 내 아이는 모두 출생지가 계룡시다. 아내를 포함하여 나를 제외한 모든 가족이 비행단 생활은 처음인 셈이다.

　비행단 생활은 만만치 않다. 우선 항공기 엔진 소음으로 시끄럽다. 최신예 전투기는 추진력이 큰 만큼 소음도 크다. 최신예 전투기를 운영하던 충주는 광주와는 비교가 되지 않았다. 관사가 활주로와 멀리 떨어져 있어도 이·착륙할 때 소음은 대화가 어려울 정도다.

　아내한테 문제는 장보기였다. 비행단은 넓다. 전투기나 대형 수송기 이·착륙을 위해서는 활주로 길이가 3천 미터 이상 되어야 한다.

주변에 방해되는 시설물이 없어야 하는 건 물론이고, 보안상 민가와도 멀리 떨어져야 한다. 항공기 주기장이나 정비 시설도 많은 공간을 차지한다. 보통 비행단 외곽 길이는 10킬로미터가 넘는다.

관사에서 정문까지 거리만 해도 수백 미터에 달한다. 충주로 전속할 당시 아내는 운전면허가 없었다. 현대인은 운전면허가 필수다. 면허증이 없는 사람은 거동이 불편한 장애인과 다를 바 없다. 모두가 걸어 다니던 때는 정상이었지만, 대부분 사람이 자동차를 몰고 다니는 현재는 보기 드문 사람, 일종의 비정상이다. 처음 생활하는 비행단에 적응하는 것이 아내에게는 큰 고역이었다.

내가 술을 좋아하기에 대신 운전시킬 요량으로 결혼 전 운전면허증을 딸 것을 종용하였으나, 아내는 건성으로 대답만 할 뿐 끝내 운전면허를 취득하지 않았다. 새벽에 출근해서 밤늦게 퇴근하는 내가 도와줄 수 없는 처지에서 아내는 혼자 장보기를 해야 했다. 정문에서 관사까지 짐을 들고 이동하는 게 힘들었으나, 더 큰 문제는 애가 셋이나 된다는 점이었다.

다른 사람에게 맡길 형편도 안 돼서 아내는 애 셋을 데리고 충주 시내까지 시내버스로 이동하여 생활용품을 구했다. 갈 때는 덜하다. 셋째는 등에 업고 양손에 한 명씩 손을 잡고 이동했다. 첫째 하연이가 일곱 살이었고, 둘째 준연이가 다섯 살, 막내가 두 살 때다. 물론 한국 나이다. 걸어 다닌다고 해도 만 다섯 살과 세 살에 불과하다. 혼자 다니기에는 곤란한 나이다.

하연이는 그래도 엄마 말을 얌전히 듣는 편이었으나, 아들 준연이는 천방지축 개구쟁이였다. 아토피로 제대로 먹지 못해 튼튼한 몸이 아니었음에도 에너지가 넘쳐흘렀다. 엄마가 한눈을 파는 순간 어떤 일이 벌어질지 알 수 없다. 장에서 돌아올 때가 문제였다. 다섯 식구가 먹을 식료품을 잔뜩 산 짐 때문에 애들을 잡아 줄 손이 없었다.

특히 시내에서 건널목을 건널 때가 문제였다. 녹색 건널목 신호등은 한 번 건너기에도 빠듯하다. 동시에 두 사람을 데리고 건널 방법이 없던 아내는 짐 하나를 내려놓고 준연이는 남겨둔 채 하연이와 건널목을 건넜다. 반대편에 짐 하나와 하연이를 놓고 다음 신호에 건너왔다. 그다음 신호에 나머지 짐 하나와 준연이를 챙겨서 건너는 식이었다. 건널목 하나 건너는 데 오가느라 세 번의 신호등을 이용하는 셈이다.

시내버스를 타고 내리는 것이 보통 일이 아니었으나, 시내버스에서 내려서 정문부터 관사까지 이동은 그야말로 지옥이었다. 무거운 짐꾸러미를 들고 세 아이와 이동하는 걸 상상해 보라. 내가 근무하는 무장대대 통제실은 활주로 반대편에 있어서 도와줄 수 없었을 뿐만 아니라, 일과 중에는 규정상 도와줄 수도 없었다. 얼마 지나지 않아서 아내는 운전면허 시험에 도전한다.

역경은 발전과 성장의 디딤돌이다. 사람은 적응하는 동물이다. 변화하는 환경에 가장 잘 적응하였기에 모든 동물을 제치고 만물의 영장이 되었을 테다. 자동차 없이 도저히 생활이 어렵다고 판단한 아내는 면허증 취득을 결심한다. 아내는 선천적으로 영리하다.

나와는 달리 지능 지수가 높다. 세 아이는 모두 엄마 머리를 닮았다. 운전면허 이론 평가는 단번에 합격하였고, 실기는 자신 없어 하였으나 어찌어찌 합격했다.

운전면허증이 있다고 당장 운전할 수는 없다. 당시에는 도로 교통법이 느슨해서 도로 주행 연습을 강제하지 않았다. 면허증만 있으면 법적으로는 문제가 없었다. 면허 시험장 주행 속도는 시속 30㎞ 미만이다. 도로는 최하 시속 60㎞다. 도로 주행 연습 없이 시내에서 운전하는 건 도저히 불가능하였다.

나는 처음 차를 샀던 1993년 가을에 한 달간 운전하지 못했다. 시내 주행이 아니라 똑바로 가는 운전조차 할 수 없었다. 계룡대 부대 내에서 한 달간 주차와 오르막 정지 뒤 출발 등을 혼자 연습했다. 물론 차량이 많은 평일에는 하지 못하고 주로 토요일과 일요일에만 연습하였다. 한 달이나 준비하고 대전 시내 주행에 나섰음에도 온몸에 진땀나는 경험을 한 바 있다.

아내는 운전면허증을 딴 뒤 부대 내에서 주행 연습을 오래 하였으나 도저히 충주 시내로 차를 끌고 나갈 용기가 나지 않았다. 어느 일요일 오후에 함께 시내에 나가자고 부탁하였다.

"부대 내에서는 차량이 드물어서 운전에 문제가 없는데, 시내 운전은 영 자신이 없어요. 내가 운전하는 걸 옆에서 도와주면 안 돼요?"

"안 돼!"

나는 한마디로 거절했다. 나는 공군 본부에서 근무할 때 운전을 가르치다가 부부 싸움을 했다는 선배를 여럿 보았다. 운전은 위험하다. 초보 운전은 더 위험하다. 사람은 생존 본능이 강하다. 위험에 처하는 것을 싫어하고, 위험한 상황에 극도로 스트레스를 받는다. 자기도 모르게 소리를 지르거나 화를 내는 게 보통이다.

초보 운전자에게 주의사항을 아무리 자세히 설명해도 그 모든 걸 단번에 해낼 수는 없다. 갈림길에서 회전할 때 속도가 너무 빠르거나, 깜박이 등 없이 차선을 변경하거나, 차선을 변경할 때 위험에 처하는 일이 허다하다. 보통 때라면 좋은 말로 조언할 수 있어도 긴박한 상황이라서 고함을 지르거나 버럭 화를 내는 일이 잦다. 연애할 때 자상하던 남자의 그런 태도에 여자는 분노하고 모멸감을 느끼게 마련이다. 가까운 사람과는 돈 거래를 하지 말라고 하지만, 운전 연습도 마찬가지다. 도로 주행 운전 연습을 돕다가 다투지 않는 부부 보기 어렵다.

그런 까닭에 한마디로 거절한 것이다. 옆에서 좌우 차량 진행 상태나 끼어들 적절한 시기를 알려 주기를 바랐던 아내는 앙앙불락하였으나, 그러거나 말거나 나는 오랜만에 깊은 낮잠에 빠져들었다. 서너 시간을 잤을까. 저녁 무렵이 되어서야 부스스 일어나자 아내가 현관문을 열고 들어왔다.

"어때? 할 만해? 운전 잘했어?"

"잘하거나 말거나 무슨 상관이에요? 옆에서 봐달라니까 그것도 거절하면서."

아내는 뾰로통해서 볼멘 목소리로 대답했다.

"아니 이 사람아, 내가 하기 싫어서 안 한 건가? 도로 주행 연습 하다가 부부 싸움하지 않았다는 사람을 보지 못했어. 어떤 선배도 절대로 아내 운전 연습시키지 말라고 신신당부하더구먼. 별로 도움도 안 되면서 서로 화낼 짓을 왜 하는가?"

나는 아내 마음을 풀어주기 위해서 부드러운 목소리로 설명했다.

"흥, 내가 죽으면 혼자 죽을 거 같아요? 사고 나면 다 같이 죽을 작정으로 애 셋 모두 태우고 다녔어요."

"하하, 그래? 그래서 운전은 익숙해졌소?"

"처음엔 겁이 나고, 좌우를 살필 겨를도 없어서 등에 식은땀이 흘렀는데 조금 지나니까 괜찮아지더라고요. 백화점과 마트에 가서 주차 연습하고, 시내 곳곳을 돌아다녔어요."

아내는 토라졌던 마음이 풀어진 듯 운전 연습한 상황을 장황하게 설명하였다. 어느 정도 운전에 자신감을 가진 듯하다. 내가 함께하지 않은 것보다 도로 주행 운전에 붙은 자신감에 더 흡족한 게다.

아내는 자존심과 자립심이 강하다. 웬만해서는 도움을 청하거나 조언을 바라지 않는다. 아내는 중학교 때부터 자취 생활을 했다. 고등학교 때부터 부모 슬하를 떠나 생활한 나와 큰 차이가 없다. 모든 일에 자신감이 넘치고 매사에 똑 부러지게 말하고 행동한다. 내가 도로 주행 연습에 동행을 거부하자 아무것도 모르는 애 셋을 데리고 간 것만 봐도 그 단호한 의지가 엿보인다. 그런 과단성이 있기에 단시간 내에 운전에 능숙해졌을 테다.

직접 운전으로 아내는 장 보는 데 편해졌다. 아내만 편해진 게 아니다. 술자리가 잦은 나는 술에 취할 때가 많다. 회식 전후 이동할 때는 아내 도움을 받았다. 지금도 마찬가지다. 부부동반 모임이나 둘만의 등산이 아내가 운전을 못 한다면 쉽지 않으리라. 틈만 나면 음주를 즐기는 나로서는 아내의 도움이 천군만마와 다름없다.

관심 사병

어느 날 아침 중대장 회의 때 대대장이 지시했다.

"통제실장, 161 무장중대에서 신병 한 명을 받지 못하겠다고 하는데 알아봐라. 감독관이 도저히 데리고 일할 수 없다고 하소연하던데……."

"알겠습니다. 확인해서 조치하겠습니다."

공군 정비 부대 실무는 감독관 위주로 돌아간다. 중대장이 있지만, 경험이 짧아 직무 지식이 부족한 데다 부사관 중심으로 돌아가는 업무 특성상, 부사관에서 진급한 준사관인 감독관의 위상이 높다. 부사관의 인사에 관여하고 소속 인원에 대한 애착이 크다. 당연한 일이다. 모든 일은 사람이 한다. 항공무장 임무 지원을 위해서도, 사건 사고 예방을 위해서도 인력 관리에 소홀할 수 없다. 새로 신병이 전입하면 대대 본부에서 중대별 편제 대비 부족한 인원을 무작위 할당하는데, 161 무장 중대에 배속한 인원이 감독관

마음에 들지 않았던 모양이다.

회의가 끝나자마자 득달같이 161 무장 중대로 달려갔다. 무장 대대 무장 지원 중대는 비행단 전체에 흩어져 있다. 유사시 적 공격에 피해를 최소화하기 위하여 분산 배치되어 있다. 161 무장 중대는 대대 본부와는 대각선 방향으로 완전히 반대편에 있다. 아무리 멀더라도 즉시 확인하지 않을 수 없다. 대대에서 대대장의 명령은 최우선 실천 사항이다.

"감독관님, 수고 많으십니다. 별일 없습니까?"

중대에 들어서자마자 감독관실을 찾아서 인사했다.

"필승! 실장님, 어서 오십시오. 중대에 무슨 일이 있을 턱이 있습니까? 덕분에 아무 일 없이 잘 지내고 있습니다."

"대대장님께서는 곤란한 문제가 있다고 하시던데……."

"아, 그 일 말씀입니까? 이번에 새로 배속된 병사 한 명이 문제입니다. 체력이 약해서 임무 수행이 어렵습니다."

그제야 비행단 반대편에서 아침부터 달려온 내 의도를 눈치 챈 감독관이 말을 꺼냈다.

"중대에서 병사가 하는 가장 큰 임무가 무장 장착 아닙니까? 그중에서도 가장 빈번한 임무인 AIM-9를 장착하는 데 어려움이 있습니다. 3명 1조로 미사일을 장착하는 데 전혀 힘을 쓰지 못해서 도움이 안 됩니다. 다른 두 명이 함께 작업하지 못하겠다고 하소연합니다."

"아니 모두 할 수 있는 일을 하지 못한다는 말입니까?"

의아했다. AIM-9는 공대공 미사일이다. 적기와 공중전을 벌일 때 가장 많이 사용하는 무기 체계로 적기의 엔진에서 나오는 적외선을 감지해서 추적하는 유도탄이다. 3명이 1개 조가 되어 손으로 옮겨서 항공기의 날개 끝에 장착한다. 무거운 다른 무기 체계와 달리 순수 인력으로 장·탈착이 가능하여 신속하게 임무를 지원할 수 있는 무기체계다.

"새로 전입한 병사 중 한심한 이병이 있는데 키가 너무 작은 데다 힘이 없어서 미사일을 옮기는 데도, 눈높이까지 들어 올려 장착하는 데도 전혀 도움이 되지 않습니다. 무장 중대에서 미사일을 장착할 수 없는 병사를 어디에 써먹겠습니까?"

"그래요? 제가 한번 면담해 보겠습니다. 꾀병이 아니라면 무슨 조처가 있어야겠네요."

불러온 한심한 이병은 과연 왜소했다. 키가 평균보다 작은 데다 바람에 날릴 것같이 연약해 보였다. 잔뜩 겁먹고 움츠린 자세로 내 앞에 앉았다.

"미사일을 장착하는 데 도움이 안 된다는데, 정말 그렇게 힘이 없나?"

"예 실장님, 제가 워낙 힘이 없어서 저와 한 조가 돼서 미사일을 옮기고 장착하면 모두 힘들어합니다. 제가 제 몫을 제대로 감당하지 못하니까요."

표정이나 태도에서 정말 미안해하는 모습이 보였다. 거짓말하는 것 같지 않았다. 체력이 안 돼서 일할 수 없다는 데야 다른 방법이 있는가? 할 수 있는 일을 찾아서 적당한 부서로 옮기는 수밖에 없다. 내가 근무하는 통제실로 옮겨야겠다고 마음을 굳혔다. 몸이 약한 병사를 좋아할 감독관은 없다. 일을 닥치는 대로 하지 못하고, 병사들과 쉽게 어울리지 못하는 사람을 좋아할 관리자가 있겠는가? 처음 배속한 인원은 어떻게든 써보려고 노력하지만, 이미 타 중대에서 문제가 되어 받지 않은 사람을 데리고 근무하려는 감독관은 없다. 한 번 관심 사병으로 소문나면 부내 내에서 설 자리가 없다.

군에는 관심 사병(關心士兵)이라는 게 있다. 문제가 있다고 판단하여 관심 있게 관찰하고 특별하게 관리하는 부대원을 말한다. 보통 병사를 말하지만, 간혹 대상이 부사관일 때도 있다. 사병(士兵)은 부사관과 병사의 줄임말이다. 장병(將兵)은 장교, 부사관, 병사 모두를 아우르는 말이다.

군대는 비슷한 또래가 집단으로 합숙하는 생활이다. 독특하거나 뒤처지는 사람이 적응하기에 쉽지 않다. 신체나 정신적 결함 또는 성격이나 태도 등 문제가 되는 요소는 다양하다. 내성적이거나 자존감이 낮은 사람이 주로 대상이 되지만, 때로는 쾌활하고 능력이 뛰어난 사람이라도 가정 형편이나 이성 교제 혹은 사건 사고 사례가 있는 사람이 관심 사병으로 분류되기도 한다.

군대의 기본 임무는 전투다. 전쟁에서 승리하기 위하여 평소에 훈련을 통해 전투 능력을 키우는 게 근본 목적이다. 전시에는 전투가 가장 중요하지만, 평시에는 사고 예방이 중요한 임무 중 하나다.

사건 사고로 인명이 손상되면 그 자체로 큰 문제지만, 외부에 알려지면 사회적 이슈로 발전하여 부대장이 곤란한 지경에 처한다. 지휘관은 전투력 양성과 아울러 사건 사고 예방에 골몰할 수밖에 없다.

사건 사고 예방을 강조하다 보니 모든 부서장은 문제 요인을 내포한 인원을 부대원으로 받아들이는 걸 꺼린다. 문제가 생기면 연대 책임을 지우는 게 군의 생린데 누가 다른 사람 일로 벌칙을 받거나 낮은 성과급 받기를 원하겠는가? 일단 관심 사병으로 낙인찍히면 부대에서 설 자리가 사라진다.

가정 형편이 어려운 사람은 불우한 사람이다. 부모가 없거나 편부모 혹은 궁핍한 사람이라면 연민과 도움이 필요하다. 세상은 부익부 빈익빈이 원리다. 누구나 이익을 추구한다. 약자나 불우한 사람을 도와야 한다는 걸 잘 알지만, 현실에서는 정확히 반대로 행동한다. 멀리하는 것이다. 형편이 어려운 사람에게 갈등이 많은 건 당연하다. 상황이 악화하면 극단적인 선택을 할 확률이 보통 사람보다 더 높다.

이성 교제는 지극히 당연한 젊은이의 일상이다. 누구나 원하고 권장하는 일이다. 지휘관 처지에서는 골치 아픈 일이다. 멀쩡한 사람이 죽거나 자해하는 일은 드물다. 실연 당한 젊은이라면 사정이 다르다. 사랑하는 연인보다 중요한 일이 있는가? 연인은 사실상 그의 전부다. 사랑에 빠지면 보이는 게 없다. 조국과 민족, 부모 형제, 심지어 자기 자신보다도 연인이 더 중요하다. 사랑하는 사람과 함께하지 못한다면 삶이 무의미하리라. 그게 실연 당한 사람의 심정이다. 언제 어떤 일이 벌어질지 알 수 없다. 이성 교제를 하는 사람은 잠재적 실연자다. 사고를 일으킬 소지가 다분하다.

사회에서는 전혀 문제가 되지 않을 정신적 신체적 결함, 가정 결손, 가난, 사이비 종교, 이성 교제가 문제가 된다. 그 자체로는 문제가 아니지만, 어느 순간 사고 발생 확률이 높다는 이유로 지휘관의 관심사가 된다. 관심 사병은 군에서 사고 예방을 위하여 특별히 관리하는 인원이다. 사고 예방 차원에서는 바람직하지만, 인권 측면에서는 불합리한 요소가 있다.

한심한 이병은 특별한 경우다. 체력이 약해서 관심 사병으로 분류되는 건 지극히 드문 일이다. 어쨌든 평범한 일이 불가능하고 모든 사람이 싫어한다면 관심 사병이 맞다. 다른 사람이 데리고 근무하는 걸 싫어한다면 내가 할 수밖에 없다. 대대원의 사건 사고는 대대의 명예나 성과급에 직결한다. 다른 사람에게 맡기느니 스스로 맡아서 관리하는 게 더 확실하다.

"감독관님 말씀이 맞네요. 일선 무장 중대에서 근무하기에 적절한 자원이 아닌 거 같습니다. 제가 통제실에서 데리고 일하겠습니다."

"아이고 실장님, 감사합니다. 통제실 연락병이나 행정 업무는 문제없을 겁니다. 하여튼 애로사항을 해결해 주서서 너무너무 감사합니다."

감독관의 입이 귀에 걸렸다. 사실 감독관 처지에서는 무장장착 임무를 못 하는 것보다도 더 큰 문제는 왕따다. 중대 병사들이 같은 조로 일하는 걸 싫어하다 보면 자연스럽게 외톨이가 될 수밖에 없다. 의지할 데 없는 외로운 사람의 삶은 암울하다. 아무리 관리자가 관심을 가져도 문제가 될 가능성이 농후하다. 그런 사람을 데려간다니 고맙지 않을 수 없다. 관심 사병은 일손이 부족하더라도 없는 편이 낫다.

그렇게 한심한 이병은 일선 무장 중대에서 통제실로 근무처를 옮겼다. 나는 그의 생활 태도를 주시하면서 틈나는 대로 충고하고 조언하였다.

"네가 현재 몸이 허약한 것은 어쩔 수 없더라도 영원히 지금처럼 살아갈 수는 없다. 틈나는 대로 운동해라. 남자의 가장 큰 임무는 방어다. 국가나 사회, 가정을 지키는 게 첫째 임무다. 가족을 지킬 수 없는 남자를 선택할 여자는 없다. 지키는 데 기본은 체력이다. 너도 어여쁜 처자를 맞이하여 가정을 꾸려야 할 게 아닌가? 세상에서 제일가는 남자는 아니더라도 보통은 되어야 할 게 아닌가? 팔 굽혀 펴기 몇 개나 할 수 있나?"

"못 합니다."

"뭐? 못해? 아니 팔 굽혀 펴기를 한 개도 못 하는 사람이 있어? 정말 문제구먼. 오늘 밤부터 당장 연습해라. 처음부터 할 줄 아는 사람은 없어. 두세 살부터 꾸준히 노력하고 연습한 결과가 현재 걷고 뛰며 살아가는 보통 사람이다. 일단 배를 깔고서라도 두 팔로 밀어 올리는 연습을 해라. 한 번 하게 되면 열 개는 금방이다. 제대하기 전까지 백 개, 적어도 오십 개는 해야 해. 매주 월요일마다 팔 굽혀 펴기 몇 개까지 했는지 보고하도록, 알았나?"

"예, 알겠습니다."

"목소리 봐라. 그게 이십 대 혈기 방장한 사나이 대장부의 목소리인가? 목소리는 우렁차게, 상대를 제압하려면 목소리부터 커야 한다. 경례 구호뿐만 아니라 대답도 대성박력으로! 알겠나!"

"넷, 알겠습니다!"

한 이병은 작은 키에 잔뜩 움츠러든 좁은 어깨를 활짝 펴며 큰 소리로 대답하였다. 군대의 임무는 조국 수호지만 모든 남성이 거쳐야 하는 관문이라는 점에서 대한민국 남자가 건전한 정신과 건강한 육체를 연마하는 데 최적의 장소다. 가당찮은 꿈을 가진 데도 원인이 있지만, 나는 정말로 조국 대한민국을 사랑하였다. 나뿐만 아니라 전 국민이 대한민국을 사랑하고 헌신하기를 바랐다. 온 국민이 국가에 헌신한다면 비록 영토가 작고 인구가 적더라도 전 세계에서 우뚝 서는 데 문제가 없으리라.

나는 소속 장병이나 내가 아는 모든 남자가 정신적으로 신체적으로 탁월하기를 바랐다. 백 리 길도 첫걸음부터다. 내가 아는 모든 사람이 사회에 이바지할 때 조국은 발전하리라. 개인이 완벽할 때 개인의 총합인 국력은 배가 되고 나라는 번영하리라. 그것이 공군 장교로서의 내 각오였다. 나뿐만 아니라 내가 속한 공동체를 최고 최강으로 만드는 것, 그것이 나의 사명이요 존재 이유였다.

한심한 이병은 눈에 띄게 씩씩해졌다. 크기는 그대로였지만 눈에 힘이 실렸다. 자신감은 경험에서 비롯하지만, 의지의 문제이기도 하다. 세상에서 자신보다 우월한 존재는 없다고 세뇌하고, 누구한테도 질 수 없다는 각오를 되새기면 자신감은 살아난다. 통제실 업무가 쉬운 건 아니다. 중대 연락병을 모아 놓고 전달하는 것도, 컴퓨터로 문서를 작성하는 것도 배짱과 능력이 없으면 할 수 없다. 통제실에서 한 이병은 군인이 되었다. 씩씩한 대한민국 성인 남자로 성장하였다.

2년이 지나 공군 교육사에서 무장 교육대장으로 근무할 때다. 어느 날 통제실 선임 부사관 심 원사로부터 전화가 왔다.

"필승, 실장님 잘 계십니까?"

"아니 선임 부사관님이 어쩐 일입니까? 생전 안 하던 전화를 다 하고……. 오늘은 해가 동쪽으로 지겠네."

"하하, 여전하십니다. 오늘 통제실 한심한 병장 마지막 날입니다. 내일 전역하는데, 지금 제대 기념 통제실 회식 중입니다. 한 병장이 실장님과 통화하고 싶다고 해서 전화 드렸습니다."

"그래요? 벌써 그렇게 됐나? 바꿔 주십시오."

나는 울컥했다. 내가 조국과 부하를 사랑하지만, 대가를 바라고 하는 건 아니다. 그건 그냥 나의 살아가는 목적이요 사명이다. 누구한테 공치사 들은 적도 흔치 않고, 특히 병사에게는 더욱 그렇다. 병사는 의무복무다. 마지못해서 하는 군 생활이다. 여간해서는 복무 중이나 제대 후에 연락하는 사람이 없다. 나는 전에 근무했던 부대의 부하 병사와 처음으로 통화했다.

"필승! 실장님 덕분에 군대 생활 무사히 마쳤습니다. 이제 미사일 장착할 수 있습니다. 팔 굽혀 펴기도 오십 개는 할 수 있습니다.

모든 게 실장님의 조언과 감독 덕분입니다. 감사합니다. 이 말씀을 꼭 전해 드리고 싶었습니다.”

“아, 그래. 고맙다……. 건강하게 군 생활 마쳐서 고맙고, 내 말대로 열심히 운동해서 튼튼해진 게 고맙고, 잊지 않고 전화 줘서 고맙다. 만족하지 말고 제대 후에도 지금의 생활 자세를 유지하길…….”

끝내 목이 메어 말을 잇지 못했다. 내가 감격해서 말을 잇지 못하자 한 이병도 흐느꼈다. 남자라고 해서 울지 않는 게 아니다. 다만 겉으로 연약한 모습을 보이지 않으려고 참을 뿐이다. 참을 수 없을 때는 울어야 한다. 나는 제대하는 병사가 하는 인사말에 눈물을 쏟아 냈다. 살아가는 보람을 느꼈다. 눈에서는 눈물을 쏟았으나 전신이 짜릿한 행복감에 떨려왔다.

퇴근길 한 잔

우리나라는 대표적인 술 권하는 사회다. 술 없는 모임이 거의 없고, 술자리가 아니라면 모임을 사양하는 사람이 많다. 어려서부터 술에 노출된다. 내가 어려서 시골에서 살 때 농사일을 하다 보면 새참 때 막걸리를 권하는 어른이 많았다.

"술은 어른한테 배워야 쓰는 거서."

"그럼 그럼, 어른한테 얌전하게, 예의 바르게 마시는 걸 배워야 하고말고. 애들끼리 마시면 음주 추태나 부리는 싸가지없는 놈이 된당께."

사실 땡볕 아래 일하던 논에는 막걸리 외엔 마실 게 없었다. 어른이 따라 주는 막걸리를 사양하는 법이 없이 들이키곤 했다. 막걸리 알코올 농도는 6도로 무척 낮다. 4도의 맥주보다는 높지만, 당시 25도, 30도 하던 소주와는 비교할 수 없을 정도로 낮았다. 독하지 않아서 아이가 마셔도 거부감이 없었다.

그렇게 입에 대기 시작한 술은 차츰 늘어갔다. 가장 많이 마시는 건 장거리 술 심부름할 때다. 집에서 주막거리까지는 2킬로미터가 넘는 거리였다. 모내기철인 오뉴월 땡볕에 그늘 한 점 없는 신작로를 왕복하는 건 고역이었다. 애 걸음으로 한 시간이 넘는 거리다. 중간에 마실 물도 없다. 어쩔 수 없이 주전자의 막걸리를 한 모금씩 마실 수밖에 없었다. 집에 돌아오면 제법 양이 줄었지만, 방법이 있었다. 집에 도착하기 직전 우물에서 푼 맹물을 한 바가지 부으면 누구도 알아채지 못하는 완전 범죄였다. 시골에서 자란 사람이라면 누구라도 간직한 에피소드리라.

초등학교 때 또래 생일잔치에도 어른 몰래 술을 마셨다. 5~6학년 고학년생은 주로 소주를 마셨고, 열 살 이하 꼬마는 마시기 쉬운 막걸리를 마셨다. 동네 어른을 찾아다니며 세배하던 설날에는 아이들에게도 술 한 상을 냈다. 물론 다 마시라고 준 건 아닐 테다. 그래도 또래 꼬맹이들은 초등학교 때부터 사양하는 법 없이 다 마셨다. 설날에 마시는 술은 집집마다 다 달랐다. 부잣집은 담근 술이나 정종 혹은 맥주를 냈고, 가난한 집에서는 소주나 막걸리가 대부분이었다. 초등학교 때 이미 양주 외에는 모든 술을 마셔본 셈이다.

학교에서는 공식적으로 금주를 지시하였으나 그걸 듣는 학생은 별로 없었다. 선생이 보지 않는 데서는 술을 마다하지 않았다. 요즘은 서른 살이 넘어도 애 취급하는 사람이 많고, 실제로 애처럼 행동하는 사람이 많지만, 1970~80년대만 하더라도 열 살이 넘으면 시골에서는 어른으로 취급하였다. 농사일하는 시골 아이나 소년공은 성인과 다를 바 없었다. 자연스럽게 술을 마셨고 또래 학생도 함께 어울리게 마련이었다.

우리 식구는 대체로 술을 좋아하고 많이 마시는 편이다. 집안 내력으로 형제 모두 술을 좋아한다. 대학교 다닐 때는 없어서 마시지 못하였다. 대학생은 가난하다. 집안 형편과는 무관하게 모두 가난하다. 아무리 부유한 집이라도 학생에게 월 수십만 원씩 용돈을 주지는 않는다. 대학생은 돈 쓸 일이 많다. 먹고 자는 데뿐만 아니라 데이트, 음주, 당구 비용이 만만치 않다. 그래서 대학생은 굶기를 밥 먹듯 한다. 돈이 부족하니 먹는 비용을 절약해서 더 중요한 데 사용한다.

나는 대학교 4년 내내 집에서 용돈을 받지 못했다. 하루 한두 끼로 버티었다. 젊어서는 무척 날씬하였으나 다이어트를 해서가 아니라 자주 굶어서였다. 그러니 내 돈 주고 술 마시는 일은 엄두도 내지 못하였다. 다른 사람이 눈치를 하건 말건 술자리에서는 체면 차리는 법 없이 최대한 마셨다. 장차 언제 올지 모를 술 마실 기회인데 왔을 때 실컷 마셔둬야 하지 않겠는가. 그런 습관이 늙어서 건강에 문제가 되었지만, 당시에는 미처 예상하지 못했다.

소위로 임관하자 세상은 아름다워졌다. 원하는 만큼 술을 무진장 마실 수 있었다. 살다 보면 슬프고 괴로운 일이 생기게 마련이다. 술 한 잔이면 만사형통이다. 술은 마취제요, 환각제며 각성제다. 그야말로 만병통치약이다. 기쁘거나 즐거울 때 마시면 배가 되고, 슬프거나 화나거나 괴로울 때 마시면 망각하고 풀어진다. 그 좋은 술을 마음껏 마실 수 있게 된 게다. 당시 월급이 많지 않았으나 술 마시기에는 크게 모자라지 않았다.

대한민국 전체가 술 권하는 사회였으나 군은 더했다. 군은 젊은 남자 위주로 모인 집단이다. 남자는 거칠다. 쉽게 흥분하여 다툰다. 완충 작용 할 윤활유가 필요하다. 처음 만나 쉽게 사귀고 마음을 트는 데는 술만큼 좋은 게 없다. 술이 거나해지면 세상을 품에 안은 듯 호탕해진다. 기고만장하여 모든 사람을 아래로 내려다보며 용서하고 포용할 마음이 된다. 왕이라도 된 양 고무된 감정으로 유쾌해진다. 처음 만난 사람도 십년지기처럼 친해지는 건 삽시간이다. 그러니 전국에서 모여서 잠깐 생활하고 헤어지는 군인에게 인간관계를 맺기에 술보다 더 좋은 묘약이 있겠는가?

군은 보고에서 시작해서 보고로 끝난다. 전입하든 전속하든 지휘관에게 하는 신고가 시작과 끝이다. 형식상으로만 그렇다. 실제로는 전입 전속 회식이 가장 중요하다. 만나서 인사하고 석별의 정을 나누기에 술자리보다 좋은 방법은 없다. 대대나 중대 병력만 수백 명이다. 하여튼 거의 매주 회식이 있게 마련이다.

특별한 일이 없으면 비가 올 듯 우중충하거나 날씨가 화창한 게 술 마실 이유가 된다. 특히 지휘관이나 선임자가 애주가라면 모든 일이 술 마실 이유가 된다. 생일, 결혼, 출산, 초상 등 축하할 일이면 축하주요, 슬픈 일이면 위로주가 된다. 술 좋아하는 사람에게는 천국이요, 술을 못 마시거나 싫어하는 사람에게는 지옥이 따로 없다.

군은 상명하복 규율이 엄격한 사회다. 본인이 싫다고 마다하기는 어렵다. 요즘이라면 강제로 술 마시게 하는 상관이 없겠지만, 삼사십 년 전만 해도 개인 의사와는 무관하게 술을 마셔야 하는 일이 비일비재했다. 그래서 군에서는 술 잘 마시는 사람이 여러모로 유리했고, 술 잘 마시는 게 자랑이었다. 군에서 가장 필요한 건 탁월한 재능이나 풍부한 지식보다는 오히려 음주 능력과 축구 실력이었다. 모든 사람 위에 쉽게 우뚝 설 방법으로는 음주와 축구가 최선이었다.

대대장 선문영 소령은 술을 좋아했다. 많이 마시기도 하였지만 마시는 속도가 빨랐다. 차 선임자인 나도 술을 좋아한다. 대대 위관 장교는 술을 좋아하고 싫어하는 사람으로 여러 부류였으나, 아무튼 술을 마시지 않고 배길 재간은 없었다. 욕먹고 눈치 보기가 한두 번이지 매번 그렇게 살 수야 없지 않은가. 내가 주관하는 중대장 회의에서 강조하곤 하였다.

“사내대장부는 술을 잘 마셔야 한다. 술이 무엇인가? 쉽게 마음을 터놓고 말하게 하는, 인간관계를 맺는 데 묘약이 아니던가? 수많은 부하 장병을 이해하는 데도, 그들과 공감하는 데도, 자기 생각을 전파하는 데도 술만큼 좋은 방법은 없다. 주량이 작거나 싫다고 술을 피해서는 안 된다. 장교로서 부하를 통솔하고 단합시키려면 앞장서서 마시고 독려해야 한다.”

무장 대대는 출퇴근 시간이 일정하지 않다. 그날그날 비행계획에 따라 들쭉날쭉한다. 회식할 날이 많지 않다. 일주일에 최소한 3일은 야간 비행을 한다. 야간 비행을 하는 날은 전체 회식이 불가능하다. 중대 회식 등 중요한 행사는 비행이 없는 날 하게 마련이지만, 야간 비행이 끝나면 계획에 없던 불시 음주가 잦았다. 공중 작전과의 비행 종료 방송이 나오면 대대장이 통제실에 찾아올 때가 많다.

"뭐하나?"

"예, 전투 검열 대비해서 대대 상황 조치철 작성 중입니다."

"어이 통제실장, 그런 중요한 일은 낮에 하는 거야. 이 밤늦은 시간에 제대로 구상이 되나. 한잔 빨자."

"알겠습니다. 즉시 조치하겠습니다."

일언반구 이유를 묻거나 반박하는 법 없이 즉각 반응한다. 상대의 요구에 응할 때는 이유 없이 기다렸다는 듯이 찬성하는 것이 좋다. 어차피 따라야 할 지시라면 시비곡직을 따져서는 무의미하다. 기꺼이 호응해야 제안한 사람이 유쾌하지 않겠는가? 지휘관의 기분에 따라 전체 대대 분위기가 달라진다. 크게 문제 되지 않는 일이라면 거두절미, 시각을 지체하지 않고 따르는 게 현명하다.

"155중대장, 30분 뒤 91전대 식당에서 집합한다. 중대장에게 전파해!"

내가 일일이 모든 장교에게 전파할 필요는 없다. 선임 중대장에게 지침을 내리면 즉시 전파된다. 이것이 군의 지휘 체계다. 전쟁 때만 지휘 체계가 작동하는 것이 아니라 평시에도 똑같다. '훈련은 실전같이, 실전은 훈련같이'라는 말이 있지 않은가. 생활 자체가 일사불란한 완전한 상명하복 체계다.

충주 비행단에는 91시설전대가 주둔하고 있었다. 전 공군의 토목과 건축 공사를 총지휘 관리하는 부대다. 활주로 반대편에 있던 무장 대대 본부에서 관사로 퇴근하는 길목에 있었으며, 91전대 간부가 이용하는 식당이 있었다. 그 식당은 밤늦게까지 운영해서 야간 비행이 끝난 후에도 영업하였다. 밤 열 시나 열한 시가 넘어서 시내에 나가서 술을 마실 수는 없다. 시간도 문제지만, 영업하는 식당도 없고, 술을 마신 뒤에 이동도 곤란하다. 부대 내에서 마시고 지나가는 사람에게 태워 달라고 하는 게 최선이다. 91전대 간부 식당은 야간 비행 후 간단한 회식에 최적의 장소였다.

군인은 행동이 신속 정확하다. 물론 처음부터 그런 건 아니다. 한두 번 늦거나 꿈 뜨게 행동하다가 된통 혼나고 나면 몸과 마음이 빠릿빠릿해지기 마련이다. 매일 지청구 먹고 타박 받으며 살 수야 없지 않은가. 시간에 맞춰 대대장과 나가면 대부분 도착해 있다. 간혹 반대편에 있는 중대장이 늦을 때가 있으나 5분 안쪽이다.

식당에 가장 먼저 도착한 사람이 음식을 주문하게 마련이다. 한두 번 하는 자리가 아니기에 메뉴나 술은 정해져 있다.

"사장님 김치찌개 하나에 소주 일곱 병이요!"

무장 대대 장교는 대대장 포함해서 아홉 명이다. 결원이 없을 때는 아홉 명이지만, 휴가 출장 근무 휴무 등 개인 사정으로 한두 명 빠질 때가 많았다. 처음 술을 시킬 때는 참석하는 인원수만큼 소주를 시켰다. 대대장이 분위기를 띄우면 술자리 주도는 차 선임자인 통제 실장 몫이었다. 대대장이 앞장서서 음주를 강요하는 건 모양새가 좋지 않다. 어쨌든 어디까지나 자발적으로 마셔야 한다. 내 음주 기준은 두당 세 병이었다.

김치찌개가 다 끓으려면 시간이 제법 걸린다. 열두 시 전에 잠들어서 새벽에 다시 출근해야 하는 장교 처지에서 낭비할 시간이 없다. 안주가 나오기 전에 자리에 앉자마자 음주가 시작되었다. 대대장 도착과 동시에 회식 시작이다.

"오늘도 모두 고생 많았다. 무장 대대를 위하여!"

"위하여~"

대대장의 선창으로 일제히 건배하고 잔을 비운다. 청년장교에게 술잔을 꺾어 마시는 법은 없다. 일단 잔을 들면 원샷이다. 안주는 식당에서 찌개 나오기 전에 미리 준 김치가 전부다. 첫 잔을 들고 김치 한 조각을 씹다 보면 대대장의 두 번째 건배가 이어진다.

"뭐하나? 빨자! 위하여!"

"위하여~"

대대장의 건배 제의에 일제히 술잔을 들이켠다. 밤늦은 시간에 시작한 회식이라서 빨리 끝내야 하는 사정도 있었으나, 대대장의 술 마시는 속도는 정말 빨랐다. 대대장 직책에 있을 때뿐만이 아니다. 다른 회식에서 만나도 술을 번개같이 마셨다. 빨리 마시면 빨리 취한다. 선문영 소령은 일단 취하면 2차나 3차 중이라도 집에 귀가하는 스타일이었다. 빨리 마시고 빨리 잔다, 술 마시고 실수하지 않는다는 게 대대장의 신조였다.

매번 김치찌개가 나오기 전에 소주 일곱 병을 다 비웠다. 십 여

분 사이에 각자 한 병씩 마신 셈이다. 소주 한 병이면 술 약한 사람은 만취량이다. 대대장과 나는 세 병이 기본이었지만, 중·소위 위관은 그런 식으로 술 마신 경험이 없다. 처음 얼마간은 술 마시는 걸 힘들어하였으나 금방 적응하였다. 인간은 적응하는 동물 아니던가. 사무실에 우유나 컨디션 따위를 준비해 놓았다가 술자리에 나오기 전에 마시는 등 요령이 생겨서 술을 두려워하지 않았다.

술은 정확하게 같은 양을 마셨다. 개인적으로 잔을 주고받을 시간이 없었기 때문이다. 몇 분 간격으로 지속해서 건배가 이어진다. 도저히 개인이 추가로 마실 시간이 없었다. 소주 한 병이 들어가면 이미 안주 생각이 사라진다. 뒤늦게 나온 김치찌개는 태반이 남게 마련이었다. 술은 술을 부른다. 아홉 명이 마시면 스물일곱 병, 일곱 명이 마시면 스물한 병, 정확히 한 사람당 세 병을 마시면 음주가 끝났다.

당시 김치찌개 가격은 6000원, 소주는 한 병에 2000원이었다. 일곱 명이 술을 마시면 소주 스물한 병 술값 42000원을 포함해서 48000원의 술값이 나왔다. 대부분 대대장이 계산하였으나, 간혹 균등 분담할 때도 있었다.

대대장이 시동을 걸 때가 많았으나, 대대장이 아니더라도 통제실장인 나나 중대장이 건의할 때도 있었다. 긴 시간 노동에 몸과 마음은 파김치다. 얼른 잊고 재충전이 필요하다. 일과 중에 좋지 않은 일이 있을 수도 있다. 매일 얼굴을 맞대야 하는 장교 중 누군가 불편한 기색이 있으면 빨리 풀어주는 게 좋다. 대대에 안 좋은 일이 있거나, 대대장이 심기가 불편하다면 즉각 해소해야 한다. 누군가 눈치 빠른 장교가 말을 꺼내면 그 뒤는 일사천리다.

모두가 젊고 건강할 때다. 새벽 다섯 시에 일어나서 출근하고 거의 매일 음주 후 밤 열두 시에 잠이 들어도 생활에 큰 지장이 없었다. 나는 작년에 심방세동 부정맥 진단을 받아서 이제 술을 마음껏 마실 수 없는 신세다. 어쩌면 젊은 날 몸을 혹사한 대가를 치르는 중인지도 모른다.

내 신조가 '후회하지 않는다'다. 지금 술을 마실 수 없다고 해서 젊은 날 마음껏 마신 술을 후회하지는 않는다. 그래서 그때 즐겁지 않았던가. 대대원과 일심동체로 동고동락하지 않았던가. 오늘의 나는 어제의 나 없이는 존재하지 않는다. 나는 나를 부정하지 않는다. 현재는 최상의 결과다. 더 나은 내일을 위하여 어제와 오늘을 뒤돌아볼 뿐이다.

술은 마약이다. 한 번 배우면 헤어나기 쉽지 않다. 내 삶의 가장 친한 친구는 술이었다. 지나치게 의존한 측면이 있지만, 술로 고통과 아픔을 이겨냈다. 전우와 희로애락을 나누며 화합하고 단결하였다. 뜨거운 전우애를 나눌 수 있었다. 아련한 추억이다. 인생을 다시 살고 싶은 마음은 전혀 없지만, 옛 전우와 다시 만나 화통하게 술을 마시고 싶은 마음만은 간절하다. 지나고 나면 모든 게 아름다운 추억이다.

창안

1997년 IMF의 후폭풍은 쓰라렸다. 대규모 구조 조정으로 실업자가 넘쳐났다. 수천 명의 실직자가 거리로 내몰려 노숙자라는 신조어가 유행하였다. 대기업의 연이은 도산으로 대마불사 신화는 사라졌다. 평생직장이라는 개념도, 한 우물을 파면 성공한다는 철학도 사라졌다.

가장 큰 변화는 직업에 대한 인식이었다. 연평균 경제 성장률이 십 퍼센트에 이르며 승승장구할 때는 공무원이 가장 인기 없는 직업이었다. 1980~90년대 대기업과 공무원의 연봉 차이는 컸다. 공무원 보수는 중소기업에도 크게 미치지 못하는 실정이었다. 1960~70년대 유행한 '사람은 제 먹을 걸 타고난다. 하다못해 면서기라도 하겠지.'라는 말에서 공무원의 위상을 알만하다. IMF는 기존의 상식을 완전히 뒤엎었다. 사회가 실업자로 넘치자 안전한 직업이 최고라는 사고가 지배하였다.

IMF 이전까지 공무원은 배우자 직업 만족도에서 최하위였다. 모든 젊은이가 선호하지 않았으나 특히 여성은 배우자로 공무원을 탐탁치 않게 여겼다. 공무원 월급으로는 십 년을 모아도 아파트 한 채 장만할 수 없었으니 그럴 만도 하다. 남자가 소득을 책임져야 한다고 생각할 때다. 사람은 평균 이상으로 부유하게 사는 것을 원한다. 호의호식과 부귀영화를 꿈꾸지 않더라도 보통 이상의 경제적 삶을 누리기를 원한다. 결혼을 포기할 수 없는 남자에게 공무원은 피해야 할 직업이었다.

군인도 공무원이다. 보수도 시원찮은데 생활 환경도 열악하다. 일반 공무원은 대체로 한 지역에서 오래 근무할 수 있으나 군인은 1~2년에 한 번씩 이사를 각오해야 한다. 부사관이라면 격오지(隔奧地) 근무를 당연하게 여겨야 하고, 장교는 이사가 연례행사다. 당시 여성이 선호하는 배우자 두 번째가 직업 군인이라는 말이 유행하였다. 물론 첫 번째는 민간인이다.

IMF 이후 안전한 직업이 최고라는 인식이 자리잡자 공무원의 주가가 폭등했다. 덩달아 군인의 몸값도 올라갔다. 우스갯소리로 두 사람이 지나가면, 사람 한 명하고 군인이 지나간다는 말이 사라졌다. 군인도 사람 취급받기 시작한 것이다. IMF 이전에는 장교나 부사관 모두 의무 복무를 마치면 전역이 대세였다. 전역을 막아 장기 근무를 유도하는 지휘관이 인정받았다.

사태는 일변하였다. 단기 근무자로 입대해서 전역을 신청하는 장교나 부사관이 사라졌다. 모두가 장기근속을 원했다. 본인이 원하면 가능했던 연장이나 장기 복무의 경쟁이 치열해졌다. 모두가 전역을 희망할 때는 위관 장교와 하사의 근무 평정은 사실상 무의미했다. 치열한 경쟁으로 과반수가 장기 복무에서 탈락하는 일이 벌어지자 자력 점수가 중요해졌다. 자력 점수에는 근무 평정, 포상, 자격증, 창안 등의 점수가 포함된다. 이제 직업 군인에게 자력점수는 대학생의 학점 이상으로 중요해졌다.

단기 장교나 부사관의 연장 혹은 장기 근무만 힘들어진 게 아니다. 군 계급 구조는 피라미드 형태다. 하위 계급 대비 상위 계급 인원이 훨씬 적다. 일사불란한 상명하복 체계가 유지되기 위해서는 의견 통일이 중요하다. 유능한 장군 둘보다는 멍청한 장군 하나가 낫다는 말이 있다. 유사시 신속한 의사 결정이 필요하다. 의사 결정권자가 적을수록 좋다. 상급자 비율이 급격히 낮아지는 까닭이다.

초급 간부가 대부분 전역할 때는 피라미드 구조에 문제가 없었다. 모든 사람이 장기 복무를 희망하자 문제가 심각해졌다. 단기 복무자는 연장이나 장기 복무 전환이 힘들고, 간신히 살아남아도 대상자가 많아서 진급 대기 기간이 확 길어졌다. 장교가 장군에 이르는 확률은 지극히 낮다. 그래서 하늘의 별 따기라는 말이 생겼다. 이제 모든 직업군인의 진급이 하늘의 별 따기가 되었다. 특히 부사관이 심각하였다.

공군은 전문기술을 갖춘 부사관 위주로 업무가 돌아간다. 정비부대의 태반이 부사관이다. 하사는 이삼 년, 중사 이상 부사관이 진급하는 데 평균 사오 년 걸리던 게 십 년을 넘겨도 이상하지 않을 정도가 되었다. 부사관의 좋은 시절은 다 지나갔다. 진급 기회가 몇 차례 없는 장교와는 달리 국방부 시계는 돌아간다며 오래 버티면 진급하던 시대는 끝났다. 정해진 기간 안에 진급하지 못하면 정년퇴직해야 하는 불상사가 생길 수 있다. 박봉에 인권유린이 심심치 않게 벌어지던 부사관에게는 엎친 데 덮친 격이었다.

근무 평정이나 포상 점수가 중요하지만, 노력만으로 해결할 성질이 아니다. 아무리 노력해도 지휘관이 인정해야 받을 수 있는 점수다. 지휘관의 성향에 따라 평가 기준이 달라진다. 부사관이 장기 복무나 진급을 위해서는 스스로 획득 가능한 점수가 중요해졌다. 가장 좋은 방법이 웰던과 창안이다.

웰던과 창안으로 선정되는 과정은 까다롭다. 쉽게 할 수 있는 일이 아니다. 그러기에 선정되면 경쟁자와 비교할 수 없을 정도로 우위에 설 수 있다. 웰던은 정비 결함을 사전에 발견하여 치명적인 사고를 예방한 사람에게 주어지는 상이다. 창안은 새로운 제도나 절차, 장비, 공구를 개발하여 정비 작업을 효율적으로 수행하게 하는 제도다. 제안한 제도·절차, 장비, 공구가 심사 위원회에서 인정하면 창안으로 채택된다.

무장 대대 통제실은 대대 핵심 부서다. 모든 정비 업무를 총괄한다. 수백 명의 부사관 중에 가장 우수한 자원을 선발한다. 대대 본부에 근무하는 사람은 모두 대대장의 핵심 참모다. 그 자체로 인정을 받지만, 그것만으로 충분하지 않다. 진급은 공군 본부 차원에서 관리한다. 비행단 내 동료뿐만 아니라 전 공군 같은 특기 동료가 경쟁자다. 대대장의 인정만으로는 부족하다. 진급할 수 있는 거의 유일하며 확실한 길은 자력점수를 최대한 높이는 일이다.

중대에 있는 사람보다는 대대 본부에 근무하는 부사관이 정보에 더 빠르다. 통제실 선임 부사관은 심 원사였다. 원만한 성격에 유능한 자원이었으나 상황이 진급에 녹록하지 않다는 걸 일찍 깨달았다. 몇 년이나 제안을 준비하였다. 제도·절차 제안은 증명하기 어렵다. 가장 좋은 건 정비 장비나 공구를 개발하는 것이다. 심 원사는 유도탄 점검 장비를 개발하여 보고서를 작성해서 내게 검토를 부탁하였다.

"와, 대단하네. 이걸 선임 부사관이 만들었어요? 언제 이런 걸 만들었어요?"

나는 실물과 보고서를 보고 입을 다물지 못했다. 대부분 정비 장비나 공구는 이미 갖추어진 상태다. 대부분 무기 체계 생산 업체에서 패키지로 제작해서 납품한다. 작업에 더 효과적인 장비나 공구를 만든다는 건 보통 어려운 일이 아니다. 선임 부사관이 만든 유도탄 점검 장비는 전자 회로를 구상하여 부품을 구매해서 직접 제작한 것이었다.

"2년 준비했습니다. 창안이 없으면 준위 진급이 거의 불가능해요. 특히 무장과 탄약 특기는 다른 특기보다 더 심합니다. 어쩔 수 없이 머리를 쥐어 짜낸 겁니다."

그랬다. 무장탄약정비대대는 무장 특기와 탄약 특기로 구성된다. 다른 정비 특기는 전·평시 업무에 차이가 없다. 보통 때도 전시와 다름없이 항공기가 비행할 수 있도록 정비한다. 무장은 항공기에 탄약류를 장착하는 특기고, 탄약은 탄약류를 저장 검사 정비 처리하고, 실 사격 훈련이나 전투에 필요한 탄약을 조립하는 특기다. 평시에는 임무가 적고 전시에 급격하게 늘어난다.

항공기 정비 업무보다 상대적으로 단순하기에 계급 구조가 피라미드다. 상급자는 적고 하급자가 엄청나게 많다. 대부분 전역할 때는 그럭저럭 다른 특기보다 진급이 조금 늦은 정도였지만, 모두가 장기 복무를 희망하자 진급 대상자가 몇 배로 증가하였다. 하사에서 원사까지 모든 계급에서 정체하였다. 이전에는 부사관 대부분이 최고 계급인 준위에 이르렀으나 IMF 뒤에는 절반이 넘는 사람이 진급하지 못하는 일이 벌어졌다. 준위가 중령 진급보다 어렵다는 말이 나올 정도였다.

"그래도 그렇지. 대단합니다. 오탈자나 문맥은 제가 좀 보겠습니다. 발표 준비를 단단히 해야 합니다. 이렇게 힘들게 준비해서 심사에서 탈락하면 너무 허무하지 않습니까?"

"예, 열심히 준비해야지요. 각오하고 있습니다."

전투 검열 준비하느라 눈코 뜰 새 없이 바빠서 그 이후 진행 상태를 확인하지 못했다. 중간에 심 원사가 공군 군수 사령부와 공군 본부에 출장 다녀온 사실은 알았다. 공군 제안 평가는 3차에 걸쳐 이루어진다. 1차 비행단과 2차 공군 군수 사령부 평가를 통과한 제안에 대하여 공군 본부에서 최종 평가해서 채택 여부를 결정한다. 제안자가 개발한 장비나 공구를 보여주고 제안 목적과 사용 방법, 직접적인 효과와 파급 효과를 정비 시간과 비용으로 환산하여 설명한다. 심사위원의 질문에 타당한 답변을 해야 창안으로 인정받는다.

전투 검열이 끝나고 얼마간 시간이 흐른 뒤에 공군 제안평가 결과가 문서로 하달되었다. 부대별 채택된 창안자 명단에 선임 부사관도 포함되었다.

"축하합니다. 대단한 일 하셨네요. 어떻게 준비했어요?"

나는 진심으로 축하하며 물었다. 심 원사는 활짝 웃으며 지난날을 회상했다. 남이 하기 어려운 창안을 달성한 데는 그럴만한 까닭이 있었다. 심 원사는 두 달 동안 매일 퇴근 뒤 아내와 딸 앞에서 제안 장비 도면을 걸어 놓고 브리핑 연습을 했다고 한다. 아내와 딸은 당연히 탄약이나 정비 업무에 문외한이다. 절차가 아니라 용어나 개념조차 모르는 상태다. 제안 내용을 이해할 리 없다.

"아빠, 유도탄이 뭐예요?"

"예, 유도탄은 조종사가 발사한 뒤 목표물을 추적하는 탄약인데요, 미사일이라고도 하죠. 이 장비는 적 항공기 엔진의 열을 추적하는 미사일의 정상 작동 여부를 점검하는 장비입니다. 유도탄이 전투기에서 발사된 뒤 정상 작동해야 적기를 격추할 수 있습니다."

"이게 왜 필요하지요? 이미 점검 장비가 있을 텐데요."

"물론 점검하는 멀티미터가 있어요. 하지만 단계별로 유도탄과 멀티미터 단자에 직접 연결해서 측정해야 하는 불편함이 있습니다. 이 점검 장비를 이용하면 한 번 연결로 단계별 정상 여부를 표

시등이 점멸하는 것으로 알 수 있습니다."

"제작 비용도 만만치 않을 텐데, 어떤 이익이 있나요?"

"제작 비용 십만 원이 들지만, 유도탄 한 발 점검하는데 시간이 4~5분 절약됩니다. 비행단에 수백 발의 유도탄을 보유하고 있으므로, 연간 한 명 정도 인력 감축 효과가 있으리라 예상합니다. 전 비행단으로 확대하면 적지 않은 비용 감소 효과가 있습니다."

세상에 쉬운 일은 없다. 장교가 장군 되는 길은 험난하다. 원사가 준위 진급하는 데도 가시밭길이었다. 다른 사람의 성과를 과소평가해서는 안 된다. 혼자만의 생각으로 시기 질투해서도 안 된다. 나는 심 원사의 준비 과정에 대한 설명에 놀랐다. 아무것도 모르는 사람에게 하루 삼십 분씩 보고하고 질문에 답하였다니 입이 딱 벌어졌다.

사람은 모두 자기 세상에서 살아간다. 모든 기준은 자신의 지식과 사고와 행동 방식이다. 다른 사람을 자기 기준으로 평가하고, 스스로 최선을 다한다고 확신한다. 자세히 들여다보고 제대로 평가해야 한다. 스스로 평가한 최선은 최선이 아닐 수도 있다. 그러니 걷는 놈 위에 뛰는 놈 있고, 뛰는 놈 위에 나는 놈 있다는 말이 있지 않은가? 선임 부사관의 말을 듣고 더 열심히 일해야겠다고 다짐하였다. 보통 사람으로 살아가려면 모르되 위대한 길을 걷기 위해서는 적당히 노력하는 정도로는 안 된다. 최선에 최선을 더하는 노력이 필요하다.

전속

전속은 소속을 옮기는 일이다. 직업 군인은 전속이 잦다. 전속의 원인은 다양하다. 사실 부대가 편성되고 나면 전속 소요는 많지 않다. 전역하는 수만큼 신임 간부를 받아들이면 된다. 실상은 다르다. 부대마다 장교 부사관 전역 비율이 일정하지 않다. 편제 대비 충원율에 차이가 날 뿐 아니라, 계급별로 구성이 들쭉날쭉하다. 매년 조정이 필요하다.

부대를 새로 편성하거나 증편할 때는 대규모 신규 병력이 필요하다. 계급별로 구성비를 맞춰야 하므로 신임 간부만으로는 충원이 곤란하다. 기존 부대에서 일정 비율로 차출할 수밖에 없다. 장교는 거의 매년 이동해야 하는 처지이므로 전속에 스트레스를 덜 받는다. 진급에 유리하고 생활에 편리한 부대나 보직을 더 선호할 뿐이다. 부사관은 다르다. 부사관은 대개 한 부대에서 오래 근무하므로 대규모 차출이 발생하면 전속을 피하려고 일대 소동이 벌어진다.

사람은 환경이 바뀌는 걸 싫어한다. 아니 모든 생명체가 마찬가지다. 낯선 환경은 천적이나 위험에 대처하기에 쉽지 않고, 기후나 지역 특성에 적응해야 하는 어려움이 있다. 관성의 법칙은 모든 사물에 유효하다. 가장 큰 어려움은 전속 당사자가 새로운 부대에서 맡을 임무에 적응하는 것이지만, 부수적인 문제도 만만치 않다. 이사 비용은 차치하고라도 첫째, 새로운 집을 구해야 한다. 둘째, 자녀가 다니는 학교를 바꾸어야 한다. 셋째, 배우자가 직장을 가졌다면 함께 이사하는 것이 곤란하다. 네 번째로는 주변 사람과 이별하고 새로운 사람을 사귀어야 한다는 점이다. 별 게 아닌 거 같아도 사람에 따라서는 네 번째가 가장 큰 문제가 되기도 한다.

잦은 이사는 여성에게 직업 군인이 배우자로 인기가 떨어지는 가장 큰 이유다. 가족이 모두 이사를 반대하고 본인도 새로운 업무를 배우는 게 쉽지 않은 일이므로 전속을 희망하는 부사관은 거의 없다. 지휘관이 직권이나 전속 대상자 간 합의로 전속할 사람을 결정하게 마련이다. 지휘관은 관리가 쉽지 않은 관심 사병을 1차 전속 대상으로 고려한다. 새로 편성되는 부대인 만큼 유능한 자원이 절실하나 전속 보내는 지휘관 처지에서는 자기 앞가림에 바쁘다. 전속 대상 당사자 간 합의는 거의 불가능하다. 최후의 방법으로 제비뽑기로 운명을 결정하기도 한다.

이런 형편이니 새로 창설한 부대장의 고초는 말할 수 없을 지경이다. 체계가 잡혀 있지 않은 부대에서 우수하다고 할 수 없는 인원으로 사고 없이 임무를 완수하는 건 쉬운 일이 아니다. 각기 다른 부대에서 왔으므로 서로 낯설다. 출신 기수나 나이가 뒤죽박죽이다. 서열 정하기가 어려워서 일사불란하게 통제하기 어렵다. 게다가 신설 부대 주변 기본 생활 환경도 열악하게 마련이다. 부대장이나 부대원 모두 정착하는 데 어려움을 겪을 수밖에 없다.

이런저런 사유로 대부분 부사관이 전속을 원치 않지만, 사실은 우물 안 개구리를 탈피하는 데는 전속만큼 좋은 기회가 없다. 사람은 편리를 추구하지만 안주하면 발전이 없다. 습관적으로 행동할 뿐 창조적으로 사고하지 않는다. 사람은 불편할 때 문제 해결 능력을 발휘한다. 자신이 가진 재능을 드러낼 수 있다. 전속 경험에 따라서 차이가 발생한다. 고인 물과 흐르는 물의 차이다. 장교와 부사관은 학력이나 천성이 아니라 매년 바뀌는 근무 환경에 따른 경험에서 차이가 발생한다. 임관할 때는 소위와 하사가 큰 차이가 없으나 30년이 지나고 나면 사고나 판단력에서 비교할 수 없을 정도로 차이가 벌어진다.

이론은 이론일 뿐이다. 전속에 따른 유리한 점을 아무리 설명해도 이해하고 인정하더라도 따르지는 않는다. 하긴 자신만의 문제가 아니라 처자식의 상황과 의견도 고려해야 하므로 어쩔 수 없으리라. 상부에서 차출 명령이 떨어지는 순간 부대에는 일촉즉발의 긴장감이 감돈다. 폭풍 전야의 적막에 휩싸인다. 이래저래 직업 군인은 고달프다. 그러니 많은 이가 일찍 전역을 희망할 테다. 모든 직업이 마찬가지겠지만, 목구멍이 포도청이 아니라면 당장 하던 일을 때려치울 사람이 한둘이 아니다.

어느 날 대대장이 지시했다.

"통제 실장, 161무장중대 이성훈 중사가 제대한다는 데 알아봐라. 감독관이 설득해도 듣지 않는다던데……."

"예? 이 중사가요? 아니 대대 태권도 선수인 데다 성격이 쾌활해서 부대 일에 앞장서는 사람인데 그럴 리가요? 어쨌든 확인해서 보고 드리겠습니다."

대인 관계에 문제가 발생하거나 관심 사병에 대한 대책을 내게 맡기는 경우가 많았다. 곧잘 문제를 해결했기 때문이다. 겉으로 표현하지 않았으나 어려서부터 장군과 지도자를 꿈꾼 나다. 만나는 모든 사람을 공감하려고 노력했다. 매일 하는 독서도 사람을 이해하기 위해서다. 당장은 부대 관리에 도움이 될 뿐이지만, 장차 선거에 나선다면 모두가 한 표를 행사하는 투표권자다. 세상 모든 사람에게 나를 알릴 방법은 없더라도 적어도 함께 근무하는 사람만큼은 확실하게 내 편으로 만들어야 하리라. 이것이 내 사고방식이었다.

이성훈 중사는 쾌남아다. 이목구비가 뚜렷하고 성격이나 행동이 시원스럽다. 태권도 유단자로 비행단 태권도 대회에 대대 대표로 출전해서 우승해 비행단 대표로 활동하는 중이다. 업무에 능숙한 간부가 전역하는 것을 바랄 관리자는 없겠지만, 이 중사는 대대나 비행단 차원에서도 꼭 필요한 인재다. 부대 부적응자가 전혀 아닌데 전역을 희망한다니 미심쩍었다.

오전, 중대장이 참석하는 대대장 회의를 마치고 161무장중대로 달려가 이 중사를 만났다.

“이 중사, 오랜만이네. 별일 없지?”

“예, 잘 지내고 있습니다.”

“그런데 갑자기 전역이라니, 웬 말인가?”

단도직입적으로 물었다. 할 일이 많은 터라 일상사를 논하며 담소할 시간이 없다. 전화뿐만 아니라 대화도 늘 용건만 간단히 말하는 게 버릇이다. 많은 사람을 상대해야 하는 장교로서 몸에 밴 습관이지만, 그다지 바람직한 건 아니다. 아무리 용무가 중요하더라도 긴장이 풀릴 시간을 벌어야 하는데 그 점이 부족했다.

“예, 죄송합니다. 개인적인 사정이 있어서요.”

“아니 개인 사정으로 직업을 그만둔단 말인가? 그래, 미리 구해둔 일자리라도 있는가?”

“아닙니다. 아직은 없습니다. 차차 찾아봐야지요.”

“아니 이 사람이 큰일 낼 사람일세. 직업도 구하지 않고 무작정 제대한다는 게 말이 되는가? 그래, 개인적인 사정이라는 게 도대체 뭔가?”

나는 깜짝 놀라서 물었다.

“사실 가정 사정이 좀 복잡합니다. 아들이 ADHD(주의력 결핍 과잉 행동 장애) 증후군입니다. 학교에 잘 적응하지 못해서 전학이 곤란합니다. 게다가 아내가 대구에 직장이 있습니다. 도저히 충주로 이사 올 형편이 안 됩니다. 가족과 계속 떨어져 살 수 없어서 제가 전역하려고 합니다.”

“아니 그런 사정이 있으면 왜 미리 말하지 않았나? 대구 비행단

과 상의해서 교체 전속을 추진해도 되고, 정 안 되면 일방 전속이
라도 할 수 있는 일인데."

부대에서는 개인이 전속을 희망해도 여간해서는 보내 주지 않는
다. 편제 대비 충원율이 항상 떨어졌기에 사람이 부족했다. 개인
사정을 해결하기 위해 부대 임무를 소홀할 수는 없다. 그래도 전
속을 원하는 부대에서 전속 희망자가 있다면 쉽게 교체 전속이 이
루어진다.

"사실은 그게 좀 곤란합니다. 제가 대구 비행단에서 전속 왔거든
요. 서산 비행단 창설 인원으로 선발돼서 충주 비행단에서 교육을
받고 떠날 예정이었으나, 서산에서 대구까지 주말부부가 곤란한 점
을 감독관님께 사정해서 충주에 남았습니다. 그런데 어떻게 다시
대구로 돌아가겠다고 말하겠습니까?"

상황을 이해할 만했다. 서산과 충주는 같은 기종을 운영한다. 서
산은 신설 비행단으로 임무와 교육을 동시에 하기에는 여건이 적절
치 않다. 차출 병력을 충주에서 일정 기간 수용해서 정비 교육을
마친 뒤 서산으로 보냈다. 대구에서 전속을 희망하지 않았음에도
제비뽑기로 차출된 이 중사다. 당연히 서산으로 가야 했는데, 중대
감독관이 정상을 참작하여 충주에 남도록 도와준 것이다. 사정이
이러니 차마 대구 전속을 요구하지 못하고 전역을 결심한 게다.

안타까운 일이다. 가정 형편도 안타깝고, 신설 부대에 인원을 충
원해야 하는 공군 본부 차원에서도 어쩔 수 없는 노릇이다. 그래도
어려운 이 중사 가정을 돕고 싶었다. 대한민국의 안전 보장이 더 중

요하지만, 큰 문제가 없다면 개인의 행복을 보장해야 한다. 형평성에 문제가 있지만, 이 중사를 전역시키기에는 형편이 너무 딱했다.

"충분히 이해했네. 이 중사 마음을 알겠네. 중대 감독관으로서도 중대원에게 한 말이 있기에 쉽게 전속을 허락할 수 없겠지. 내가 한 번 방법을 찾아봄세."

나는 의기소침한 이 중사를 다독이고 감독관을 찾았다.

"방금 이 중사한테 사정을 전해 들었습니다. 감독관님, 고민이 많겠습니다."

"실장님 어서 오십시오. 안타까운 일이지만 고민이랄 게 뭐 있나요? 원칙의 문제지요. 모두가 가기 싫어하는 서산에 보내지 않고 충주에서 근무한다는 조건으로 잔류시켰는데 다시 전속을 보낼 수는 없습니다. 더군다나 차출된 원 소속 부대로요."

"그렇지만 이 중사로서도 다른 방법이 없지 않습니까? 아무리 영공 방위와 조국 수호가 중요하더라도 가정을 포기할 수는 없는 노릇 아닙니까? 감독관님께서 한 번만 배려하시지요."

"그럴 수는 없습니다. 원칙의 문제예요. 제가 마지못해 허락하더라도 다른 부사관이 뭐라고 하겠습니까? 개인 사정으로 차출된 원래 부대로 돌아가는 법은 없습니다."

"감독관님 말씀이 맞습니다. 누구나 불평하겠지요. 그러나 이 중사 가정 사정을 알게 된다면 다른 부사관들도 이해할 겁니다. 이 중사가 빠지면 중대 임무에도 지장이 있겠지요. 제가 한번 대구 비행단과 교체 전속 희망자가 있는지 알아보겠습니다."

감독관은 요지부동이었다. 중대에서 감독관의 말은 가장 권위가 있다. 이삼 년 경력이 전부인 중대장보다 삼십여 년을 근무한 감독관은 지식이나 판단력이 더 뛰어날 수밖에 없다. 모든 정비 업무를 감독하고, 중대원에게 임무를 할당하며, 교육과 인사 관리를 주관한다. 권위는 약속을 지킬 때 발생한다. 중대원에게 공언한 말을 뒤집기는 쉽지 않으리라.

나는 상황을 대대장에게 보고하였다. 감독관의 반발이 심하지만, 교체 전속 희망자만 있다면 가능할 것이라고 덧붙였다.

"감독관이 허락하겠나? 그 양반 고집이 보통이 아닌데? 대구에서 충주로 오겠다는 사람도 있을 성싶지 않고."

대대장은 선뜻 내켜 하지 않았다. 이 중사의 사정은 딱하지만, 명분이 감독관에게 있는 건 사실이었다.

"그건 제가 해결하겠습니다. 감독관도 이 중사를 잔류시킨 조건을 중대원에게 공언하였기에 당장은 어렵겠지만, 중대원이 이해하면 끝까지 반대하진 않을 겁니다."

"알았어. 적당한 사람이 있는지 물색해 보게."

나는 대구 비행단 무장탄약대대 통제실장 김 대위에게 이 중사의 사정을 설명하고 교체 전속 희망자를 찾아달라고 신신당부했다.

"아무리 부대 일이 중요하지만, 가정을 파탄 내면서까지 할 수는 없지 않은가? 희망하는 사람이 없더라도 김 대위가 적당한 사람을 골라서 꼭 설득해 주게. 부탁함세."

"예, 알겠습니다. 찾아보면 있을 겁니다. 희망자가 생기면 즉시 보고 드리겠습니다."

김 대위는 흔쾌히 승낙했다. 군대가 좋은 점이 이런 부분이다. 같이 근무하지 않더라도 상급자 말이라면 웬만한 건 다 따른다. 언제 만나서 근무하게 될지 알 수 없을 뿐 아니라, 까칠하게 대했다가 싸가지없는 놈으로 찍혔다가는 좋지 않은 소문이 나서 분야에서 설 자리가 사라진다. 규정에 위배 되지 않는 일이라면 서로 도울 수 있을 때 돕는 게 좋다.

김 대위는 나름대로 최선을 다해 노력한 듯하다. 한 달이 채 안 돼서 연락이 왔다. 교체 전속 희망자가 있는 부대 간 전속은 걸릴 게 없다. 공군 본부로 문서를 보내는 것만으로 만사 해결이다. 감독관은 체면상 끝까지 반대하였으나, 이 중사를 제대시킬 정도로 편협하거나 모질진 않았다. 중대원에게 진심을 보이는 선으로 양보했다.

이 중사는 감격했다. '불감청이언정 고소원'이나 입도 뻥긋하지 못했는데 앞장서서 해결해 주었으니 얼마나 고맙고 가슴이 시원했겠는가. 떠나면서 감사의 말을 잊지 않았다.

"실장님 감사합니다. 덕분에 직장을 잃지 않고 가족과 함께 생활할 수 있게 되었습니다. 이 은혜 잊지 않겠습니다."

"이 사람아, 은혜랄 게 뭐 있는가? 중대장이든 통제실장이든 대대원의 애로 사항을 해결하라고 있는 게 아니겠는가? 마땅히 해야 할 일을 했을 뿐일세. 힘들게 살아가는 아들 잘 키우면서 행복하게 살아가게."

사람은 행복을 추구한다. 방법은 다양하다. 거창한 꿈을 이루고

위대한 업적을 남기는 것만이 아니다. 얼마든지 사소한 일상에서도 찾을 수 있다. 어려운 사람을 도울 수 있다면 그보다 더 좋을 수는 없다. 다른 사람을 돕는다는 게 쉬운 일은 아니지만, 마침 자기에게 그럴 힘과 능력이 있어서 돕는다면 스스로 만족하리라. 상대가 진심으로 고마워한다면 행복하지 않을 수 없으리라.

이성훈 중사는 대구에서 모범적으로 생활했다. 현재는 감독관으로서 부대 일에 앞장서고 행복한 가정을 꾸려가고 있다. 종종 소식을 들을 때마다 기쁘다. 내가 이 중사에게 조금이라도 도움이 된 거 같아서 마음이 뿌듯하다. 얼마 전에도 안부 전화가 왔었다.

"중사가 어느새 감독관이 되었네. 내가 중령으로 전역한 지가 벌써 7년이니 그럴 때도 되었네. 세월이 무상하고 감개무량하네. 얼마 남지 않은 군 생활 훌륭하게 마치고, 아름다운 인생 2막을 응원함세."

   얼룩무늬 청춘 6 - 충주·월드컵 편

탄약 검열

2001년 9월 11일 전 세계가 경악했다. 세계 경제의 심장 뉴욕 맨해튼에서 사상 초유의 항공기 납치 및 자살 테러가 발생하였다. 1차 충돌로 세계무역센터 쌍둥이 빌딩 하나가 불타는 모습이 생중계 중이었는데, 다른 항공기가 나머지 빌딩에 충돌하는 모습이 고스란히 TV 화면에 잡혔다. 항공기가 세계무역센터 빌딩에 부딪히는 순간 거대한 화염과 함께 검은 연기가 치솟았다.

전 세계 모든 사람이 전율하였다. 자연재해나 전쟁과 기아로 많은 사람이 죽어간다는 사실은 누구나 안다. 직접 두 눈으로 목격하기는 힘들다. 그 순간을 생방송으로 중계할 수는 없는 노릇이다. 세계무역센터 쌍둥이 빌딩 중 하나에 원인을 알 수 없는 항공기 충돌 사고가 발생한 사실이 전 세계에 TV로 타전되는 와중에 새로운 사고가 발생한 것이다. 사고가 아니라 테러라는 것이 확인되는 순간이었다.

첫 번째 충돌은 뉴욕 기준 오전 8시 46분이었다. 불타는 쌍둥이 빌딩이 전 세계에 생방송으로 중계되던 9시 3분, 많은 사람이 지켜보는 가운데 또 다른 빌딩에 항공기가 충돌했다. 전대미문의 대형 사고가 같은 장소에서 연속해서 발생할 리 없다. 보도진은 즉각 테러라고 규정하였다. 사고든 테러든 놀라운 건 마찬가지다.

불타던 제2 세계무역센터가 9시 59분경 붕괴하였고, 10시 28분경 제1 무역센터마저 완전히 무너져 내렸다. 110층짜리 마천루가 연이어 허물어지는 광경을 모든 사람이 생방송으로 지켜보았다. 알카에다가 자행한 9·11 테러에 수백 미터의 거대한 빌딩이 폭삭 주저앉던 모습이 아직도 뇌리에 생생하다. 그 충격과 공포는 보지 않은 사람은 모르리라.

자원과 공간이 제한된 생태계에서 경쟁과 갈등은 어쩔 수 없는 일이다. 진화는 이종 혹은 동종 간 긴 생존 투쟁의 결과다. 인간 사회도 마찬가지다. 인류의 역사는 전쟁과 기아와 역병과의 투쟁이었다. 문명의 발전과 함께 전쟁의 원인은 다양해졌다. 자원의 부족뿐만 아니라 군주의 정복욕이나 문화의 충돌이 전쟁으로 이어지는 경우가 빈번하였다. 역사에서 종교 갈등은 가장 끈질기면서도 잔혹한 전쟁을 유발하였으며, 현재도 진행 중이다.

유대교는 일신교의 뿌리다. 현재 양대 종교인 기독교와 이슬람교는 유대교로부터 파생하였다. 예수 이전의 경전은 공통이고 이후 교리의 차이가 종교를 나누었다. 가까운 사촌뻘이니 친할 것 같으나 가장 배타적이다. 하긴 재산을 물려받는 형제간에 이전투구가 발생하는 법이다. 이교보다는 이단을 더 문제시하기도 한다. 가까울수록 이해관계가 겹친다.

중세에 대대적으로 벌어진 십자군 전쟁과 독일의 30년 전쟁은 종교 간 혹은 종파 간 전쟁이다. 그 이전에 셀주크·오스만튀르크에 의한 이슬람 확장 전쟁이 있었다. 이스라엘의 독립과 함께 발생한 중동 전쟁과 유고슬라비아 분리 독립에 따른 발칸 분쟁의 바탕은 종교 갈등이다.

예수의 죽음에 관여한 유대인 혹은 유대교에 대하여 기독교인은 뿌리 깊은 적개심을 가졌다. 유대인은 역사에서 늘 탄압의 대상이었다. 그 절정이 제2차 세계대전 중 히틀러의 유대인 말살 정책이다. 유대인은 살기 위해서 유럽을 탈출했다. 가장 많이 정착한 곳이 미국이다. 유대인은 이스라엘을 제외하면 가장 많은 사람이 미국에서 살고 있다,

역사에서 유대교와 기독교가 반목 갈등하였다면, 현대는 유대교와 이슬람교의 불화가 더 큰 문제다. 이스라엘의 건국에 따른 지정학적 요인이 갈등의 원인이다. 규모로는 주변 이슬람 국가와 비교하여 한 줌도 안 되지만, 이스라엘의 배경에는 최강 미국이 있다. 유대인은 미국인 중 얼마 안 되는 비중을 차지하지만, 영향력은 막강하다. 그만큼 뛰어난 인물 중에 유대인이 많다. 앵글로색슨족이 가장 높은 비율을 차지하지만, 정치 경제 사회적인 영향력은 유대인이 가장 크다. 이슬람 국가는 그런 의미에서 이스라엘과 유대인의 손아귀에서 놀아나는 미국을 가장 적대시한다.

테러는 약자가 할 수 있는 최후의 저항 수단이다. 자기 목숨을 희생해야 한다. 미국은 전쟁으로 이길 상대가 아니다. 인간의 이성은 이익을 좇지만 언제나 그런 건 아니다. 어떤 이유로 마음에 불이 붙으면 감정으로 행동한다. 정치 경제적으로 받는 서방의 압력에 반발해서 끊임없이 테러가 발생하는 이유다. 일찍이 새뮤얼 헌팅턴은 그의 저서『문명의 충돌』에서 미·소 냉전 체제가 무너진 뒤 종교와 민족을 중심으로 한 문명 간의 충돌을 예고한 바 있다. 9·11 테러는 문명 간 충돌의 결정판이다.

얼마 후 미국의 부시 대통령은 테러와의 전쟁을 선포하였다. 보이지 않는 테러리스트와 전쟁을 벌일 방법은 없다. 테러리스트의 온상을 말살하겠다는 의도다. 실제로 이후 아프가니스탄과 이라크를 침공하여 9·11 테러의 주범 오사마 빈 라덴과 후세인을 사살하거나 사형시켰다.

불똥은 엉뚱한 곳에 떨어졌다. 우리나라는 테러와는 거리가 먼 나라다. 그러나 너무나도 충격적인 사실에 놀라서 각종 대책이 마련되었다. 테러 대응 경찰 기동대가 창설되었고, 테러를 일으킬 수 있는 무기체계의 규제와 단속이 강화되었다. 합참에서는 육·해·공군 합동 탄약 검열을 추진하였다. 합참은 합동 참모 본부의 준말이다. 각 군 본부가 군정권을 행사하는 데 반해 합참은 유사시 군사 작전을 통제하는 군령권을 행사하는 부대다. 테러 방지와 대비 태세 강화 차원에서 검열을 지시한 것이다.

공군의 탄약 관리는 비행단 무장대대 소관이다. 상급 부대 검열이라면 어떤 임무보다도 우선하게 마련이지만 때가 때인지라 더 철저하게 준비할 수밖에 없었다. 소나기는 피해가라는 말도 있잖은가. 9·11 테러로 전 국민이 주목하는 이때 사소한 문제라도 발견된다면 큰 봉변을 면치 못하리라. 통제실과 탄약 중대는 저장고별 탄약 실 셈과 현황판을 다시 만드는 등 합참 탄약 검열에 만반의 준비를 하였다.

탄약 검열 팀은 합참의 육·해·공군 장교로 구성되었고, 공군 작전 사령부 무장장교의 안내에 따라 이루어졌다. 전 비행단을 도는 일정이었기에 충주 비행단에 할당된 시간은 하루뿐이었다. 이동 시간이 길기에 실제로 검열할 시간은 얼마 되지 않았다. 도착하자마자 인사는 하는 둥 마는 둥 하고 곧바로 탄약 중대로 향하였다. 통제실에서 인쇄한 저장고별 탄약 현황을 가지고서였다. 내가 개발에 참여했던 육·해·공군 탄약 시스템이 운영 중이었으므로 탄약고별 저장현황을 조회하여 인쇄하면 그만이다. 시스템을 개발한 첫 번째 목표가 신속한 현황 파악이었다.

탄약 중대는 모든 저장고를 개방한 상태로 대기하였다. 입구에는 해당 탄약고에 저장된 탄약 현황판을 설치하였고, 탄약 검열 팀이 도착하면 중대장이 브리핑하였다. 검열 팀에는 대대장, 통제실장, 통제실 감독관이 수행하였다.

중대장의 보고가 끝나자 현황판을 세밀하게 관찰하던 검열관 중 한 명이 이의를 제기하였다.

"이상하네. 통제실에서 준 현황에는 MK-82 탄체가 30발이라고 돼 있는데, 현황판에는 300발이잖은가? 중대장 어떻게 된 일인가?”

중대장이 통제실에서 인쇄한 탄약 현황을 알 리 없다. 탄약고에 저장한 수량만 파악하여 보고했을 뿐이다. 순간 대대장과 나는 얼굴이 노래졌다. 검열에서 탄약 상태나 안전 관리 여부 등 여러 가지를 보지만, 가장 중요한 건 수량이다. 수량이 어긋난다면 다른 건 아무리 잘해도 처벌을 면할 수 없다. 대대장과 내가 직접 헤아린 건 아니다. 원인을 알 수 없는 건 중대장과 마찬가지여서 할 말이 없었다.

“엊그제 탄약 조립 훈련을 하느라고 조립장에 쌓아 두었던 탄약을 시스템에 입력하지 않은 모양입니다. 확인하겠습니다.”

모두 두 눈만 껌뻑이며 어쩔 줄 몰라 하고 있는데 통제실 감독관이 임기응변으로 대답하였다. 내 눈에는 사실이 아니라 임시변통임이 뻔히 보였다. 그래도 당장 그걸 따질 계제가 아니었다. 사실 관계는 나중에 확인하더라도 당장 위기를 모면하는 게 급선무다.

“예, 중대 탄약 시스템 담당 병사가 외박을 나갔는데 미처 탄약고에 반납한 걸 입력하지 못한 것 같습니다.”

눈치 보던 탄약 중대 감독관이 거들었다. 미심쩍은 눈초리로 고개를 갸웃하던 검열관이 다른 탄종을 지적하였다.

“그럼 2.75인치 로켓 모터 현황은 어찌 된 거요? 탄약 현황판에는 250발인데 인쇄물에는 25발뿐인데.”

얼른 현황판을 들여다보니 틀림없이 250발이었다. 인쇄물에는 검열관 말대로 25라는 숫자가 뚜렷하다. 이미 조마조마하던 가슴이 터질 지경이었다. 대대장은 경악하였다. 화를 내는 것보다는 문제를 해결하는 게 더 급선무인데, 그 방법이 까마득하다.

"어제 실무장 사격을 위해 무장 중대에 반출되었던 탄약이 돌아왔는데, 그 현황을 입력하지 않은 것 같습니다."

이번에는 탄약 중대 감독관이 설명하였다. 사실을 알 수 없었던 대대장과 나는 어떤 대답도 할 수 없었다. 현장에서 작업을 감독하고 확인한 중대장도 마찬가지였다. 어쨌든 궁여지책으로 통제실과 탄약 중대 감독관은 이런저런 변명으로 위기를 넘기려고 노력하였다. 감독관은 30년 가까이 군 생활한 베테랑이다. 검열 결과에 따른 후폭풍을 잘 안다. 나중에 변명은 아무런 효과가 없다. 검열 중에 사실 확인을 해서 문제를 바로잡아야 한다. 책임은 모두에게 있지만, 작업을 주관하고 감독하는 책임자인 감독관에게 가장 크리라.

하여튼 두 감독관의 설명은 장황하게 이어졌다. 육·해군 장교는 공군의 탄약 지원 체계를 정확히 모른다. 감독관의 설명에 백 퍼센트 수긍이 가는 건 아니지만, 딱히 반박할 꼬투리를 찾기가 어렵다. 합참과 공군작전 사령부의 공군 장교는 미심쩍은 표정이었으나 함구하였다. 사실 확인도 중요하지만, 탄약을 실제로 분실하지 않은 이상 대외적으로 오류가 공개되면 공군 전체 망신이다. 일단 미덥지 못하지만, 더 지켜보겠다는 태도다.

검열관은 실제로 탄약을 헤아려 보았다. MK-82 탄체는 300발, 2.75인치 로켓 모터는 250발로 현황판에 있는 그대로였다. 두 감독관의 말이 맞는다면, 탄약 시스템에 입력된 현황이 잘못된 것이다.

물론 탄약 시스템과 탄약고에 저장된 수량의 오차도 큰 문제다. 그러나 단순히 입력 여부에 따른 오차가 아니라 실제 수량 차이와는 비교할 수 없다. 만약 탄약을 분실하였다면 어느 선까지 처벌받을지 가늠조차 할 수 없다.

일단 현황판과 실제 수량의 일치를 확인한 검열 팀은 다음 소구경 탄약 저장고로 이동하였다. 탄약은 화재 등급에 따라 분리 저장한다. 폭발력이 큰 탄약은 지하형 저장고에, 위력이 적은 탄약은 지상형 저장고에 저장하며, 화재에 취약한 탄약을 따로 관리한다.

"아니, 여기는 더 심하잖아. 인쇄물에는 20㎜ 탄약이 1,200발뿐인데 현황판에는 무려 12,000발이네. 대대장, 어떻게 된 거요?"

보고 받던 검열관 중 한 명이 중대장의 말을 끊으며 이번에는 대대장에게 직접 질문했다. 한두 발이나 몇십 발 차이가 아니라 무려 만 발이 넘는 차이다. 대대장은 유구무언이었다. 20㎜ 탄약은 아무리 많이 소모해도 보통 하루에 천 발을 넘기지 않는다. 무장 중대와 탄약 중대에 따로 보관 중인 탄약이 있더라도 그 정도 차이가 날 리 만무하다. 가슴이 철렁하였다. 이건 심각한 문제다. 탄약이 몇만 발 차이가 난다면 대대장이 처벌받는 정도로 끝날 문제가 아니다. 이번에는 두 감독관도 할 말을 찾지 못했다.

"5.56 탄약은 더 많이 차이가 나는데요. 인쇄물 9,600발과 현황판 96,000발은 너무 큰 차인데, 이거 어쩌나…… 큰일 났네."

옆에 있던 다른 검열관이 말했다. 그랬다. 5.56㎜ 탄약이 현황판에는 96,000발로 적혀 있었으나, 인쇄물에는 9,600발이었다. 탄약이 분실되었어도 김열관에게 문제가 되는 건 아니다. 모두 수검부대 책임이다. 검열관도 현역 장교다. 이 정도로 수만 발이 차이가 난다면 군내 문제로 끝날 리 없다. 언론에 공개되는 순간 전 국민이 들고일어날 것이다. 이건 대대나 비행단, 공군 차원의 문제가 아니다. 합참이나 국방부 전체로 비화할 엄청난 사건이다.

대대장을 비롯한 우리 대대원뿐만 아니라 검열관조차 얼굴이 하얗게 질렸다. 이건 검열을 잘한다고 해결될 문제가 아니다. 합참 의장이나 국방부 장관에게 보고하는 게 큰일이지만, 해결할 방법이 더 큰 문제였다. 현황판과 저장 탄약을 헤아릴 엄두도 내지 못하고 모두 넋을 잃은 채 하늘만 바라보았다. 이건 9·11 테러보다 더 큰 충격이다. 9·11 테러는 뉴스지만, 수만 발의 탄약 분실은 우리가 직접 감내해야 할 현실이다. 공포로 소름이 오싹 끼쳤다.

"대대장, 잘 확인해 보소. 검열을 더 하는 건 무의미하오. 원인을 파악해서 다른 부대 검열 중이라도 연락 주기 바라오. 현재까지 확인된 사실만으로도 결과 보고서 작성은 충분하오. 우리는 다음 부대인 예천으로 출발하리다."

오후 네 시쯤 검열관이 선언했다. 아무리 오래 확인하고 헤아린들 그 정도 오차를 해결할 방법은 없으리라. 보고할 검열관이나 처벌받아야 하는 우리 처지나 딱하기는 마찬가지였다. 검열관이 떠나고 난 뒤 대대장과 통제실 감독관과 함께 대책을 상의하였다. 원인을 빨리 찾아내야 한다. 아무리 관리가 허술하더라도 수만 발의 탄약이 사라지거나 더 있을 까닭이 없다. 한숨을 푹푹 내쉬며 어찌할 바를 모르는 차에 통제실 병사가 소리쳤다.

"실장님, 원인을 알아냈습니다!"

"뭐? 원인을 알아내? 뭐야, 도대체 어떻게 몇만 발씩이나 차이가 날 수 있지?"

나는 반색을 하며 소리쳤다. 대대장, 통제실 감독관과 함께 거의 반사적으로 병사에게 다가갔다.

"이 화면을 보십시오. 분명히 MK-82 탄체는 300발이고, 2.75인치 로켓 모터는 250발입니다. 탄약고 현황판과 차이가 없습니다."

"그럼 인쇄물은 뭔가? 탄약 시스템에 있는 현황을 그대로 출력한 거 아냐?"

"프린터 설정 오류인 거 같습니다. 인쇄물을 자세히 보시면 우측 끝부분 표의 실선이 보이지 않습니다. 맨 뒤 숫자 하나가 잘려나간 거 같습니다."

아뿔싸! 누구도 탄약 시스템 현황이 잘못 인쇄되리라고는 상상하지 못했다. 프린트 설정에서 여백이 부족하여 숫자의 마지막 자리가 잘려나간 것이다. 기가 막혀 말이 나오지 않았으나 어쨌든 다행이었다. 빨리 찾아내지 못했다면 당장 전대장, 단장에게 탄약 검열 수검 결과를 뭐라고 보고한단 말인가? 쾌재를 부르고 있을 여가가 없었다.

"통제실장, 즉시 검열관에게 전화해서 기다리라고 하고, 자료를 들고 가서 직접 설명하고 오도록!"

"알겠습니다!"

대대장의 지시에 나는 거의 반사적으로 대답하고 몸을 일으켰다. 대대장이 아버지 역할을 한다면 통제실장은 어머니 역할이다. 대외 업무는 대대장이 처리하지만, 대대 내 업무는 몽땅 통제실장 몫이다. 검열이든, 임무 지원이든, 사고 예방이든 1차 책임은 계획과 실행을 총괄하는 통제실장 책임이다. 설사 프린트 오류에 따른 오류였다고 하더라도 말이다. 더구나 탄약 현황을 조회해서 출력한 건 통제실 아니던가? 변명의 여지가 없어서 쥐구멍이라도 찾고 싶었는데 그야말로 기사회생한 심정이었다.

"필승, 충주 무장대대 통제실장 조 소령입니다. 현황이 잘못된 원인을 찾았습니다. 즉시 쫓아가서 설명해 드리겠습니다. … 문경휴게소가 멀지 않았다고요? … 알겠습니다. 휴게소에서 잠시만 기다려 주십시오."

나는 득달같이 자료를 챙겨서 차를 몰고 달려갔다. 기존에 출력한 자료와 새로 출력한 자료를 비교하면서 자세히 살펴보니, 인쇄과정에서 발생한 오류가 틀림없다. 내가 땀을 뻘뻘 흘리며 설명하자, 검열관은 안도의 한숨을 내쉬었다.

"휴, 다행이네그려. 검열 결과를 보고할 일에 머리가 터지는 줄 알았네. 자네보다는 못하겠지만, 탄약을 엉터리로 관리해서 엄청난 수량 차이가 있다는 걸 어떻게 상부에 보고한단 말인가? 우리도 구사일생일세. 어쨌든 여기까지 오느라고 수고했네. 검열 결과는 큰 문제가 없을 걸세."

"감사합니다. 걱정을 끼쳐 드려 면목이 없습니다. 모두가 제 불찰입니다. 없던 일로 해 주신다니 어떻게 감사드려야 할지 모르겠습니다. 정말 고맙습니다.”

“누구나 실수할 수 있지. 다음에는 찬찬히 준비하고 살펴보게. 이것도 좋은 경험이 될 거야.”

자동차로 한 시간을 따라가서 모든 문제를 해결하였다. 십 년 묵은 체증이 싹 내려가는 듯하였다. 돌아오는 길이 그렇게 홀가분할 수 없었다. 죽다 살아난다는 기분이 어떤 건지 알 것 같았다. 검열은 무사히 끝났다. 아니 아주 엄청난 사건이 있었지만, 겉으로는 아무런 문제도 없이 끝났다. 전대장과 단장은 한 건의 지적도 없다는 대대장의 보고에 만족하여 치하(致賀)하였다.

아무리 사소한 지적이라도 결코 칭찬받는 일은 없으리라. 너무나 큰 문제점이 발견되어 다른 건 살펴볼 여가가 없었다. 덕분에 용궁에 다녀온 셈이지만, 한 건의 사소한 지적 사항도 없었다. 다른 때 같았으면 된통 꾸지람 들을 일이었으나, 그날만큼은 유쾌한 마음으로 술잔을 기울일 수 있었다.

“통제실장, 수고했다. 초조하고 조마조마해서 심장이 터져버리는 줄 알았다. 어쨌든 무사히 넘겼으니 다행이다. 검열 준비하고 쫓아가서 설명하느라고 수고했다. 자, 마시자, 무장대대를 위하여!”

“위하여!”

대대장의 건배 제창에 그날 홍역을 치른 나와 통제실 감독관을 비롯하여 탄약 중대장과 탄약 중대 감독관이 흥겹게 ‘위하여’를 외쳤다. 절체절명의 위기를 맞았으나 전화위복으로 그날을 넘겼다.

20여 년이 지난 지금 생각해도 아찔하다. 그날 탄약 현황이 잘못된 원인을 찾아내지 못했다면 어떤 일이 벌어졌을까? 나중에 사실이 밝혀지더라도 그 과정은 말로 표현할 수 없을 정도로 참담하였으리라. 한마디로 하늘이 도왔다.

영내자 축구대회

　가장 인기 있는 스포츠는 축구다. 프로야구가 등장하면서 야구
가 축구 못지않은 인기 종목이 되었으나, 남녀노소가 직접 즐길
수 있는 축구만은 못하다. 1996년에 한일월드컵 공동 개최가 확정
되자 축구 붐이 일었다. 월드컵은 지구상 최고 최대 스포츠 축제
다. 올림픽이 종목이나 참여하는 인원수는 최대 규모를 자랑하지
만, 인류의 관심도나 인기에서는 월드컵을 따라오지 못한다. 월드
컵 개최국인 만큼 부끄럽지 않은 성적을 올려야 하리라.

　대한민국은 아시아를 대표하는 월드컵 출전 단골손님이지만 월
드컵에서 단 1승도 없다. 역대 월드컵 개최국 중 16강 진출에 실패
한 나라는 없다. 첫 개최국 16강 진출 실패라는 오명을 뒤집어쓰
지 않기 위해서라도 축구 경쟁력을 높이는 일이 시급하다. 축구협
회뿐만 아니라 정부 차원에서도 월드컵 개최 준비와 더불어 축구
붐을 일으키기 위하여 노력하였다. 공군에서도 정부 방침에 호응

하여 비행단 대항 축구대회를 개최하였고, 비행단에서는 영내자 축구대회를 열었다.

영내자(營內者)는 출퇴근하는 장교나 부사관을 칭하는 영외자(營外者)의 상대되는 말로 공군에서는 부대 내에서 숙식하는 하사나 병사를 가리킨다. 비행단 내에는 전대 아래 여러 대대가 편성되었는데, 영내자 축구대회는 대대 대항 경기였다. 매주 주말을 통해서 대대 대항 리그전을 벌이고, 성적이 좋은 두 팀이 결승전을 벌이는 방식이다.

군에서는 모든 게 전투다. 전투에서는 승자만이 살아남는다. 군인 정신이란 다름 아닌 필승이다. 스포츠나 경연 대회에서 이기는 팀이 있으면 지는 팀이 있게 마련이지만, 이러한 특유의 군 문화로 경쟁이 지나친 게 문제다. 특히 지휘관에게는 자신이 이끄는 부대의 우승은 최고의 영예다. 지휘관에게 잘 보이거나, 지휘관에 대한 최고의 충성은 스포츠나 경연 대회 우승이다.

모든 대대가 소속부대의 명예를 위하여 최선을 다하여 준비하고 경기에서 승리하기 위하여 수단 방법을 가리지 않는다. 나는 무장대대 통제실장으로 대대 차 선임자다. 업무로는 최고 참모지만 스포츠에서는 감독이나 단장 역할이다. 일과 전후에 늘 선수와 함께 할 수는 없으므로 따로 축구에 재능이 뛰어난 부사관을 코치로 두었지만, 시간 날 때마다 현장을 확인하고 전술 전략을 감독하였다.

모든 경연 대회는 준비에서 결정되는 법이다. 누가 재능이 뛰어난가보다 얼마나 철저하게 준비하느냐에 따라 성적이 달라진다.

우수한 성적을 내기 위해서는 노력이 필요하다. 노력에는 시간과 비용이 따른다. 강력한 후원자가 있을 때 구슬을 꿰어 보석으로 만들 수 있다. 대대장이 직접 나서는 것보다는 차 선임자가 나서는 게 모양새가 좋다. 나는 스스로 준비위원장이 되었다.

다른 대대와는 다르게 무장 대대는 비행단 전체에 중대가 흩어져 있다. 훈련에 앞서 일단 선수를 모으는 자체가 힘들다. 중대마다 전용 버스가 없다. 선수를 선발해서 시간과 장소를 정해 집합 지시해도 정확히 이루어지지 않는다. 이유는 여럿이다. 가장 큰 문제는 대대 대항 경기보다 비행 지원 임무를 중요하게 여기는 감독관의 인원 차출 거부다. 어떤 때는 이동할 차량이 없어서 제시간에 모이지 못한다. 이 모든 문제를 풀어야 하는 것이 감독이요, 준비위원장이다.

우선 사전에 여러 차례 중대 감독관에게 면담을 통해 개인적으로 인원 차출 협조를 부탁하였고, 중대장 회의와 인터폰으로 훈련 계획을 전파한 뒤 현장에서 확인하였다. 군도 민간 사회와 다를 바 없다. 사장과 중간 관리자와 노동자의 처지가 다르듯 중대나 감독관, 부사관, 병사마다 각기 사정이 있고 해야 할 일의 우선순위가 다르다. 아무리 사소하더라도 개인의 문제를 해결해야 팀이 원활하게 돌아간다. 운동도 업무의 연장이다. 불협화음을 해결하며 열정적으로 지휘 감독한 덕분에 영내자 축구리그에서 2위로 결승에 진출하였다.

"이제 한 경기만 이기면 우승이다. 축구는 선수가 하지만 응원이

큰 힘이 되는데, 어떻게 하면 대대원이 일치단결하여 응원할 수 있
겠나?"

중대장 회의 때 결승전 응원 방식에 관하여 의논했다.

"딱딱이가 어떻겠습니까?"

"막걸리 한잔 걸치고 하는 풍물놀이는 어떻습니까?"

여러 의견이 나왔으나 쉽게 통일이 되지 않았다. 생각은 자유로
우나 실천은 쉽지 않다. 승리에 대한 염원까지는 쉽게 의사 통일이
이루어지지만, 각자 직접 응원에 참여하는 건 다른 문제다. 대대원
은 서포터즈가 아니다. 앞에 나서서 열광적으로 응원하는 건 어색
하다. 강제로 지시해서 될 일이 아니다.

"응원 봉을 이용하면 어떻겠습니까?

"응원 봉?"

155중대장의 말에 내가 되물었다.

"예, 프로야구장에서 응원할 때 사용하는 비닐 봉 있잖습니까?"

"음, 괜찮은 생각인데 너무 비싸지 않을까?"

"그렇게 비싸지는 않을 건데 말입니다. 제가 확인해서 보고하겠
습니다."

"오케이, 그럼 155중대장이 수고해라."

응원 봉 한 쌍의 가격이 5백 원이었다. 수백 명이 응원해야 하므
로 적지 않은 비용이었으나 불가능한 금액은 아니었다. 대대 응원
을 구실로 개인적으로 구매하라고 강요할 수는 없다. 강압적인 분
위기는 여전하였으나 군에서도 관행이 바뀌고 있었다. 아무리 공

공의 목적이라도 금전 각출은 불법이다. 대대장과 상의하였다.

"대대장님, 영내자 축구대회 결승전에 응원 봉을 사용하자는 의견이 나왔는데, 비용이 문젭니다."

"응원 봉? 얼마나 필요한데?"

"개당 5백 원씩이라고 합니다. 2백 명분이면 십만 원이 필요합니다."

"십만 원? 그 정도는 문제가 안 되지. 내가 지원할 테니 선수들에게 힘이 팍팍 가도록 응원이나 열심히 하게."

대구가 집인 중대장이 주말을 이용하여 응원 봉 2백 개를 구하였다. 영내자 축구대회 경기장에서 대대원에게 응원 봉을 나눠주고 열광적인 응원을 유도하였으나 호응이 좋지 않았다. 관전하면서 자연스러운 응원은 해 보았으나, 계획해서 하는 일사불란한 응원은 경험이 없었다. 치어리더와 서포터즈가 앞장서야 하는데 그 역할을 할 사람이 마땅찮았다. 다른 건 다 하더라도 나도 응원단장은 자신 없었다. 그저 각자 응원 봉을 두드리는 정도가 전부였다.

전반전이 끝나갈 무렵 중원의 사령관 장병철 병장이 드리블로 두세 명을 따돌리고 낮고 빠르게 센터링하였다. 장병철 병장은 박지성같이 경기 내내 줄기차게 뛰면서 경기를 조율하는 비행단 전체 병사 중 최고 실력자다. 슛인지 센터링인지 모를 공이 빠르게 골문으로 향할 때 골대 근처에 있던 대대의 스트라이커 금태우 병장이 슬쩍 머리를 댔다. 방향이 바뀐 공은 상대 골키퍼가 손쓸 사이 없이 골인되었다. 그제야 응원석에서 함성이 터져 나왔다. 모두 일어나서 무장 대대를 연호하면서 응원 봉을 두드려댔다.

역시 응원에는 골보다 좋은 약이 없다. 아무리 윽박질러도 잠잠하던 응원석이 난리가 났다. 그대로 끝났으면 우리의 계획은 완벽했으리라. 불행하게도 상대는 부대정비대대였다. 무장대대 병사는 전자공학과 출신이다. 부대정비대대 병사는 기계공학과 출신이다. 기질이 다르다. 사전 훈련과 전술 전략으로 맞섰으나 체력과 단결력에서 월등히 앞서는 부대가 후반전에 힘을 냈다. 체력이 고갈된 후반 막판 연속 실점으로 역전패했다.

우리 대대로서는 아쉬운 결과였다. 5개월 동안 짬을 내어 일과 전후에 훈련한 보람도 없이 한순간에 역전패했다. 응원석에서 탄식이 터졌으나 누구를 나무랄 수는 없다. 선수는 최선을 다한 경기다. 노력이 부족해서가 아니라 체력과 운이 따르지 않은 패배를 누가 욕하겠는가?

단장을 비롯한 지휘관 참모는 응원석이 아닌 단상에서 경기를 관람하였다. 응원 봉을 두드리며 응원하는 무장 대대 응원석이 단연 돋보였다. 비행단 축구대회에서 누가 응원 봉으로 응원한단 말인가? 이제까지는 그런 사례가 없다. 막판 역전패로 기가 죽은 대대장에게 단장이 말했다.

"어이, 무장 대대장 힘내. 축구에서는 졌어도 응원에서는 무장 대대가 우승이야."

그걸로 됐다. 우승이 최상의 결과지만 패했더라도 모두가 인정한다면 그걸로 만족이다. 우승하려는 목적도 모두에게 인정받기 위해서가 아니던가? 비록 패했지만, 선수는 최선을 다해서 재미있는

경기를 펼쳤고, 대대원은 첫 골이 들어가는 순간부터 일치단결하
여 응원에 열중했다. 승리가 부대원의 단합과 사기 앙양이 목적이
라면 충분히 목적은 달성한 셈이다. 응원 봉은 제값을 했다. 155중
대장 고마워!

천우신조(天佑神助)

남자와 여자는 다르다. 신체 구조만 다른 게 아니다. 사고와 행동 방식이 완전히 다르다. 화성에서 온 남자 금성에서 온 여자라는 말이 괜히 있는 게 아니다. 남자는 거칠다. 말보다 주먹이 앞선다. 시비곡직을 따지기보다는 행동으로 해결하는 방식을 선호한다. 여자는 반대다. 목숨 걸고 반발할 상황에서도 애써 참으며 타협과 화합을 도모한다.

처음부터 그랬던 건 아니다. 남자와 여자의 성향은 타고나지만, 그 원인은 환경의 변화에 적응해서일 테다. 역사 시대는 5천 년 남짓이다. 침팬지와 분리된 600만 년 세월에 비하면 그야말로 조족지혈(鳥足之血)이다. 인류가 살아온 대부분은 열악한 환경에서의 생존 투쟁이었다.

남자의 첫 번째 임무는 종족의 보호였다. 초식동물을 포획하여 식량으로 삼아야 했고, 포식 동물의 공격으로부터 종족을 보호해

야 했다. 동물뿐만 아니라 자원과 공간을 두고 종족 간 다툼에서
이겨야 했다. 말이 통하지 않는 동물이나 이해관계가 상충하는 다
른 종족과 타협의 여지는 없다. 먼저 발견해서 공격함으로써 제압
하는 방식이 가장 효과적인 생존 수단이다. 기습에는 대화가 아니
라 침묵이 유효하다. 무언가 질문한다면 상대에게 기회를 줄 뿐이
다. 적으로 판단하면 짐승이나 사람을 가리지 않고 주저 없이 공격
했다. 남자는 크고 튼튼할 뿐만 아니라, 교활하고 거칠며 잔혹한
사람이 생존에 유리했다. 현재 남자는 그런 남자의 후예다.

지능에서는 차이가 없으나 근육의 차이가 원시 시대 투쟁에서
불리했을 뿐 아니라, 육아를 책임져야 한다는 데서 여자는 남자에
게 의지하지 않고는 살아남기 힘들었다. 여자는 스스로 능력을 향
상하기보다는 튼튼하며 교활하고 잔혹한 남자다운 남자를 선택함
으로써 살아남는 방식을 택했다. 거칠고 잔인한 남자와 살아가기
위해서는 양보와 배려와 겸손, 순종과 봉사와 희생이 유리하다. 남
자에게 죽기 살기로 대드는 여자는 살아남기 힘들었다. 부드러운
여자의 자손만이 살아남았다. 그런 이유로 현재 여자는 부드럽고,
배려와 희생이 몸에 배었다. 현재는 전혀 그럴 필요가 없음에도 6
백만 년의 인류 진화 과정은 현재 남성과 여성을 만들었다.

남성이 거칠고 잔인한 건 본성이다. 누구 탓이 아니다. 여자와
평등한 관계를 유지해야 하는 현실에서는 불리하다. 지난 세월 생
존에 유리했던 성향이라도 현재와 미래 살아가는 데 불리하다면
바꿔야 한다. 본성을 바꾸는 건 쉬운 일이 아니다. 아니 어쩌면 불

가능한 일일지도 모른다. 6백만 년 진화의 결과로 나타난 본성을 개인의 의지로 바꾼다는 게 쉽겠는가?

아들 준연이는 딸 하연이와는 확실히 달랐다. 심한 아토피를 타고나서 몸이 바람이 불면 날아갈 듯 가냘프면서도 행동은 늘 도전적이었다. 돌 무렵 책상 위 386 컴퓨터 모니터 위에 올라가서 엄마를 깜짝 놀라게 한 일도 있다. 걸음마도 제대로 하지 못하는 아이가 어떻게 의자를 거쳐 책상에 올라갔으며, 그 작고 흔들거리는 모니터 위에 올라갔을까? 알 수 없는 일이다. 세상은 불가사의한 일 투성이다.

어느 날 아내가 안방에서 처형과 전화 통화를 할 때다. 보통 여자처럼 아내의 통화 시간은 길다. 전화가 오면 일단 사람이 없는 한적한 데로 자리를 옮겨서 통화한다. 길게 통화하는 걸 눈치 하는 나를 피해서다. 그게 다른 사람이 하는 일에 방해도 안 되고 본인이 집중해서 통화하는 데도 좋으리라.

"엄마, 오빠 떠져써! 오빠 떠져써!"

거실에서 놀던 셋째 예연이가 안방으로 뛰어오면서 소리쳤다. 예연이가 막 돌이 지났을 때다. 발음이 시원찮아서 받침을 빼먹고 말할 때였다.

"오빠가 떨어져? 그게 무슨 말이야?"

아내는 전화하다 말고 거실로 달려 나왔다. 기절초풍할 일이었다. 어쩐 일인지 아들 준연이가 35인치 TV 밑에 깔려 있었다. 당시 TV는 요즘처럼 날씬한 형태가 아니다. 무게가 40~50킬로그램이나 나갈 정도로 무거웠다. 10여 킬로그램에 불과한 어린아이가 깔린다면 즉사다. 아들의 몸은 TV에 완전히 깔렸으나 목은 밖으로 나와 있었다. 아이가 살아날 수 있었던 까닭이다. 준연이가 살아난 건 천우신조다. 천만다행이라는 말로는 모자란다. 그야말로 구사일생, 죽다가 살아난 것이다.

나중에 아들에게 들은 바에 따르면 거실 서랍장 위에 있는 TV 위로 올라가서 점프 놀이를 하였다고 한다. 여러 번 점프하면서 놀았는데, 점프할 때 그만 삐끗해서 몸의 중심을 잃고 떨어졌다. 그 영향으로 하늘을 보면서 거실 바닥에 쓰러진 준연이 몸에 TV가 떨어져서 덮쳤다. 지켜보던 셋째 예연이가 놀라서 엄마에게 뛰어간 것이다.

내가 퇴근해서 집에 들어서자 아내가 말했다.

"준연이가 TV 위에서 놀다가 떨어지는 바람에 TV가 애를 덮쳐서 한쪽이 찌그러지고 고장 나 버렸어요. 준연이는 혼찌검을 냈는데 TV는 어떻게 하면 좋을지 모르겠어요."

"뭐? 준연이가 TV 밑에 깔렸어? 지금 어딨어? 몸은 괜찮아?"

나는 기절초풍해서 물었다. 그 무거운 TV에 깔렸다면 몸에 이상이 없을 리 없다. 겉으로 이상이 없어도 심각한 내상이 있을 수도 있다. 얼마 전 동기 강 소령의 아이가 6층 아파트 창문에서 떨어졌는데, 겉으로는 이상이 없었으나 정밀 진단 결과 장 파열로 드러나서 죽을 뻔한 일도 있었다.

"아니 이 사람아, 지금 TV 고장 난 게 문제야? 애 몸이 멀쩡한지 알아봐야지. 당장 병원에 갑시다."

부대 안에 있는 기지 병원을 못 믿어서 즉시 충주 시내에 있는 큰 병원으로 달려갔다. 이것저것 검사하고 진단한 결과 다행히 몸에 이상은 없었다. 나는 놀란 가슴을 쓸어내렸다. 돈도 중요하고 TV도 중요하다. 35인치 TV는 50여만 원을 들여 새로 장만한 최신형이었다. 2001년 당시 50만 원은 적은 돈이 아니다. 아무리 큰돈이라도 아들 목숨과 비교하겠는가? 나는 즉시 병원에 데려가지 않은 아내를 책망하였다.

아내도 병원에 갈 생각을 했다. 내가 퇴근한 뒤 자가용으로 이동할 심산이었다. 차는 특별한 일이 없는 한 내가 출퇴근용으로 사용하고 있었다. 간혹 아이들 잘못에 엄하게 혼내곤 하던 내 마음을 우선 진정시키려고 일부러 아들을 꾸짖었다는 말을 앞세웠다. 산 지 얼마 안 되는 TV가 고장 났다는 사실을 알면 불같이 화를 낼 것으로 짐작하였다.

아내는 나를 가장 잘 아는 사람이건만 나를 제대로 알지는 못했다. 불필요한 장난감을 못 사게 하고, 잘못을 엄하게 나무란 적은 있지만, 모두가 아이를 사랑하는 마음에서 잘 되게 하려는 의도에서다. 자식은 그 무엇보다도 소중한 존재다. 도저히 돈으로 계산할 수 없다. 나는 아내에게 화를 냈다. 물론 아이가 심하게 노는 걸 막지 못했다고 해서는 아니다. 더 빨리 연락해서 병원에 데려가지 않은 데 대해서다.

삶에는 우여곡절이 따르게 마련이다. 늘 편안하고 행복할 수만은 없다. 그렇더라도 아들이 TV 밑에 깔렸다는 말에는 소스라치게 놀라지 않을 수 없었다. 그때 고장 난 TV는 그 뒤로 십 년 이상 더 사용하였다. TV 좌측 위쪽 모서리 부분이 번져 보여서 화면이 말끔하지 않았다. TV를 볼 때마다 그날의 위급했던 순간이 떠올랐다. 아들이 그 무거운 TV 밑에 깔렸는데도 살아난 건 천우신조(天佑神助)다.

엽기적인 그녀

　현대 영화는 할리우드 독무대다. 영화는 문화 산업이다. 국가 경제에도 큰 영향을 미치지만, 고유한 문화를 다른 나라에 전파하여 보편적 공감대 형성에 유리하다. 전쟁으로 영토를 확장하는 시대가 아닌 지금 다른 나라를 정복하기에 가장 좋은 수단이다. 자국의 문화를 전 인류가 공감하고 추종하게 된다면 정치 경제 사회 전반에 엄청난 영향을 끼치리라. 그 이득은 헤아릴 수 없을 정도다.

　엄청난 이익이 걸려 있는 영화에서 할리우드와 대적할 나라는 없다. 문화 강국을 자처하는 프랑스를 비롯한 서구 여러 나라도 미국의 거대 자본을 바탕으로 한 기술력을 따라가지 못한다. 산업 규모에서 비교되지 않는다. 사실상 미국은 군사력과 경제력보다 영화 산업을 토대로 인류를 지배하고 있다. 모든 나라가 자국 영화 산업을 살리기 위해 고심하지만, 스크린 쿼터제를 유지하지 않는 한 거의 말살 위기다.

영화관이 없는 시골에서 자랐을 뿐만 아니라, 빈곤한 가정 형편상 자주 영화를 볼 수 없었으나, 나는 영화광이었다. 1970년대 MBC의 토요명화와 KBS의 명화극장은 놓칠 수 없는 중요한 시간이었다. 특히 서부 영화를 좋아했다. 할리우드 서부 영화에 가장 많이 등장한 존 웨인은 또래 꼬마의 우상이었다. 간혹 국산 영화를 방영할 때도 있었으나, 그저 울고 짜는 신파극뿐이어서 외화와 비교해서 너무 수준 차가 났다.

다른 나라는 모두 미국 할리우드 영화에 압살할 지경이었으나 1970~80년대 홍콩은 달랐다. 그 배경은 정확히 알 수 없으나 이소룡과 성룡의 무술 영화가 1970년대 큰 인기를 끌었고, 1980년대에는 주윤발, 유덕화, 주성치 등의 조폭 영화가 유행하였다. 홍콩 영화는 유일하게 할리우드 영화에 대항하는 마지막 보루였다. 국내에서는 국산 영화는 물론이고 할리우드 영화보다도 더 큰 인기를 누렸다.

5천 년 역사를 자랑한다지만 우리나라가 문화로 세계를 선도한 적은 없다. 기술 문명으로도 마찬가지다. 인류 최강의 문화와 문명을 자랑하던 중국의 영향을 받아서 크게 뒤처지지 않았을 뿐이다. 한글을 제외하면 인류가 부러워할 만한 압도적인 문화가 거의 없는 실정이다.

우리나라는 1960년대까지는 전 세계에서 가장 낙후한 국가로 분류되었으나, 1970년대부터 무역을 통한 경제 발전으로 천천히 비상하였다. 빠른 경제 성장에 발돋움하던 문화 산업은 1986년 아시안 게임과 1988년 서울올림픽이 타는 불에 기름을 부은 격이 되었다.

세계가 주목하는 가운데 문화 스포츠까지 나래를 펴기 시작했다.

우리는 끼와 흥이 있는 민족이다. 발산할 기회가 없어서지 재능이 부족한 건 아니다. 경제가 성장하고 인류가 주목하는 판이 깔리자 마음껏 끼를 발산하기 시작했다. 시작은 드라마였다. 이전부터 인기 드라마의 수출이 이어졌으나 최민수 하희라 주연의 〈사랑이 뭐길래〉는 공전(空前)의 기록을 세웠다. 한국 드라마 사상 최초로 중국에 수출되어 인기리에 방영되었으며, 한류 확산에 기폭제가 되었다.

1999년 상영한 〈쉬리〉는 한국 영화에 새로운 획을 그었다. 이전까지 50만 관객 동원에도 9시 뉴스에 나오던 시절에 무려 600만 관객을 동원하였다. 당시 한국영화 최고 흥행작 〈서편제〉를 뛰어넘은 것은 물론이고, 역대 영화 최고 흥행작인 〈타이타닉〉의 기록을 갈아치울 정도였다. 해외에서도 인기리에 상영되는 등 한국 영화 부흥을 이끌었다.

〈쉬리〉는 한국 액션 영화의 선구자 격이다. 한국 영화의 발전에는 임천 중학교 동창인 정두홍의 역할이 컸다. 중학교 때 두홍이는 키는 보통이고 몸이 허약했다. 몸을 튼튼히 하려고 늘 태권도복을 챙겨 다녔다. 그런데 나중에 한국영화 중흥을 이끄는 무술 감독이 될 줄이야……. '정두홍의 역사가 곧 한국 액션 영화의 역사다'라는 말이 있을 정도로 그의 영향력은 컸다.

정두홍은 〈쉬리〉, 〈태극기 휘날리며〉, 〈무사〉, 〈놈놈놈〉, 〈베테랑〉 등 30여 년간 2백여 편의 영화에 무술 감독, 연출, 대역으로 참여하며 한국 액션 영화의 위상과 가치를 한 단계 올려놓았다. 중학교 친구 중 가장 유명인으로 자랑스럽게 생각한다. 살아가는 무대가 달라 깊이 교류하지 못했으나 언젠가 다시 우정을 쌓으리라고 기대한다.

한번 불붙은 한국영화의 성장은 거침없었다. 2000년 〈공동경비구역 JSA〉에 이어 2001년 〈친구〉의 대박으로 이어졌다. 2001년은 한국영화 르네상스 원년이라고 해도 과언이 아니다. 800만 관객을 넘긴 〈친구〉에 이어 〈신라의 달밤〉, 〈엽기적인 그녀〉, 〈조폭 마누라〉가 줄줄이 400만 관객을 넘기는 쾌거를 이루었다. 융성기에는 모든 것이 좋은 쪽으로 흘러가는 법이다. 의도하든, 의도하지 않던 결과는 '버밍엄'이다. 1990년대와 2000년대 우리나라는 단군 이래 최대 융성기였다.

영화 〈엽기적인 그녀〉는 견우74라는 닉네임의 네티즌이 PC 통신 시절 인터넷에 연재했던 소설이다. 엄청난 인기로 책으로 출판된 뒤 영화화하였다. 영화의 남자 주인공 견우 역에는 차태현이, 여자 주인공 그녀 역에는 전지현이 맡았는데, 순진남과 엽기적인 그녀에 딱 맞는 캐릭터였다.

평범한 대학생 견우는 어느 날 술을 마시고 집에 돌아가는 지하철역에서 술에 취해 몸을 가누지 못하는 그녀를 발견한다. 선로 옆에서 아슬아슬하게 비틀대던 그녀를 지하철이 들어오기 직전에 견우가 몸을 당겨 구해준다. 이후 견우의 삶은 엉망진창이 된다. 견우는 좋은 말로 순진한 남자고, 실제로는 어벙한 남자에 가깝다. 보통 남자라면 절대로 당하지 않을 봉변을 태연하게 당하고, 그녀는 엽기적인 말과 행동을 당당하게 구사한다.

엽기(獵奇)는 비정상적이거나 기이한 일에 흥미를 느끼고 하는 행위를 뜻한다. 그녀는 보통 여자가 아니다. 상상할 수 없을 정도로 기발하며, 뻔뻔하고 당돌하다. 거칠고 폭력적이다. 폭군처럼 보이지만 때때로 귀엽게 행동한다. 큰 사고를 쳐 놓고 적반하장으로 늘 큰소리다. 남자 처지에서 보면 늘씬하고 반반한 얼굴 빼면 매력이라고는 전혀 없다. 문제는 견우가 남자라는 데 있다. 남자는 교제 대상으로 현모양처를 원하지 않는다. 예쁜 여자를 원한다. 살아보면 외모는 아무짝에도 쓸모없고, 마음 착하고 요리 잘하는 게 최고라는 걸 깨닫지만, 세상에 결혼 경험이 있는 총각은 없다. 견우는 견디기 힘든 우여곡절에도 그녀에게 빠져든다.

그녀는 사귀던 남자의 죽음으로 갈피를 잡지 못하는 처지다. 견우는 여자의 아픔을 보듬어 주고 싶다. 수없이 골탕을 먹으면서도 일편단심 민들레다. 그런 견우에게 그녀도 가끔 로맨틱하게 나온다. 아름다운 로맨스로 변하는가 싶지만, 어느 순간 벼락 치듯 돌변한다. 그래서 엽기적인 그녀다.

두 사람이 벌이는 기괴한 사랑놀이 혹은 싸움은 보는 이로 하여금 폭소를 터뜨리게 한다. 가끔은 안타까운 마음에 눈물짓게도 한다. 물론 견우의 순정에서다. 치고받는 전투 속에 전우애가 발생해서 가까워지지만, 그녀는 끝내 이별을 선택한다. 이별 방식도 기괴하다. 둘은 여행을 떠난다. 오봉산 정상에 오른 그녀는 느닷없이 견우에게 반대편 봉우리로 올라가라고 한다. 늘 그랬듯이 견우는 말도 안 되는 그녀의 부탁을 순순히 들어준다. 견우가 자신이 소리쳐도 들리지 않을 정도로 멀리 떨어졌다는 걸 확인한 그녀는 펑펑 울며 마지막 진심을 소리쳐 전한다.

"견우야! 미안해! 나 정말 어쩔 수 없나 봐…… 견우야! 미안해…… 미안해…… 나도 어쩔 수 없나 봐…… 난 다르다고 생각했는데, 나도 어쩔 수 없는 여잔가 봐……!"

그녀는 하늘로 떠난 남자친구를 잊지 못해 견우와의 이별을 다짐하고, 이 같은 방식으로 통보한다. 둘은 헤어지면서 커다란 소나무 아래 서로가 쓴 편지를 타임캡슐에 넣어 묻어두고, 2년 후 같은 장소에서 다시 만나 함께 편지를 열어 보기로 한다. 이별하되 다시 만날 여지를 남겨둔 셈이다.

그녀와 헤어진 견우는 허전한 마음에 그녀와의 추억을 인터넷에 올리기 시작한다. 그런데 인터넷에 올린 그녀와의 이야기가 화제가 되면서 영화로 제작하자는 제의가 들어온다. 사실 시나리오 작가는 그녀가 희망한 직업이다. 크게 성공한 견우는 그 사실을 당장 그녀에게 알리고 싶지만, 약속한 2년을 기다린다.

2년의 세월이 흐른 뒤 견우는 약속했던 소나무 아래로 간다. 종일 기다렸지만, 그녀는 오지 않는다. 결국, 혼자 타임캡슐을 열어 그녀의 편지를 읽어 본다. 편지는 죽은 연인과 견우 사이에서 갈등하는 그녀의 진심이 담겨있다.

다시 1년이 흐른 뒤 그녀는 약속 장소에 나타난다. 그제야 옛 연인과 마음의 정리를 마친 것이다. 그녀는 우연히 그곳에 있던 할아버지와 대화를 나눈다.

"3년이 지났어도 정말 우리가 만날 사이라면 어디선가 운명적으로 만나지 않을까 하는 생각이 들어요. 물론 바보 같은 생각이지만요."

"운명이란 말이야, 노력하는 사람한테는 우연이란 다리를 놓아주는 거야."

할아버지는 그녀의 말에 대답하고 소나무에 숨겨져 있는 비밀을 알려준다. 사실은 견우가 다녀간 뒤 벼락에 맞아 소나무가 쓰러졌다. 견우는 갖은 고생을 해서 비슷한 소나무를 구해 심어놓았다. 혹시 그녀가 찾아왔을 때 제대로 찾게 하기 위해서다. 할아버지의 말을 듣고 감동한 그녀는 견우의 편지를 읽는다.

견우와 마음이 변한 그녀는 서로 찾기 위하여 노력하지만, 끝내 실패하고 만다. 물론 영화이기에 그렇다. 그렇게 사랑하는 사람이라면 견우가 전화번호를 바꿀 리 있는가? 시나리오 전개상 어쩔 수 없는 거다. 아니 인터넷 원작에는 이별하는 게 마지막 장면이라고 한다. 영화에서는 해피 엔딩을 위하여 다시 만나는 장면을 삽입하였고, 극적인 효과를 위하여 서로 무수히 엇갈릴 수밖에 없었다.

견우를 찾지 못한 그녀는 죽은 남자 친구의 어머니가 남자를 소개해 준다는 자리에 나간다. 거기에는 뜻밖에도 견우가 앉아 있었다. 견우에게 여자를 소개해 준다고 한 고모가 사실은 그녀의 죽은 남자 친구 어머니였던 게다. 그 대목에서 영화관은 빵 터졌다.

해피 엔딩도 그렇게 유쾌한 해피 엔딩이 있을 수 없다.

너무 기막힌 우연이라고요? 그러기에 복선을 깔아 놓았잖아요. 그녀에게 할아버지가 말했잖아요.

"운명이란 말이야, 노력하는 사람한테는 우연이란 다리를 놓아주는 거야."

〈엽기적인 그녀〉는 국내에서 흥행을 넘어 센세이션 수준의 광풍을 일으켰고, 이후 해외 시장에서 8개국에서 리메이크하는 등 로맨틱 코미디의 대명사로 떠올랐다. 영화 〈쉬리〉 이후 국산 영화의 수준이 높아졌고 관객 점유율을 크게 올렸지만, 대부분 국내에 머물렀다. 〈엽기적인 그녀〉는 국내를 넘어서 중화권을 장악했다. 2002년 〈나의 야만적인 여자 친구〉란 제목으로 중국에서 개봉되었으며 엄청난 흥행과 인기로 한류 열풍의 새 지평을 열었다.

1970~80년대에 할리우드와 함께 홍콩 영화가 유행하였다면 2000년대 주인공은 한국 영화였다. 세계적으로 스크린 쿼터제 이상으로 높은 자국 영화 점유율은 드물다. 한국은 〈쉬리〉를 기점으로 2000년대 불붙기 시작한 영화산업으로 국내에서는 할리우드 영화에 필적하고, 일본과 중국을 비롯한 동남아시아에서 인기를 끌며 흥행에 성공하였다. 그 반향이 한류라는 이름으로 오늘에 이르고 있다.

1997년 IMF라는 비극이 있었지만 1990년대 이후 국민은 들떠있었다. 일시적으로 멈추더라도 다시 반등할 걸 믿어 의심치 않았다. 그 징후는 여러 곳에서 동시다발적으로 나타났다. 6·10 항쟁으로

　　　　　　　　　　얼룩무늬 청춘 6 - 충주·월드컵 편

쟁취한 민주화가 가장 큰 자산이었고, 국민에게 자신감을 심어주었다. 경제 성장을 바탕으로 정치, 사회, 문화적으로 발전을 거듭하였다. 드라마, 음악, 영화, 스포츠에서 두각을 나타내기 시작했다. 2001년 영화 산업의 진흥은 2002년에 일어날 충격과 영광을 예고한 것인지도 모른다.

23장

2002

문장대 신년 산행

2002년 신년 산행을 계획했다. 1월 1일 새해를 기념해서다. 명목은 대대 장교 단합 대회로 모든 장교가 참석하는 게 취지에 맞지만, 세상은 그렇게 단순하지 않다. 전원 참석이란 독재 사회가 아닌 이상 쉽지 않은 일이다. 개인 사정도 있을 수 있지만, 공공의 일이라면 어쩔 수 없다. 대대장은 지휘관의 장거리 출타가 곤란하므로 제외되었고, 한 명은 당직 사관 근무, 두 명은 집안 모임으로 참석할 수 없어서 장교 아홉 명 중 다섯 명이 가기로 했다. 다섯 명은 한 차로 움직이기도 편리해서 적당했다.

신년 산행을 계획한 목적은 네 가지다.

첫째, 대대 장교의 결속력을 다지고 전우애를 돈독히 하기 위해서다. 지휘관이 전력의 오십 퍼센트라는 말이 있다. 그만큼 병력을 통제하는 장교의 통솔이 중요하다는 뜻이다. 중대장이 고급 지휘관은 아니지만, 대대 내 선의의 경쟁과 대외 단합을 위해서는 상호

교감과 공감대 형성이 중요하다. 뜨거운 전우애가 있을 때 부대 전력이 배가 된다. 대대 임무를 완수하고 영광을 쟁취하는 데는 장교의 단합과 솔선수범이 필수다.

전우애를 돈독히 하는 데 좋은 방법이 무엇인가? 함께 고난을 극복하는 것이다. 장교든 부사관이든 병사든 동기간 우애가 뜨겁다. 왜 그렇겠는가? 훈련소에서 함께 뒹굴어서다. 같은 시간과 장소에서 함께 고통을 이겨낸다는 건 특별한 경험이다. 훈련소에서 얼차려를 주는 건 빠른 숙달만을 위해서가 아니다. 낯선 사람 간에 유대감을 심어주기 위해서다. 훈련이 거셀수록 전우애는 뜨거워진다. 참전 용사가 피 끓는 전우애가 생기는 건 함께 사선을 통과해서다. 새해 첫날 특별한 경험을 통해서 전우애를 북돋는 데는 등산만큼 좋은 게 없다.

둘째, 지루한 일상에서 벗어나 심기일전하는 데 있다. 사람은 익숙한 환경을 좋아한다. 낯선 환경에 적응하려면 집중력이 필요하므로 쉽게 피로하다. 그래서 이사나 전속을 싫어한다. 익숙한 환경은 편안하지만, 권태와 이완을 부른다. 일상이 무미건조하여 발전이 없다. 색다른 경험은 마음가짐을 새롭게 한다. 가는 해의 마지막 날 제야의 종소리를 듣거나 새해 일출을 보는 건 스스로 삶에 의미를 부여하기 위해서다. 새해를 다짐하고 각오를 새롭게 하는 데 신년 산행은 유효하다.

셋째, 추억을 만들어주기 위해서다. 직업 군인은 스스로 군을 선택한 사람이다. 조국 수호나 영공 방위에 대한 사명감이 높다. 단기 장교나 부사관, 병사의 처지는 다르다. 원해서 왔다기보다는 의무감에서 입대하였기에 군에 대한 애착이 없고, 임무를 중요하게 여기지 않으며, 군대 생활에 염증을 느끼는 사람이 적지 않다. 제대 후 좋지 않은 기억만 간직하는 사람도 있다. 나는 후배 장교에게 바람직한 군인 상을 심어주고 싶다. 군 복무가 무의미한 허송세월이 아니라 자기 발전에 도움이 되었다는 추억을 남겨 주고 싶다. 평소 임무 완수를 위해 최선을 다하는 게 군에 대한 부정적인 시각을 없애는 데 효과적이지만, 아름다운 추억도 군 이미지 제고에 도움이 되리라.

넷째, 주변 사람 모두가 건전하고 건강한 대한민국 국민이 되기를 원한다. 내 노력으로 가능하다면 자식과 후배, 부하 모두 건전한 정신과 건강한 몸으로 조국에 헌신하고 개인의 능력을 최대한 발휘하길 바란다. 개인의 총합이 국력이다. 조국의 번영과 영광이 첫 번째 소원이다. 희박하지만 국가 지도자의 꿈을 이루었을 때, 건전한 시민의식을 가진 튼튼한 남자가 큰 도움이 되리라. 장교를 유능하게 키우고 병사를 건강한 몸으로 제대시키는 건 내 꿈을 이루기 위해서 중요한 일이다. 모든 병사를 일대일로 지도할 수는 없지만 적어도 장교만큼은 바람직한 인생관을 심어주고 싶다. 새해 첫날 산 정상에서 새해 각오를 다짐한다면 큰 도움이 되리라.

점심은 주도한 내가 준비하였다. 물론 실제로 내가 한 건 아니다. 아내한테 부탁해서 전날 김밥 5인분을 싸고 컵라면 다섯 개와 보온 물병을 준비했다. 참석하는 장교에게 한겨울 산행이므로 준비를 단단히 시켰다. 지난해 2001년 설날(舊正)에는 문경 주흘산을 등산하였다. 모두 등산화와 아이젠을 준비하라고 했는데도 운동화나 군화를 착용한 사람이 있었고, 아이젠을 가져오지 않은 사람도 있었다. 겨울 산은 눈이 오지 않았더라도 음지는 얼어 있기 마련이다. 등산 초보인 노 중위는 군화를 신고 왔는데 아이젠마저 없어서 미끄러지고 자빠지길 여러 차례 했다. 아이젠 한쪽을 빌려서 착용했는데도 엄청나게 고생했다.

산에는 절대 군화를 신고 가지 마시라. 군화가 좋을 때는 적군과 육박전을 벌일 때와 여름철 독사를 제압할 때뿐이다. 바닥이 딱딱해서 무척 미끄럽다. 운동화보다도 못하니 절대로 사용해서는 안 된다.

작년 등산 경험이 있어서인지 이번에는 모두 준비를 제대로 하였다. 처음에는 신년 산행에 모두 떨떠름한 표정이었으나, 막상 차를 타고 출발하자 모두 신이 났다. 어쨌든 여행은 신난다. 따분한 일상을 벗어난다는 사실만으로도 기분이 상쾌하기 마련이다. 이미 결정된 산행이다. 즐겁게 보내지 않는다면 아까운 시간 낭비다. 그 사실을 잘 아는 후배들은 서로 기운을 북돋우며 즐거워했다.

등산 목적지는 충북 보은에 있는 속리산 문장대다. 젊은 위관 장교였지만 모두 등산 초보여서 길고 험한 코스를 잡을 수 없었다. 사실 훈련이 아닌 이상 신년 산행이라는 취지에도 무리한 등산은 적당하지 않다. 법주사에서 문장대 왕복이 최단거리 등산 코스다. 왕복 7킬로미터로 서너 시간이면 충분하다. 추운 날씨였지만 얼마간 산에 오르자 모두 흠뻑 땀에 젖었다. 아무리 춥더라도 산에 오를 때는 땀이 나게 마련이다. 입었던 패딩이나 재킷을 벗어야 한다. 겨울에는 큰 배낭을 사용해야 하는 까닭이다. 큰 배낭이 없는 사람은 벗은 옷을 들고 가느라고 고생한다. 삶은 경험이 중요하다. 다음에는 같은 일로 고생을 되풀이하지 않으리라.

칼바람이 부는 문장대에 올라서 세상을 내려다보면서 환호성을 지른 다음 기념 촬영하였다. 뭐니 뭐니 해도 여행에서는 사진이다. 남는 게 사진뿐이라는 말에는 동의하지 않지만, 추억에 가장 도움이 되는 게 사진이라는 사실은 맞다. 어떤 사람은 여행 자체보다도 사진 촬영을 더 중요하게 생각하는 사람도 있다.

문장대 밑에는 문장대를 소개하는 입간판(立看板)이 있었다. 다시 한 번 단체 기념촬영을 하는데, 누군가 기가 막힌 제안을 하였다. 키가 제일 큰 노 대위가 문장대 글자 아래에 서서 '문'자의 'ㄴ'을 가리자는 것이었다. 노 대위가 'ㄴ'을 가리고 서니 문장대는 '무장대'가 되었다. 무장대대 장교가 새해 첫날 무장대에 올라 각오를 다졌으니 취지에 맞는 등산을 제대로 한 셈이다. 지금 봐도 무장대 밑에 선 다섯 장교의 모습이 싱그럽다. 나 외에는 모두 20대 청년 장교다.

바람이 불지 않는 곳에 자리를 잡았다. 오를 때는 땀에 흠뻑 젖었으나 땀이 식은 지 오래다. 정상의 칼바람에 모두 오들오들 떠는 처지라서 바람을 피해야 점심을 먹을 수 있었다. 먼저 컵라면에 뜨거운 물을 부어 놓고, 산 정상에서 빼놓을 수 없는 술을 잔에 채웠다.

"어때, 새해 첫날 산에 오르는 기분도 나쁘지 않지?"

추운 와중에도 희희낙락인 후배들에게 물었다.

"예, 무지하게 좋습니다. 추운 게 탈이지만 경치는 정말 끝내줍니다."

"처음 보는 문장대 바위가 정말 장관입니다. 산 정상에 이렇게 크고 움푹 팬 바위가 있어서 수십 명이 오를 수 있다는 게 신기합니다."

"생전 처음 보는 절경입니다. 다음에 혼자서 다시 한 번 와야겠습니다."

모두 표정이 밝았다.

"그래, 하여튼 좋다니 다행이다. 생각만 하는 것보다는 일단 행동하는 게 좋다. 움직이다 보면 체세포를 자극해서 몸이 활성화하지. 주말 산행이 좋은 점은 한둘이 아니다. 제대하고 시도해 봐라. 자, 새해 건강과 목표를 다 이루자는 의미에서 건배하자. 무장대대를 위하여!"

"위하여!"

내 건배 제의에 일제히 큰 소리로 화답했다. 술은 기분을 고조시킨다. 몇 잔 들어가니 몸도 훈훈해지는 듯하다. 모두 김밥과 컵라면을 안주 삼아 즐겁게 마시며 떠들었다.

"야, 김밥 맛 죽입니다. 형수님 실력이 대단하네예?"

"컵라면을 많이 먹어봤지만 이렇게 맛있는 컵라면은 처음입니다. 추운 겨울날 산에서 먹는 컵라면은 정말 별미네요."

"산에 갈 때는 반드시 컵라면을 챙겨야겠어요."

모두 흥겨워해서 등산을 주도한 내 마음도 자못 호쾌하였다. 전대지휘관 참모와 골프 중인 대대장에게 전화해서 상황을 보고하였다.

"필승! 근무 중 이상 없습니다. 대대장님, 속리산 문장대입니다. 모두 무사히 올라와서 기념 촬영하고 식사하는 중입니다. 안전하게 하산하고 운전 조심해서 복귀하겠습니다."

"하하, 근무 중? 어쨌든 수고했다. 춥지 않나?"

"단체로 하는 등산이니 근무 중 아닙니까? 등산도 작전입니다. 엄청 추운데 바람이 불지 않는 데서 컵라면을 먹었더니 좀 나아졌습니다. 안전하게 돌아가겠습니다."

"오케이, 돌아와서 전화해."

"알겠습니다. 필승!"

보고는 군의 생명이다. 지휘관은 신속 정확한 판단이 중요하지만, 그 전에 상황을 제대로 파악해야 한다. 임무뿐만이 아니라 부대원의 일거수일투족을 손바닥 들여다보듯이 꿰뚫어야 한다. 그래야 긴급한 상황 발생 시 상관에게 보고하거나 적절하게 대응할 수 있다.

신년 산행은 대성공이었다. 무사히 다녀왔을 뿐 아니라 모두가 한껏 고무된 게 가장 큰 성과였다. 더구나 무장대대 장교가 '무장대'에 다녀오지 않았는가? 이보다 더 좋은 추억은 없으리라. 참석한 네 장교는 'ㄴ'자를 가린 키 큰 노 대위를 절대 잊지 않을 테다. 새해 첫날을 뜻깊게 보낸 만큼 올 한 해는 좋은 일만 이어지리라. 아니 그러길 희망한다.

일기

　나는 애가 셋이다. 여덟 살, 여섯 살, 세 살이요, 만으로는 더 적다. 아이들의 마음을 모르겠다. 사실 사람이 다른 사람 마음을 정확히 알 수는 없다. 그의 말과 태도와 행동으로 미루어 짐작할 뿐이다. 내 또래 어른의 마음은 쉽게 추측할 수 있다. 내 마음을 거울삼으면 되기 때문이다. 내가 좋아하는 건 대체로 좋아하고 싫어하는 건 싫어할 테다. 역지사지로 상대의 심리를 이해하고 대응하면 큰 문제가 없다.

　아이는 다르다. 아이는 부모의 절대 보호 속에서 자란다. 불평불만이 있거나 힘들어할 까닭이 없다. 어른인 내가 보기에는 그렇다. 내가 어렸을 때처럼 굶주림에 허덕이거나 무관심하게 방임한 적이 없다. 오히려 엄마의 과잉 보호 속에서 지나치게 안전하게 자란다. 그런데도 이해하지 못할 행동을 보이거나 불만 가득한 표정으로 못 하겠다고 반항할 때가 있다. 때리거나 꾸지람으로 해결될 일이 아니다. 아이가 진심으로 원하는 게 뭔지 알아서 근본 원인을 제거해야 한다. 아이와 대화를 통해서는 문제점을 확실하게 파악하기 어렵다. 스스로 자신의 불만 원인을 제대로 알지 못하기 때문이다.

내 어린 시절을 돌아보았다. 띄엄띄엄 중요한 일은 떠오르지만, 당시 내 마음 상태를 확인할 방법은 없다. 세월이 흘렀어도 그때 아이의 마음이나 지금 아이의 마음은 마찬가지일 테다. 내가 어렸을 때 부모와 세상에 불만이 있었다면, 어쩌면 내 아이도 같은 생각일 수도 있다. 잃어버린 내 어릴 적 추억을 되살리고 싶으나 방법이 없었다. 슬프고 괴로웠던 기억을 되살릴 수 있다면 아이들에게 적절하게 도움을 줄 있을 텐데, 못내 아쉽다.

돌이켜 생각하면 내겐 좋은 정보가 있었다. 나는 초등학교 때 글을 배워서 읽고 쓰기 시작한 2학년 때부터 6학년 때까지 하루도 거르지 않고 일기를 썼다. 먼 훗날 스스로 돌아보기 위해서 쓴 건 아니다. 부모와 선생 말을 법으로 받아들일 때다. 칭찬받기 위해서 열심히 공부한 것처럼, 선생님에게 칭찬받기 위해서 매일 착실하게 썼다. 당시 부모님은 내가 매일 일기 쓴다는 사실조차 몰랐다.

나는 지능 지수가 뛰어나지 않다. 멍청한 수준은 아니지만 절대 천재 근처에도 이르지 못한다. 그런데도 성적이 뛰어났고, 소통에서 떨어지지 않았다. 독서와 일기 쓰기 효과가 컸던 것 같다. 일기 쓰기의 효과는 엄청나다. 단순하게 스스로 돌아보아 반성하고 글쓰기 능력을 향상하는 데 그치지 않는다. 목적은 선생님에게 인정받기 위해서였으나 자아를 형성하는 데 막대한 영향을 끼쳤으리라.

일기는 첫째 하루를 돌아보아 스스로 잘못이나 부족함이 없는지 살피는 반성에 더없이 좋은 방법이다. 즐겁거나 기뻤던 일도 있다. 그러나 슬프고 괴로웠던 일이 더 기억에 남는다. 그 과정을 곱씹는 과정에서 실수나 잘못을 깨달을 수 있다. 일기에는 자랑거리보다는 판단 착오나 잘못된 행위에 따른 슬픈 결말이 대종을 이룬다. 결론은 대개 다시는 잘못을 범하지 않겠다는 다짐과 함께 반듯하게 살아가겠다는 각오다.

둘째, 그날 있었던 상황에서 사물이나 다른 사람을 재평가한다. 가장 많은 건 자신의 말과 태도와 행동에 관해서지만, 과정을 추적하다 보면 판단이나 행동에 영향을 끼친 요소가 드러난다. 어떤 상황에서 누구에게 어떤 영향을 받았는지 평가할 수 있다. 자신뿐만 아니라 마주한 모든 사람과 사물과 상황에 대해 시비곡직을 평가한다. 배울 것이 있다면 따르고, 결과가 나쁘다면 버린다. 일기는 세상의 이치와 사람의 심리를 꿰뚫어 보는 데 유용한 방식이다.

셋째, 생각을 정리하는 데 도움이 된다. 사람이 엄청나게 지능이 높거나 창조적이어서 만물의 영장이 된 게 아니다. 사람은 코끼리나 사자보다 힘이 약하고, 말이나 개나 돼지와 지능 차이가 크지 않다. 사람이 모든 동물 위에 군림하게 된 이유는 소통에 따른 집단 지성이다. 사람은 새로운 사실을 접하거나 전해 들으면 자신이 가진 지식을 섞어서 개념을 만들어낸다. 굳이 일기를 쓰지 않더라도 시간이 지나면 어느 정도 깨닫는다. 탁월한 사람이라면 듣고 보는 즉시 터득하는 사람도 있다. 나는 평범한 사람이다. 반드시 되뇌어야 사물이 선명하게 보인다. 그날 있었던 희로애락을 되짚어 원인과 과정과 결과를 곱씹어야 정확하게 실체를 알 수 있다. 일기는 사물을 정의하고 개념을 정리하는데 더할 나위 없이 좋다.

넷째, 일기는 삶의 방향타다. 그날 하루를 돌아보아서 목표를 향해서 제대로 나아갔는지 알 수 있다. 나는 일찍이 초등학교 2학년 때 삼국지를 읽고 관운장 같은 장군을 목표로 삼았으며, 고학년이 되어서는 국군 통수권자인 대통령으로 목표로 바꾼 바 있다. 목표를 이루어가는 과정을 정확히 알 수 없었으나 위인전에 나오는 주인공과 비교하면 답이 나온다. 역사에 위인으로 기록된 사람은 오늘 나와 같은 말과 태도와 행동을 보였는가, 나와 차이가 무엇인가, 다른 게 있다면 마땅히 고쳐야 할 테다. 일기는 자신이 목표로 하는 길에서 벗어나지 않게 하는 길잡이다.

당시에 이런 사실을 모두 알고 일기를 쓴 건 아니다. 지금 돌이켜보니 그러한 장점이 있다. 하여튼 나는 초등학교 2학년 때부터 빠짐없이 일기를 썼다. 하루에 한 장만 쓴 게 아니다. 큰 실수를 하였거나 엄청난 충격을 받은 일에 대해서는 미주알고주알 자세히 기록했다. 일기는 다른 사람에게 보여줄 목적으로 쓰는 게 아니다. 자신의 잘못을 되짚어 다시는 되풀이하지 않으려는 수단이다. 결과만 적어서는 제대로 판단할 수 없다. 원인과 과정을 상세하게 써야 당장 제대로 판단할 수 있을 뿐 아니라, 먼 훗날 자신을 돌아보아 앞날을 설계하기에 유용하리라.

그런 이유로 두세 장을 넘길 때가 적지 않았고, 특별한 때, 이를 테면 어려서부터 서울에서 공장에 다니던 누나가 스무 살 무렵 가난에 못 이겨 사귀던 공돌이와 동반 자살했다는 소식을 들었을 때는 여러 장의 일기를 썼다. 지금은 쓴 기억만 나지 무엇을 썼는지는 전혀 기억에 없다. 어머니가 까무러칠 듯이 대성통곡하는 모습을 보고 "무슨 일이 있어도, 아무리 슬프고 괴로운 일이 있더라도 어머니보다 먼저 죽지 않겠다."라고 다짐했던 기억만 난다.

지금 그 일기가 있다면 좋으리라. 여덟 살 하연이의 마음속을 들여다보는 데 도움이 되리라. 불행하게도 그 일기는 없다. 중학교 1학년 때 모두 태워버렸다. 가끔 일기를 훔쳐본 아버지와 작은 형이 놀렸기 때문이다. 5년간 쓴 일기가 백여 권이었다. 초가삼간 좁은 집안에서 도저히 숨길 수 있는 분량이 아니다. 일기에는 개인의 내밀한 비밀이 섞여 있다. 다른 사람이 함부로 보아서는 안 된다. 혹시 우연히 봤더라도 내색해서는 안 된다. 아버지와 형은 그렇지 않았다.

"아니 초등학교 때부터 술을 그렇게 많이 마셨어? 너 겉보기와는 다르다."

"다시는 하지 않겠다며? 일기에 쓴 건 뭔데? 그렇게 다짐할 거면, 하지 않는 거나 매일반이다."

"아무리 배고 고파도 그렇지 남의 과수원에서 과일을 따 먹거나 무 밭에서 무를 뽑아먹는 건 쪽팔리지 않냐? 지금도 그러냐?"

언제 적 일인지 기억도 희미한 일을 끄집어내서 지적하는 데는 마땅히 대답할 말도 없으려니와 얼굴이 화끈거려 참을 수가 없었다. 남자 친구와 주먹다짐한 일, 여자 친구를 괴롭힌 일, 시험 때

커닝한 사실까지 쓴 일기장이다. 그 모든 사실을 다 알고 있다는 말 아닌가. 나는 도저히 참을 수 없었다. 아버지나 형을 내 힘으로 제압하거나 못 하게 말릴 방법은 없다. 나의 비리가 온전히 기록된 일기를 없애 버리는 수밖에 없었다.

어느 날 참다못한 나는 일기를 아궁이에서 모두 태웠다. 태우는 데만도 한참이 걸렸다. 꽤 시간이 걸렸지만 5년이나 쓴 시간과는 비교할 수 없었다. 그 긴 세월 하루도 빠짐없이 쓴 일기는 연기와 함께 사라졌다. 내가 지금까지 살아오면서 한 일 중 가장 큰 실수였다.

그 일기가 있었다면 내 세 아이를 더 훌륭하게 키울 수 있으리라. 초등학교 3학년 4학년 아이의 마음을 짐작할 수 있으리라. 부모가 해야 할 일을 제대로 찾아서 실천할 수 있으리라. 내 신조가 후회하지 않는다는 것이다. 사실 후회란 무의미하다. 후회할 일을 하지 않는 게 중요하다. 후회할 일을 하지 않으려면 과거의 잘못과 현재 상황과 앞날에 벌어질 일을 예측해야 한다. 과거의 잘못에 따른 결과를 아는 데는 일기만큼 좋은 도구가 없다. 그 소중한 일기를 한순간의 분노를 참지 못하여 태워 없앤 것이다. 다른 모든 판단은 후회하지 않더라도 일기를 태운 것만은 후회막심이다.

물론 지금이라면 그런 짓을 하지 않을 테다. 다른 사람의 부당한 지적에 흥분하지 않고 한 귀로 흘려 넘길 것이다. 그때는 그러지 못했다. 드러내기 싫은 치부를 태연하게 말하는 아버지와 형이 미워서 견딜 수 없었다.

2002년 3월 4일 나는 다시 일기를 쓰기로 했다. 아마 직장에서 좋지 않은 일이 있었던 듯하다. 그 일은 쓰지 않고 과거 일기장을 태워버린 후회로 글로 시작했다. 실제로 당시 아이들을 키우는 데 꼭 들여다보고 싶은 유용한 해결책이기도 하다. 일기를 다시 써야 하는 까닭을 생각해 봤다. 다시 써야 하는 이유는 네 가지다.

첫째, 현재 나는 아이들의 마음을 제대로 읽을 수 없다. 아마 삼십 년, 오십 년 뒤에도 마찬가지이리라. 먼 훗날 아이들이 내 나이가 되었을 때 무엇으로 조언할 것인가. 써야 한다. 지금부터라도 내 사상과 철학을 남겨야 한다. 나의 사고, 내가 한 말과 태도와 행동을 낱낱이 기록해야 한다. 동기와 과정과 결과를 정확히 기록해서 뒷날 돌아보리라. 당장은 옳고 그름을 정확히 판단할 수 없어도 시간이 지나면 명확해지라. 그 기록을 바탕으로 조언한다면 아이들이 겪게 될 사십 대, 오십 대 인생 역정에 큰 도움이 되리라.

둘째, 나는 늘 불의나 부정부패에 분노하고, 좋은 일에 기뻐하지만, 기분에 따라 달라질 때가 많다. 맞닥뜨리는 상황이 아니라 내면의 상태에 따라 판단과 평가가 달라진다. 이건 큰 잘못이다. 제3의 눈으로 관조하는 게 필요하다. 당장 하는 판단이 정확하지 않다면 사실을 기록해야 한다. 하루나 이틀이 지나면 생각이 달라질 수도 있다. 스스로 더 좋은 판단으로 미래를 개척하는 데는 나를 돌아볼 자료가 필요하다. 나는 성장을 위하여 일기를 쓰기로 했다.

셋째, 내가 만나는 모든 사람에게 배우기 위해서다. 내가 좋아하는 사람은 훌륭한 사람이 아니라 내게 잘해주는 사람이다. 내가 싫어하는 사람은 사악한 사람이라기보다는 내게 이익이 없는 사람이다. 이익에 따라서 사람을 판단한다. 이건 잘못이다. 이익이 아니라 옳고 그름에 따라 판단해야 한다. 이익에 무관하게 세상에 도움이 되는 사람과 필요 없거나 없어야 하는 사람을 구분해야 한다. 만나는 모든 사람을 반면교사와 타산지석으로 구별해야 한다. 그건 성찰과 기록을 통해서 가능하다. 있었던 일을 세심하게 곱씹는다면 그 실체가 드러나리라. 시비, 선악, 진위가 밝혀지리라. 훌륭한 사람을 따르고 사악한 사람을 거울삼아야 한다.

넷째, 말하기와 글쓰기 능력을 향상하기 위해서다. 사람이라면 누구나 말하기와 글쓰기가 중요하다. 생산직에 종사하는 사람이라면 글쓰기가 중요하지 않을 수도 있지만, 대부분 사람은 보고서를 써야 하는 처지다. 사업상 전자 우편으로 상대를 설득해야 할 때도 있다. 내가 추구하는 장군이나 대통령이라면 더 말할 나위가 없다. 말 못 하는 사람이 지도자가 될 수 있는가. 글 못 쓰는 사람이 인정받을 수 있는가. 그럴 수는 없다. 유창한 말과 뛰어난 글쓰기가 지도자가 되는 데는 충분하지 않지만, 갖춰야 할 필수조건이다. 진인사대천명(盡人事待天命)이라고 했다. 성취 여부를 떠나서 내가 할 일은 다 해야 하지 않겠는가.

가장 늦었다고 생각할 때가 가장 빠르다는 말이 있다. 어렸을 적 썼던 일기를 태웠던 일을 후회한다면, 내 아이들이 삼십 대가 되는 삼십 년 뒤를 위해서라도 일기를 써야 한다. 매일 쓸 필요는 없다. 바쁜 일상에서 매일 쓰려고 하면 스트레스를 받아서 오히려 일찍 포기하리라. 필요할 때 쓰면 된다. 써야 할 때는 큰 충격으로 감정이 요동칠 때다. 그 과정을 정확히 살핀다면 기쁘거나 즐거운 일은 본받아야 할 것이요, 슬프거나 노여운 일은 반면교사가 될 것이다.

내 초등학교 때 기록이 남아 있다면 수십 권의 소설을 쓸 수 있을 정도로 좋은 소재가 되리라. 계속 일기를 썼다면 더 나은 사고력으로 말하기와 글쓰기를 잘해서 더 훌륭한 장교 생활을 했을지도 모른다. 나중에 똑같은 후회를 하지 않기 위해서라도 다시 쓰기 시작해야 한다.

그 이후로 나는 틈나는 대로 글을 썼다. 부대나 가정에 일이 있을 때마다 내 생각을 적었다. 2000년대는 인터넷이 활성화한 시기다. 부대에도 인트라넷이 생겨서 전 공군이 전자 우편으로 소통할 수 있었다. 나는 부대원에게 당부하는 글이나 옛 전우와 주고받은 글을 내 일기장에 모두 담았다. 언젠가 필요하리라고 판단했다.

그 생각은 주효했다. 나는 현재 『얼룩무늬 청춘』이라는 군 생활 일대기에 관한 자전 수필을 쓰고 있다. 내가 아무리 머리가 좋더라도 20년, 30년 전 일을 모두 기억할 리 만무하다. 부대원을 설득하는 과정에서 내 인생을 되짚을 때가 많았다. 삼십 년 전에는 사십 년 전 일을 비교적 소상하게 기억했을 테다. 군대 생활 내내 부대원과 전자 우편으로 소통하다 보니 과거 군데군데 점이었던 기억이 연결되었다. 오늘날 내가 기억을 되살려 자서전을 쓰는 데는 2002년부터 쓴 일기가 큰 몫을 했다.

요즘도 그날 있었던 중요한 일에 대해서 글을 쓴다. 정치 경제 사회 문화 모든 분야가 글 소재다. 글을 쓰다 보면 사물과 상황이 더 선명하게 보인다. 매일 생각을 정리하다 보니 내 사상과 철학이 명료해진다. 더 좋은 것은 사고력에 더해 소재가 풍부하므로 말하는 데 큰 부담이 없고, 매일 쓰다 보니 글 솜씨가 나아진다는 것이다. 작가에게 소재와 쓰기 능력보다 중요한 건 없다. 어쨌든 매일 보고 읽고 정리해서 써야 한다. 작가로서 당장 성과가 보이지 않는다고 흔들려서는 안 된다. 유명 작가가 되지 못하더라도, 바른 태도로 살아간다면 최소한 주변 사람에게 손가락질 받으며 살지는 않을 게 아닌가.

기무 부대장

어제 마신 술로 머리가 지끈지끈 아프다. 물에 빠진 솜뭉치처럼 몸이 무겁다. 술을 마실 때는 힘든 줄 모른다. 아니, 취하기 전까지는 간혹 괴로울 때가 있으나 취하고 나서는 모른다. 술은 술을 부른다. 맨정신에는 취할 때까지만 마신다고 하지만, 일단 취하면 멈추지 못하고 더 들이켠다. 과음한 다음 날은 힘들게 마련이다.

"아니, 그러게 웬 술을 그렇게 퍼마셔요. 술과 무슨 웬수 진 것도 아니고……."

괴로워하는 내 모습에 아내는 혀를 끌끌 차며 한마디 한다.

"이 사람아, 누군 마시고 싶어서 마시는 줄 알아? 내가 내 돈 주고 사서 마시는 술은 좋아서 하는 짓이지만, 나머지는 몽땅 사역이랑게. 모두가 처자식을 위해서 하는 일이라고. 나는 일을 하던 술을 마시던 목숨 걸고 하는 사람이야."

나는 아내의 잔소리에 면박을 주었다. 아내가 하는 말은 대체로 옳다. 잔소리가 듣기 싫지만, 그 말대로만 할 수 있다면 최선의 결과가 따르리라. 나도 할 말이 있다. 우리나라는 술 권하는 사회다. 남자 모임에 술이 빠지는 일이 거의 없다. 요즘이야 술 마시지 않는 게 잘못이 아니고, 누구 눈치 볼 일도 아니지만, 당시만 해도 온갖 수모를 당해야 했다. 술 못 마시는 사람은 바보고 술 많이 마시는 게 자랑이었다.

상관이나 동료 대부분 술을 마시기에 술자리를 마다하면 눈총을 받으며 따돌림을 감수해야 한다. 심한 사람은 강제로 회식에 참석시키고 술을 강요하기도 한다. 잘못된 관행이지만 꼭 틀렸다고 할 수만은 없다. 당시 대부분 남자가 음주를 당연시하였기에 남자만의 집단인 부대를 제대로 통솔하기 위해서는 술을 마시는 게 유리했다. 술 마시지 않고서는 술 취한 사람 기분을 알지 못한다. 짐작하더라도 공감하기에 쉽지 않다. 최고의 지휘관은 부대원과 일심동체가 되는 사람이다. 대대장이 중대장에게 술을 강요하는 건 당연한 일이다. 중대장이 중대원의 마음을 모르고 제대로 통솔할 수 있겠는가.

나는 술을 좋아하기도 하지만, 어느 정도 자신 있다. 세계 최강은 아니더라도 남에게 뒤지기는 싫다. 장군을 꿈꾸는 사람이 술을 좋아하지 않는다는 건 말이 되지 않는다. 술은 고통을 망각하고 사기를 앙양하는 데 최선의 무기일 뿐만 아니라, 처음 본 사람이라도 이해하고 공감하는 데 가장 좋은 방법이 아니던가. 남자의 세계인 군대에서 우뚝 서기 위해서는 업무만 잘하는 것으로는 부족하다. 말하기와 글쓰기뿐만 아니라, 운동도 잘하고 술도 잘 마시고 노래도 잘해야 한다. 사람은 뭐든 잘하는 사람을 좋아하고 따르게 마련이다. 부하의 자발적인 복종을 유도하는 데는 솔선수범보다 좋은 방법이 없다. 내가 목숨 걸고 술을 마시는 까닭이다.

술기운인지 감기몸살인지 축 늘어져서 몸도 제대로 가누지 못하고 있는데 전화가 왔다.

"어이, 무대 통제실장 뭐 하고 있나? 여기 한사랑인데 잠깐 내려와 봐."

정비과장이었다. 정비과장은 전대장을 보좌하는 최고 참모로 대대장보다 지위가 높다. 사실상 부전대장 역할을 한다. 한사랑은 관사 지역에 있는 부대 내 주점이다. 술과 안주를 팔고 한쪽에는 노래방 기기가 설치되어 있다. 정비과장이 내려오라고 하는 걸 보니 휴일임에도 회식 중인 것 같았다.

"필승! 근무 중 이상 없습니다. 제가 오늘 몸이 안 좋아서 술 마시기가 좀 곤란한데요. 다음에 마시면 안 되겠습니까?"

나는 사실대로 말했다. 토요일이라서 집에 있었으니 근무 중은 아니다. '근무 중 이상 없습니다.'라는 말은 통화할 때 그냥 으레 하는 인사말이다.

"안 돼! 부를 만하니까 부르는 거지, 까닭 없이 부르겠나? 당장 내려와!"

안 된다니 어쩌겠는가. 옷을 대충 걸쳐 입고 부스스한 모습으로 부리나케 뛰어 내려갔다. 한사랑에 도착하니 동기생인 정비 관리실장도 이미 불려 와 있었다. 군수 전대 지휘관 참모가 모두 모여서 기무 부대장과 함께 술을 마시는 데 술 마시는 사람은 몇 안 되고, 대부분 노래하며 춤추고 있었다. 함께 골프를 하고 뒤풀이를 하는 중이었다.

비행단 기무 부대는 국군 기무 사령부 예하 부대로 비행단 소속이 아니다. 군내 방첩 업무가 주 임무로 군인과 군사비밀에 대한 보안 감시를 한다. 방첩 업무뿐만 아니라 지휘관 참모의 동정까지 파악하는 감찰 업무를 겸하므로 단장도 함부로 할 수 없는 처지다. 비행단 기무 부대장은 대체로 중령 계급이었으나 그런 이유로 대령도 조심하였고, 사실상 비행단에서 단장 다음가는 권력을 행사하였다.

기무 부대는 일반 부대와 업무가 전혀 다르다. 다른 군인을 감시 감찰하여 동향을 보고하는 업무를 하므로 사람들이 접촉을 꺼린다. 겉으로는 친한 체 온갖 감언이설을 늘어놓지만, 언제 책잡힐지 모르므로 마음을 털어놓지 않고 조심한다. 모든 사람이 경원하였으며 기무 부대원도 그 사실을 잘 알았다. 더럽든 무섭든 모두가 상대하려 하지 않는 사람은 외롭다. 기무 부대원은 대체로 외로웠다.

기무 부대 장교가 고독을 해소하는 방법이 주로 술이었다. 마음을 털어놓게 하려면 상대가 방심하게 해야 한다. 술보다 좋은 방법이 없다. 술에 취하면 세상을 품은 듯 기고만장하지 않던가. 술에 취해 큰소리칠 때 속마음이 나오기 마련이다. 기무 부대원끼리 마실 때도 폭음이 예사였다. 모두가 싫어하는 일을 하다 보니 유유

상종, 서로의 마음을 잘 이해해서 괴로움을 술로 풀었다. 본부에서 근무할 때 기무 부대에서 근무했던 선배와 술을 마시는 데 맥주 컵에 양주잔으로 맥주를 붓고, 나머지를 양주로 채운 일명 '수소폭탄주'를 지속해서 돌려 마시는 걸 보고 놀라서 달아난 적이 있을 정도다.

기무 부대장은 비행단에서 술이 세기로 소문이 났다. 나도 술이라면 지고 싶지 않았으나, 그날은 몸 상태가 워낙 안 좋았다. 도저히 마실 수 없는 형편이었으나 정비 관리실장과 나를 부른 이유가 기무 부대장 술 접대다. 일곱 명의 군수 전대 지휘관 참모가 기무 부대장 한 사람에게 모두 나자빠졌다. 하긴 폭탄주로 계속 건배를 해대는데 누가 버틸 것인가. 뒤늦게 참석한 정비 관리실장과 나는 기무 부대장과 계속 술을 마시고, 전대 지휘관 참모는 모두 스테이지에 나가 노래에 맞춰 춤을 추었다. 춤을 추고 싶어서 추는 게 아니라, 술 마시지 않으려는 요령이다.

폭탄주 첫 잔은 쓰고 독했다. 그래도 단숨에 들이켰다. 일이든 운동이든 술이든 사람은 기세에서 밀리면 안 된다. 질 때 지더라도 눈을 부릅뜨고 달려들어야 상대가 인정한다. 한번 경멸받으면 회복하는데 엄청난 노력이 필요하다. 더군다나 기무 부대장은 이미 몇 시간이나 술을 마신 상태다. 정상이라면 나나 정비 관리실장이 술에 질 리 없다. 하지만 상대는 기무 부대장이다. 속으로는 취했는지 괴로운지 모르겠지만, 적어도 겉으로는 멀쩡했다. 그런 기무 부대장한테 군수 전대 지휘관 참모가 얼마나 힘들고 괴로웠겠는가.

"자자, 젊은 친구들이 새로 왔으니 본격적으로 마셔 보드라고. 군수 전대의 무궁한 발전을 위하여!"

기무 부대장은 일반 장교라면 백 명이라도 상대할 수 있다는 걸 증명하고 싶은 것 같았다. 몸이 무거운 상태였으나 폭탄주 두어 잔이 들어가니 조금 풀리는 듯하였다. 술이 들어가자 몸 상태가 정상으로 바뀐 것이다. 아니, 어쩌면 취기에 고통을 망각하였으리라. 정비 관리실장 김 소령은 운동에는 천부적인 재능을 타고났으나 술은 그리 센 편이 아니다. 그렇다고 술 취한 기무 부대장 앞에서 못 마신다는 말을 할 계제는 아니다.

그렇게 세 사람은 삼십여 분 동안 술잔을 기울였다. 누가 더 마시거나 덜 마시지 않고 똑같이 마셨다. 기무 부대장이 폭탄주를 제조해서 건배했기 때문이다. 술자리가 파할 때까지 폭탄주 여덟 잔을 마셨다. 다섯 잔부터는 힘들었다. 그래도 사양하지 않고 열심히, 당당하게 마셨다. 군인에게는 음주도 일종의 전투다. 이기지 못하더라고 완패해서는 자존심이 상한다. 보통 때라면 심하게 취할 정도는 아니었다. 전날 술기운이 가시지 않은 채 마셔서인지 만취 상태가 되었다.

술자리가 끝나고 모두 헤어졌다. 떠나는 지휘관 참모에게 대성박력으로 '필~승!'을 외치고 돌아섰다. 혼자 휘청거리면서 아파트 4층을 오르려니 나도 모르게 눈물이 났다. 토요일 밤늦게 불려가서 따라 주는 폭탄주를 거부하지 못하고 마셔야 하는 신세가 처량했다. 붓다가 인생이 고해라고 말한 건 이래서인가. 용기를 내야 한

다. 고지에 이르려면 아직 까마득하다. 이 정도에 지쳐서는 안 된
다. 한 발짝씩 오르고 또 오르면 언젠가 정상에 다다르리라. 오늘
의 시련이 빛나는 영광으로 바뀌리라. 그때까지 참아야 한다. 가
족을 위하여, 남자의 자존심을 위하여.

막내의 투정

조국의 번영과 영광을 최고의 가치로 알고 살던 때다. 새벽에 출근해서 거의 매일 자정 무렵 퇴근이 일상이었다. 늦게까지 야근할 때도 있었으나, 야간 비행 뒤 퇴근길에 술로 하루의 피로를 푸느라 늦는 일이 잦았다. 어쨌든 휴무일이 아니라면 아이들 얼굴 보기가 힘들었다. 출근하거나 퇴근할 때는 세 아이 모두 꿈나라에 가 있었다.

나라의 발전과 융성이 가장 중요하지만, 가족도 못지않다. 아니 가족이 없다면 열심히 일할 동기가 사라지리라. 나라의 융성은 먼 미래의 일이고, 가족 생계는 당장 현실이다. 보살필 가족이 있어야 결연한 마음으로, 고단한 삶의 현장에 뛰어들 수 있다. 생계를 책임진다고 부모의 역할을 다 하는 건 아니다. 가정에서 엄마가 할 일이 있듯 아빠가 맡아서 할 일도 있다. 아이가 훌륭하게 성장하기 위해서는 부모의 솔선수범이 중요하다. 휴일에는 피곤하더라도 아이들과 어울렸다. 내가 원하지 않더라도 아내의 성화에 어쩔 수 없이 가족과 외출할 때가 많았다.

3월 마지막 날 일요일에는 가까이에 있는 충주 댐에 나들이하기로 했다. 충주 비행단에 근무하면서도 사실 충주 댐에는 한 번도 가본 적이 없었다. 따뜻한 봄날 가족과 바람을 쐬기에는 더할 나위 없이 좋으리라.

봄은 다 좋은데 황사가 문제다. 보통 미세먼지를 퉁 쳐 황사라고 부르지만, 황사라고 해서 중국 고비 사막에서 날아오른 먼지가 다가 아니다. 대부분은 중국 동북부와 수도권에서 발생한 공해 오염 물질이다. 대기 중에 중금속이 많이 포함되어 있어서 사람 건강에 좋지 않은 영향을 끼친다. 오전까지 미세 먼지가 많다는 예보에 늦게 집을 나섰다.

차를 몰고 충주 댐 인근에 가니 뜻밖에도 수많은 사람이 도로 위를 달리고 있었다. 가는 날이 장날이라고 충주 댐에서는 '충주 마라톤 대회'가 열리고 있었다. 점심으로 토종 닭백숙을 먹고 탄금대 공원으로 방향을 돌렸다.

탄금대는 신라 시대 우륵이 가야금을 타던 곳이라 하여 붙여진 이름이다. 임진왜란 때는 도원수 신립 장군이 8,000명의 군사로 배수진을 치고, 15,000명을 거느린 왜장 고니시 유키나가와 대결하였다가 전멸한 장소이기도 하다. 신립 장군은 험한 문경 새재를 지켜야 한다는 참모의 의견을 무시하고 부대가 전멸할 때까지 싸우다가 강물에 뛰어들어 스스로 목숨을 버렸다. 신립이 문경 새재에서 진을 치고 결사 항전했다면 임진왜란의 향방은 달라졌으리라.

충주시에서는 여러 유적을 정비하여 조각 공원과 체육 공원을 조성하였다. 경치가 아름다워 나들이하기에 좋다. 아이들과 노는 일은 힘들다. 호기심과 에너지 넘치는 아이 셋을 상대하는 건 웬만큼 독하게 마음먹지 않고서는 금세 지치기 마련이다. 심신이 녹초가 된 상태였으나 아이들이 신나게 노는 모습에 마음이 한결 가벼웠다.

돌이켜보면 나는 어려서 부모한테 어리광부리거나 함께 놀아본 기억이 없다. 나들이는커녕 안겨 본 기억도 없다. 아주 어려서는 엄마 품에서 컸을 것이나 기억할 시기가 아니고, 조금 자라서는 세 동생이 있었기에 엄마는 내 차지가 아니었다. 부모는 늘 일터에 나갔기에 우리끼리 놀았다. 누구한테 어떤 것을 요구할 처지가 아니었다. 그런데 이놈들은 요구 사항이 많다. 아이들 정신 세계를 모르기에 대처가 쉽지 않다. 모든 요구사항을 다 들어줄 수는 없는 노릇 아니던가. 뜻대로 되지 않으면 협박하는 모습이 귀엽다.

"그럼 밥 안 먹을 거예요!"

"오늘 잠 안 잘 거예요!"

"내일 유치원 안 갈래요!"

늘 엄마가 챙겨주고, 하라고 성화를 대니까 먹고 자고 유치원 가는 걸 마치 엄마를 위해서 한다고 생각하는 거다. 아이를 사랑으로 보살피고 헌신하는 것은 좋다. 지나쳐서 좋을 건 없다. 나중에 어른이 되는 과정에서 바뀌게 되겠지만, 지나치게 의존하는 마음이 생긴다. 시도 때도 없이 투정을 부린다. 어르고 달래서 안 되면 목소리를 높이거나 매를 들어야 할 때가 한두 번이 아니다.

가족과 나들이를 하느라 일요일임에도 낮잠을 자지 못한 나는 저녁 식사 후 일찍 잠자리에 들었다. 잠이 든 지 얼마 되지 않아서 시끄럽게 우는 소리에 깨어 보니 막내딸이 이를 닦지 않겠다며 앙탈을 부리는 중이었다. 막내딸은 어려서부터 주관이 뚜렷하고 고집이 셌다. 어쨌든 자기 하고 싶은 걸 해야 직성이 풀리는 아이다. 고집이 세기로는 아내도 못지않다. 아내는 무슨 일이든 어영부영 넘어가는 꼴을 못 본다. 사전에 계획하지 않은 일은 좀체 하지 않고, 계획한 일은 완벽하게 마쳐야 직성이 풀린다.

왜 이를 닦지 않겠다는 건지 그 속마음을 알 수 없지만, 그렇다고 호락호락 그냥 넘길 아내가 아니다. 기어이 닦고 자라고 애를 다잡는다. 가끔 못 이기는 척 조용히 넘어가면 좋으련만, 절대 그런 일은 없다. 하지 않겠다는 걸 끝까지 하라고 윽박지르니 애가 서러워서 우는 게다. 잠 자다가 깨 본 사람은 얼마나 짜증나는지 알 테다. 나는 화가 꼭뒤까지 치밀어서 소리쳤다.

"왜 시끄럽게 우는 거야! 엄마가 치카치카 하자고 하면 해야지! 뚝 해!"

내 목소리는 큰 편이다. 화가 나서 고함을 치니 아이가 놀라서 두 눈을 치뜨며 울음을 그쳤다. 위 두 아이는 어느 정도 적응을 해서 어지간해서는 놀라거나 무서워하지 않지만, 막 두 돌이 지난 막내 예연이는 아빠의 그런 모습이 낯설어서 억지로 울음을 참으려고 컥컥 소리를 냈다. 막내딸은 나를 무서워한다. 내가 모질게 대하거나 혼낸 일이 없는데도 그렇다. 엄마가 아무리 강요해도 약을 먹지 않는다고 버티다가도 내가 먹으라고 한마디 하면 "네" 하고 받아먹는다.

예연이는 요즘 말을 배우느라고 늘 조잘조잘 재잘재잘 시끄럽다. 노는 모습이 귀엽다. 조금만 엄마 말을 잘 듣는다면 좋으련만. 소리쳐 화를 내고 잠을 자려니 잠이 오지 않는다. 잘 구슬려서 이를 닦게 하지 못한 아내가 야속하고, 철없는 막내딸이 나를 무서워하는 게 안타깝고, 울지 말라는 말에 억지로 참느라고 숨이 막혀서 컥컥거리던 모습에 마음 아프다.

화를 내지 말았더라면 좋았을 텐데……. 화를 내면 늘 후회가 따른다. 일기를 쓸 때나 반성할 때는 화를 내지 않겠다고 다짐하지만, 막상 닥치면 도로 아미타불이다. 5초 아니 0.1초만 참으면 넘어갈 수 있는데 그 짧은 찰나를 넘기기가 쉽지 않다. 매사에 초연한 일희일비하지 않는 사람이 부럽다. 나는 언제 세상을 관조할 수 있으려나.

집으로

7년 만에 처음으로 극장에서 영화를 봤다. 부대에서 상영하는 영화는 종종 보았으나, 시내 극장에서는 결혼 전 아내와 함께 본 영화가 마지막이었다. 다섯 명 대가족을 이끌고 시내까지 가서 영화를 본 이유는 신문에서 스타 없이 터트린 대박 영화라는 데다, 인간의 사랑이 가득 감긴 감동적인 가족 영화라는 관람 평을 읽어서다.

확실히 보통 영화와는 달랐다. 유행하는 액션도 스릴러도 러브 스토리도 아닌 '여섯 시 내 고향' 다큐멘터리 같았다. 도시 아파트에서 나고 자란 내 아이들은 낯설고 신기한 풍경이겠으나, 나에겐 그저 내가 어릴 적 자란 시골 풍경 그대로였다. 실제로 출연자 대부분이 전문 영화 배우가 아니라 촬영지에 살던 동네 사람이다. 외할머니역의 김을분은 영화 속 나이와 같은 77세 시골 할머니다. 일곱 살 꼬마 주인공은 당시 초등학교 2학년이던 배우 유승호다. 영화 '집으로'는 유승호의 출세작인 셈이다.

IMF 상흔이 가시지 않았던 시절, 엄마와 일곱 살 상우는 기차와 버스를 갈아타고, 먼지 풀풀 날리는 시골길을 한참 걸어 외할머니 집으로 간다. 형편이 어려워진 엄마가 혼자서 직장 생활을 하기 위해 외아들 상우를 외할머니 댁에 맡겨야 하는 처지다. 자세한 사정은 나오지 않지만, 남편과 사별하였거나 이혼했거나 아니면 당시 흔하던 노숙자로 전락하여 집에 돌아오지 않았는지도 모른다.

외할머니는 말 못 하는 농인에 글도 읽지 못하는 문맹이다. 상우가 외할머니에게 "병신"이라고 욕하는 장면으로 영화는 시작한다. 허리가 90도로 꾸부러지고, 머리는 백발에 얼굴은 온통 주름살투성이며, 앞도 잘 못 보고, 남루한 옷차림의 외할머니가 서울에서 살아온 상우한테는 괴물이나 마귀할멈으로 보였을지도 모른다.

전자 오락기와 롤러 블레이드와 친숙하게 살아온 상우에게 배터리도 팔지 않는 시골 가게와 자갈투성이 시골 마당과 깜깜한 뒷간은 암담한 현실이다. 농인 외할머니와 제대로 소통조차 할 수 없는 상우는 사사건건 불평불만을 드러내며 외할머니를 괴롭힌다. 하지만 세상의 모든 할머니가 그러하듯 외할머니는 한 번도 나무라지 않고 사랑으로 포용한다.

어느 날 켄터키 치킨을 먹고 싶은 상우는 손짓, 발짓을 다 써서 외할머니에게 닭으로 만든 치킨을 먹고 싶다고 설명한다.

"먹고 싶은 거? 꼬꼬댁, 꼬꼬댁 꼭꼭!"

치킨을 알지 못하는 외할머니는 시장에서 생닭을 사다가 잡아서 백숙을 끓여 준다. 백숙을 본 상우는 실망하여 투정을 부린다.

“누가 닭을 물에 빠뜨리래? 이런 걸 누가 먹어?”

아무리 어르고 달래도 상우는 심통을 부리며 먹지 않고 잠들어버린다. 외할머니가 잠든 사이 배가 고파서 깬 상우는 백숙을 먹어보고 맛있어서 한 마리를 다 먹어 치운다.

외할머니 아랫집에 사는 또래의 철이가 못마땅하여 심술궂은 장난을 쳐서 골탕을 먹이지만, 순박한 철이는 타박하지 않고 사과를 받아준다. 그뿐 아니라 상우가 위기에 처했을 때 오히려 도와준다. 상우가 정식으로 사과하자 되받는다.

“니는 사과를 두 번 하나?”

상우는 철이의 여동생 혜연을 마음에 들어 하지만, 첫 만남에서 혜연이 혼자서 소꿉놀이하던 장식품을 실수로 밟는다. 그때 혜연이 상우에게 핀잔을 준다.

“니는 사과할 줄 모르나, 니처럼 뻔뻔한 애랑은 안 놀끼다. 니같이 뻔뻔한 애는 나중에 크면 장개 가기도 힘들끼다. 우리 때는 남자보다 여자가 적어서 남자가 장개 가기 힘들다카던데, 니는 우짜나?”

만나는 사람마다 못된 개구쟁이 짓을 하던 상우는 외할머니의 한없는 사랑과 시골 사람들의 순박한 마음에 차츰 동화된다. 상우는 외할머니와의 생활에서 수화도 익혀 다른 사람과 외할머니의 통화 역할을 하기도 한다. 상우가 서울로 떠나는 날, 상우는 정든 할머니와 헤어지는 게 아쉬워서 그림엽서를 건네주며 슬퍼한다. 할머니가 상우와 헤어지고 혼자서 다시 고개를 넘어 집으로 쓸쓸하게 돌아가는 마지막 장면은 모두의 눈시울을 붉게 만든다.

영화에는 극적인 장면이 없다. 그냥 담담한 일상이 펼쳐질 뿐이다. 누구나 경험하고 느꼈을 거 같은 어린 시절 고향 할머니와의 에피소드, 어떻게 이런 영화가 흥행에 성공했을까.

IMF라는 참혹한 현실에서 아직 벗어나지 못했을 때다. 아마도 각박하게 살아가는 마당에, 잊었던 고향의 따뜻한 이야기에 감동하여 입소문을 타고 사람들이 영화관으로 몰렸던 듯하다. 자라나는 아이에게 좋은 교훈이 될 것으로 여겨져 가족 단위로 영화관을 찾은 사람이 많아서 흥행에 큰 도움이 되었다. 예나 지금이나 어른이 아이를 설득하다 하는 말 있잖은가.

"너도 내 나이 되어 봐라."

"네가 어른 되면 알 거다."

"네 자식 키우다 보면 이해하게 될 거다."

사실 다 맞는 말이다. 부모 관점으로 보면 아이들의 행위를 이해할 수 없다. 아이 처지에서 부모의 말을 이해할 수 없는 건 마찬가지다. 영화 '집으로'는 어른과 아이의 심리 상태를 잘 설명해 준다. 자식에게 부모의 사랑하는 마음을 전하는 데 이보다 좋은 교재는 없다.

제작 당시 누구도 흥행을 기대하지 않았다. 서울에서만 관객 157만을 모으는 대박을 터뜨렸다. 영화는 15억 원이라는 적은 비용으로 만들어졌다. 거액을 줄 유명 배우가 출연하지 않았고, 촬영지 세트장도 필요 없었다. 엑스트라는 전부 일반 시골 사람이었다. 하지만 할머니의 묵묵한 내리사랑과 아이의 성장을 다룬 서사로 극

장을 눈물바다로 만들며 대성공을 거두었다. 이후 여러 영화제에
서 수상한다.

　모처럼 가족 나들이는 대성공이었다. 영화가 흥행에 성공한 만
큼 아이들에게 교육 효과 만점이었다. 아이뿐만이 아니다. 나는 감
수성이 예민하다. 여자도 무덤덤한 장면에서 눈물을 질질 짤 때가
많다. 흐르는 눈물을 감추느라 쩔쩔맨다. 오랜만에 감동의 눈물을
실컷 흘리고 나니 마음의 때가 벗겨진 느낌이다. 영화를 보고 집
으로 돌아올 때 마음이 청량하였다.

군수 전대 체육대회

군수 전대 체육대회 예선전에서 무장 대대는 축구와 배구와 농구 모두 패했다. 모든 스포츠에는 승자와 패자가 있다. 간혹 무승부가 생기기도 하지만, 승부에서 승패는 어쩔 수 없는 결과다. 군에서는 결과에 따른 분위기가 사뭇 다르다. 군은 전쟁을 위해 존재하는 조직이다. 전쟁에서 진다는 건 죽음을 의미한다. 패배를 인정한다는 건 상대에게 목숨을 내맡기는 것과 마찬가지다. 그래서 군에서는 패배를 인정하지 않는다. 패배에는 가혹한 후속 조치가 기다린다. 패배가 비참한 만큼 승리의 기쁨은 그만큼 달콤할 수밖에 없다.

무장 대대는 사실 체육대회 준비하는 게 쉽지 않다. 여섯 개 중대가 비행단 전체에 완벽하게 분산되어 있다. 한 장소에 모여서 연습을 하려면 몇 킬로미터씩 이동해야 한다. 이동이 문제가 아니라 비행이 이어지기에 일과 전후 선수를 모집하는 일 자체가 쉽지 않다. 중대장에게 아무리 선수단 구성과 훈련을 독려해도 정비 업무에 책임을 지는 감독관이 여간해서는 병력 차출을 허락하지 않는다. 사실 이런 상황은 비슷하게 흩어져 있는 부대(부대정비대대)도 마찬가지다.

야대(야전정비대대)와 항대(항공전자정비대대)는 다르다. 대형 항공 정비 격납고와 부대 시설이 한 군데에 집중되어 있으므로 짬을 내서 훈련하기에 유리하다. 평소 생활을 같이하므로 소통이 빠르고 개개인의 장단점을 서로 잘 안다. 선수를 모으기가 쉬울 뿐만 아니라 포지션에 따른 임무 분담이 수월하다. 무대(무장탄약정비대대)와 부대와 비교해서 유리한 점이 많다.

무대와 항대는 전자공학 전공자가 다수를 차지하고, 부대와 야대는 기계 계열 전공이 대부분이다. 전자공학은 경박단소(輕薄短小)를 추구하는 데 반해 기계 공학은 중후장대(重厚長大)를 지향한다. 기질이 전혀 다르다. 전자공학 전공자는 주로 혼자 하는 일에 능숙한 데 반해, 기계공학 출신은 공동 작업이 많고 취급하는 장비와 도구는 크고 거대하다. 전자공학 출신과 비교하면 외향적이고 성격이 활달하다. 앉아서 하는 게임이라면 몰라도 몸으로 하는 운동에 유리하다.

무대와 부대는 중대가 비행단 전체에 흩어져 있다는 점이 불리한 요인이고, 무대와 항대는 소속 인원이 전자공학과 출신으로 기질이 내향적이고 소극적이라는 데서 부정적이다. 무장대대는 두 가지 불리한 요소를 모두 안고 있는 셈이다. 물론 그런 환경적 요인이 핑계가 되지는 않는다. 전쟁에서 패한 후 원인을 분석하고 파악하는 건 의미가 없다. 그런 환경을 극복할 방법을 찾아내는 게 지휘관의 책무요, 충분한 훈련으로 임무를 완수하는 게 부대원의 소임이다.

무장 대대에 두 가지 불리한 요소가 있지만, 병력이 가장 많다는 유리한 측면이 있다. 실제로 비행단에서 대대 대항 체육대회가 열리면 우승을 다투는 부대는 무대, 야대, 헌병대대다. 야대는 간부 비중이 높고, 헌병대대는 병사가 대부분인데, 무장대대는 그 중간으로 세 대대 모두 병력이 많다. 내가 과거에 근무한 광주에서도 무장대대는 비행단 전체에서 3위 이내에 들었다. 이런저런 이유가 있지만, 나는 예선 전 경기 패배에 대하여 놀라기보다는 분노하였다.

개인이나 가정보다는 조국의 번영과 영광에 더 관심이 있을 때다. 조국이 잘 되려면 하부 구조인 공동체가 탄탄해야 한다. 개인이 모여 팀이 되고, 여러 팀이 공동체를 형성한다. 소규모 공동체가 제 역할을 할 때 조국의 융성과 영광을 기대할 수 있으리라. 물론 상대편도 조국의 일원이다. 누가 이기던 조국에는 영향이 없다. 하지만 내가 속한 공동체가 제 역할을 하지 못하는 열등한 조직이라는 걸 인정할 수도, 용서할 수도 없었다.

지나고 보니 부질없는 짓이었다는 걸 안다. 그때는 아니었다. 당시 나는 월드컵에서 단 1승도 없다는 데 분노하고 안타까웠다. 월드컵 1승을 위해서라면 내 목숨을 바칠 수도 있다고 생각할 정도였다. 내한 몸 희생으로 오천만 명이 전율적인 기쁨을 누린다면, 그보다 큰 보람이 있겠는가. 내 목숨을 버리지 않더라도 전 국민이 용광로처럼 타올라 열광하는 모습을 얼마 후 보게 된다. 그 순간이 내 생애 가장 찬란한 때였다. 그보다 격한 희열을 느낀 적이 없다.

사전에 훈련하지 않은 것도 아니다. 내가 통제실장으로 있는 이상 대대 대항 경기에서 준비하지 않을 방법은 없다. 분명히 일일이 지시하고 확인했다. 그런데도 패한 것이다. 부대에 2대 0으로 패한 축구는 대등하였으나 운이 없었다. 항대에 진 배구는 완패였다. 야대에 34대 31로 패한 농구는 석패였으나 결론이 패배라는 데는 다름이 없었다.

나는 퇴근하지 않고 인트라넷 이메일로 대대원에게 분발을 촉구하는 장문의 글을 남겼다.

사랑하는 무장대대 장병 여러분, 주야로 무장 탄약 임무 지원에 수고가 많습니다. 강한 책임감으로 주어진 임무를 완수하는 여러분이 자랑스럽습니다.

한 가지 아쉬운 점은 주 임무만큼은 아니더라도 대대 대항 운동 경기에 너무 소홀하다는 점입니다. 모두 아시다시피 살아가면서 한 가지만 잘해서는 성공할 수 없습니다. 삶 자체가 고통이지만 이겨내야 합니다. 이기지 않는다면 어쩌겠습니까? 삶을 포기할 수는 없는 노릇 아니겠습니까?

자신의 건강도 지키고, 가정도 지켜야 하며, 나라도 지켜야 합니다. 자기 계발도 하고 업무도 수행해야 하며, 각종 감사나 검열에도 완벽해야 합니다. 당연히 운동 경기도 이겨야 하고요.

월드컵에서 우리 대표 선수가 골을 넣으면 가슴 벅찬 환희를 느끼지 않습니까? 그 한 골을 넣기까지 얼마나 많은 훈련과 준비를 하였을까요? 대표 선수 몇 명의 고단한 노력은 전 국민에게 용기와 희망을 줍니다.

대대 대항 경기도 마찬가지입니다. 나 하나의 노력으로 대대원 전체가 기뻐한다면 얼마나 영광스러운 일이겠습니까? 업무적으로 힘드시겠지만 참고 견디며 조직의 영광을 위한 노력에 조금씩만 동참하시기 바랍니다.

열심히 준비해서 지는 건 슬프지 않습니다. 그러나 노력 없는 패배에는 가슴 아파해야 합니다. 여러분은 오늘 가슴이 아팠습니까? 내 자식이, 아내가, 부모가 잘못됐다면 슬퍼하면서 왜 우리 전체가 잘못되어도 아프지 않습니까?

개인이나 부대, 군, 국가 어떤 것도 잘못되어서는 안 됩니다. 조직 없이 우리 또는 내 행복은 있을 수 없습니다. 지나간 일은 잊고 앞으로는 다 함께 기뻐하고 슬퍼하는 무장인이 됩시다.

부하가, 동료가 아프면 자식이 아플 때 가슴이 찢기는 고통을 느끼듯이 함께 아파하고, 자식이 대학에 합격했을 때 느끼는 기쁨처럼 부하 동료의 경사에 기뻐합시다.

- 가슴 아픈 남자가

〈답글〉

실장님, 또 마음속으로 눈물을 삼키셨군요.

아픈 마음에 위로가 되지 못해 죄송합니다.

하지만 살다 보면 가끔 슬픈 일도 있는 것 아니겠습니까?

어떻게 1등만 하고, 모든 걸 이기기만 할 수 있습니까?

너무 마음 아파하지 마십시오.

그나마 새치, 백발 되겠습니다.

정신건강에 안 좋고요.

이번 일로 대대원이 반성하고 앞으로 분발하는 계기가 될 것입니다.

힘내십시오, 실장님.

- 가슴 아픔을 함께 나누려는 남자가

아내에게 욕하지 않는다

항공기 소리가 요란하다. 야간 비행시간이다. 나는 너무 피곤해서 당직근무 휴무를 빙자하여 일찍 퇴근했다. 어젯밤 당직사령을 선 터다. 부사관은 당직 근무나 교대 근무 후에 휴무가 보장되지만, 장교는 쉽지 않다. 대신할 사람이 없기 때문이다. 위관 장교라면 간혹 눈치껏 쉴 수도 있으나 비행단에서 영관 장교가 당직 근무 휴무는 꿈도 못 꾼다. 비행단 영관 장교가 누구인가? 모두 지휘관참모다. 부대를 지휘할 사람이 현장에 없다면 누가 최선을 다할 것인가? 요즘이야 문화가 달라졌지만 삼사십 년 전만 해도 근무 선뒤 쉰다는 건 상상할 수 없었다.

당직 사령을 선 뒤 오늘 일과를 마치고야 퇴근하였다. 물론 당직선 다음 날도 늦게까지 야근하는 게 보통이었으나, 몸 상태가 좋지않은 날도 있게 마련이다. 내 딴에는 열심히 노력하지만, 위 사람이 보기에는 그렇지도 않은 듯하다. 대대장은 나를 믿고 신뢰하지만, 전대장이나 정비과장은 영관 장교가 그 정도는 당연하다는 듯 여긴다. 여자는 사랑하는 사람을 위해서 화장하고, 남자는 알아주는 사람을 위하여 일한다고 했던가. 위 사람이 그럴진대 아랫사람이야 말할 나위조차 없다. 아랫사람은 대대의 발전이나 성과에는 그다지 관심이 없다. 화창한 앞날보다는 당장 편안함이 중요하다. 온 세상을 책임질 것처럼 설쳐대는 내가 얼마나 밉겠는가. 이래저래 울적하고 힘이 빠져서 일찍 퇴근한 터다.

모처럼 일찍 퇴근했더니 아내가 삼겹살을 구워주었다. 아내는 내게 천사다. 새벽부터 밤늦도록 직장에 매어 살고, 집안일에는 손가락 하나 까딱하지 않아도 늘 몸과 마음을 보살핀다. 밤새 당직 서고 종일 일한 것이 안타까웠을까. 내가 좋아하는 소주까지 준비해서 내놓았다. 뭐니 뭐니 해도 함께 동고동락하는 아내가 최고다. 부부만큼 이해관계가 정확히 일치하는 사람이 있겠는가. 부부 사이가 좋아야 만사형통이다. 아내의 배려에 기분 좋게 식사를 시작하였으나 좋은 기분은 오래 가지 않았다. 삼겹살이라면 기를 쓰고 달려들던 하연이와 준연이가 시큰둥하였다.

"상 차려놨을 때 빨리 먹어. 엄마가 금방 상 치울 테니까."

먹는 걸 좋아하는 막내딸은 기세 좋게 먹었으나 두 아이가 먹으려고 하지 않자 아내가 참다못해 한마디하였다. 보통 때라면 아내의 말을 곧잘 따른다. 특히 아빠가 보고 있을 때는 더 그렇다. 내가 화를 내면 큰소리뿐만 아니라 심하면 손찌검까지 당할 수 있다. 아이들은 잔소리도 좋아하지 않지만, 아빠의 폭력을 더 무서워한다. 좋아하는 삼겹살에 아빠가 지켜보니 당연히 엄마 말에 따라야 했건만, 그날은 달랐다. 내가 퇴근 전에 무언가 실컷 먹었거나, 어떤 일로 아내에게 심하게 토라졌는지도 모른다. 아내가 언성을 높였다.

"밥 먹으라고 했지! 당장 오지 못해!"

"싫어, 밥 먹기 싫단 말이야. 나중에 먹을게."

웬일인지 아이들이 말대꾸까지 한다. 분위기상 무언가 아내에게 삐져도 단단히 삐친 듯하다. 나는 아이들과 함께하는 시간이 거의 없기에 사정을 잘 모른다. 내가 잘 듣지 않아서 그렇겠지만, 아내가 집안일을 미주알고주알 말하지 않는다. 모든 건 아내 스스로 처리한다. 나는 부대 일하기에도 벅차다. 그런 아내가 늘 고마웠다.

"먹기 싫다는데 놔두소. 나중에 배고프면 알아서 먹겠지."

내가 싸늘한 분위기를 바꾸려고 한마디했다.

"그게 아니에요. 밥을 두 번 세 번 차려주는 것이 귀찮기도 하지만, 애들 버릇 나빠져요. 너들 당장 먹지 못해! 지금 안 먹으면 국물도 없을 줄 알아!"

딱 보니 아내도 상태가 좋지 않다. 그렇지 않으면 이렇게 끈질기게 다그치거나 지청구하지 않는다. 평소와 다른 아이들도 마음이 편안하지 않고, 나도 몸은 고단하고 마음이 울적하여 일찍 퇴근한 데다가, 아내의 마음도 편치 않은 게다. 모두가 앙앙불락한 터에 아내가 계속 야단치자 나도 모르게 벌컥 했다.

"아니, 아이들이 노리개요, 로봇이요. 애들도 기분이 좋지 않을 때가 있고 먹기 싫을 때가 있지 왜 그래! 그런 식으로 야단치면 애들 버릇 더 나빠져!"

나는 목소리는 크지만 웬만해서는 아내에게 잔소리하거나 고함치지 않는다. 아내는 무슨 일로든 자신에게 화내는 걸 잘 참지 못한다. 계획을 세워서 완벽하게 처리하고 다른 사람에게 책잡힐 일을 하지 않는다. 내가 업무적으로 상관에게 지적받는 일을 죽기보다 싫어하는 것과 마찬가지다. 일종의 착한 사람 증후군, 완벽주의자의 병폐다.

아내는 내가 잔소리하거나 큰소리치면 맞받아 싸우는 일은 드물지만, 화가 가라앉을 때까지 말하지 않는다. 한번 입을 닫으면 일주일은 보통이다. 나는 누구와 다투어도 연장전이 없다. 그 순간이 지나면 훌훌 털고 아무 일도 없었던 듯이 행동한다. 아내는 그런 나를 이해하지 못한다. 나의 그런 모습을 보면 '속에 밸이 없나, 어떻게 화내다가 웃다 그러지?' 고개를 갸웃거린다.

내가 아내에게 큰소리치자, 아이들이 화들짝 놀라서 밥상에 달라붙었다. 어쨌든 아빠의 화난 모습은 아이들에게 쥐약이다. 내가 평소에 모질게 대하는 일이 없는데도 아빠에게 이물 없이 대하지 못하고 늘 조심한다. 평소 일찍 출근하고 늦게 퇴근하는 통에 자주 접하지 못해서 그렇겠지만, 내가 다정다감하고 자상하지 않아서다. 내 젊은 날은 욕망의 화신에다 모든 일은 질풍노도, 속전속결 원칙이었다. 그 기세에 주변 사람이 불편해하고 두려워했다. 아이들이 밥상에 달라붙은 건 다행이었으나, 아내가 토라졌다. 이제

당분간 대화는 틀어졌다.

나는 또다시 울컥했다. 내가 못 할 말을 했는가, 크게 화를 냈는가, 그저 약간 언성을 높였을 뿐이다. 아내는 그 정도도 참지 못한다. 물론 평소에 잔소리 들을 정도로 처신하지 않기에 그렇겠지만, 내가 다정하게 말하지 않으면 무조건 화낸다. 화를 말로 표현하지 않고 입을 닫을 뿐이다. 아무리 물어도 할 일을 할 뿐 말하지 않으면 답답한 건 나다. 그걸 생각하니 화가 더 치솟는다.

참았다. 참으니까 더 속이 부글부글 끓어오른다. 지금 말하면 욕설밖에 안 된다. 참아야 한다. 내가 어렸을 때 아버지는 독재자이자 폭군이었다. 어머니는 물론이고 할머니도 꼼짝하지 못했다. 옳고 그름을 떠나서 힘으로 맞설 수 없었기 때문이다. 술 취해서 기분 나쁜 일이 있으면, 어머니에게 욕하거나 때리는 일이 예사였다. 나는 참을 수 없는 분노를 느꼈지만, 어떤 행동도 할 수 없었다. 그냥 옆에서 조용히 눈물만 흘렸다. 어머니는 내게 생명을 준 은인이자 살아갈 양식을 주는 천사였다. 노름을 좋아하고 열심히 일하지 않는 아버지였기에 우리가 굶지 않고 살아가는 건 전적으로 어머니의 힘이었다. 그런 어머니를 개 패듯 하는 아버지를 보면서 초등학교 5학년 무렵 다짐했다.

'사나이 조자룡은 장가가지 않는다. 만약에 가더라도 절대로 아내를 욕하거나 때리지 않는다.'

나는 그 맹세를 지키는 중이다. 한번 다짐을 깨뜨리는 순간 이후 걷잡을 수 없어지리라. 스스로 한 약속이라도 반드시 지켜야 한다.

티끌 모아 태산이요, 천 리 길도 첫걸음부터다. 아무리 참을 수 없는 일이라도 한번 욕설을 내뱉는 순간, 내 결심은 무용지물이다. 내 정체가 바뀐다. 기쁘면 웃고, 슬프면 울고, 화가 나면 성을 내는 게 정신에 좋다. 사소한 게 쌓이면 스트레스가 되고 만병의 근원이 된다. 아내가 화내는 걸 너무 못 참았기에 나는 참아야 했다. 결혼 후 내가 가장 힘든 건 화낼 수 없는 환경이었다.

물론 아내는 내가 화낼 짓을 하지 않는다. 내가 화를 내는 것은 아내 탓이라기보다 내 마음의 상태일 가능성이 크다. 내가 기분 좋으면 웃어넘길 일도 마음이 울적하거나 일이 뜻대로 풀려나가지 않을 때는 화가 나기 마련이다. 붓다가 말한 인생은 고해라는 말은 맞는 말이다. 겉으로 보아 평온하다고 마음도 행복한 건 아니다.

화를 참지 못해서 폭발하는 순간 후회하기 마련이다. 아무리 화가 나더라도 겉으로 드러내지 말자고 다짐하지만 늘 도루 아미타불이다. 직장에서도 가정에서도 그 찰나를 넘기지 못해 발생하는 어색한 분위기에 금방 후회한다. 후회하지 않는다는 게 내 신조지만, 순간적으로 울컥하는 건 아직 바로잡지 못했다. 큰 틀에서 후회할 일은 드물지만, 자질구레한 후회가 일상이다.

그런 일은 거의 없지만, 나는 아내에게 참을 수 없을 정도로 화가 나면 화장실에 들어가서 물을 틀어놓고 대성통곡했다. 치밀어오르는 화를 식히는 데는 큰 소리로 우는 게 특효약이다. 실컷 울고 나면 마음이 가라앉는다. 울음은 일종의 웃음이다. 감동하여 눈물짓거나 슬퍼서 대성통곡을 해도 마음의 때가 씻김을 느낀다. 그걸 정화(淨化)라고 한다. 화는 마음의 불순물, 더러운 찌꺼기인 게다.

어쨌든 삶은 고통이다. 아주 짧은 순간 다른 사람의 도움에 감격하거나 스스로 성취에 기뻐할 때를 빼면 괴로움의 연속이다. 치열한 경쟁에 일이 많으면 힘들어 죽겠고, 할 일이 없어서 빈둥거릴 때는 심심해서 죽고 싶다고 한다. 바쁘면 힘들고 한가하면 지루해서 고통스러우니 언제 즐겁겠는가. 티격태격하며 사는 걸 즐거움으로 여겨야 한다. 그나마 여우 같은 아내나 떡두꺼비 같은 자식이 있으니 아웅다웅 다투며 살지, 그렇지 않은 사람은 외로워서 죽겠다고 하지 않는가.

2002 한일 월드컵

월드컵 첫 승을 위하여

축구는 가장 인기 있는 스포츠다. 이유는 간단하다. 70억 인류 모두가 쉽게 접근할 수 있어서다. 축구는 운동장과 공 한 개면 할 수 있는 운동이다. 빈부귀천 남녀노소를 막론하고 누구나 즐길 수 있다. 야구나 농구, 배구, 수영, 테니스, 골프 등 인류가 즐기는 종목이 많으나 모두 특별한 시설이나 도구가 필요하다. 후진국 국민이 하기에 쉽지 않다. 누구나 할 수 있다는 데서 축구를 잘하는 사람은 진정으로 빼어난 운동선수다.

월드컵은 4년마다 벌어지는 축구 국가 대항전이다. 경기 후 긴 휴식 시간이 필요해서 단기간에 벌일 수 없는 단점이 있다. 출전하는 팀 수는 엄격하게 제한된다. 한 번도 월드컵에 참석하지 못한 나라가 태반이다. 우리나라는 아시아 국가로는 빠른 5회 스위스 대회에 참가하였으나 당시 세계 최강 헝가리에 9대 0, 튀르키에에

7대 0으로 참패하였다. 이후 한국은 월드컵 참가 기회를 잃었다. 아시아에 배정된 0.5장 혹은 1장의 티켓을 확보할 수 없었다. 아시아에 두 장이 배정된 1986년에야 월드컵 출전 기회를 잡는다. 1954년 이후 무려 32년 만이다.

축구가 전 세계적으로 가장 인기 있는 종목이라서 모든 국민의 관심이 쏠리는 게 월드컵이므로 대회에 출전하려는 선수와 국민의 열망은 뜨겁다. 대한민국뿐만 아니라 전 세계 모든 나라가 그렇다. 세계에서 인구가 가장 많은 인도는 단 한 번도 출전하지 못했고, 자국 내에서 축구가 가장 인기가 높으며 시진핑과 온 국민이 월드컵 출전을 간절히 바라는 중국은 2002 한일 월드컵에 한 번 출전한 게 전부다. 아시아에서 월드컵에 출전한 나라는 손에 꼽을 정도다.

한국은 전통적으로 아시아의 축구 강국이다. 대등한 경기를 펼친 나라는 중동의 몇몇 국가뿐이다. 현재는 일본을 비롯하여 상향 평준화된 아시아 국가에 일방적인 승리가 어렵지만, 1980년대까지만 해도 최강으로 인정받았다. 1986년 멕시코 대회를 기점으로 월드컵 출전 단골손님이 되었다. 아시아를 대표해서 뻔질나게 월드컵에 출전하였으나 성적은 비참하였다. 한국은 1998년 프랑스 대회까지 단 1승도 없었다. 한일 월드컵 이전 한국의 목표는 월드컵 1승이었다. 14경기를 치러서 4무 10패가 전부였다.

2002년 월드컵 유치 선두 주자는 일본이었다. 일본은 월드컵 유치를 목표로 1989년에 월드컵 조직위원회를 결성했다. FIFA 월드컵은 그동안 아메리카와 유럽이 번갈아 개최하였지만, 시간이 흐르며 다른 대륙에도 개최권을 줘야 한다는 공감대가 형성됐다. 당시 유럽과 아메리카를 제외하면 월드컵을 개최할 수 있는 나라가 한국과 일본 밖에 없었다. 일본의 월드컵 개최 추진에 자극받은 한국은 1994년 월드컵 조직위원회를 결성하고 월드컵 유치전에 뛰어들었다.

2002년 월드컵 유치를 신청한 나라는 한국과 일본뿐이었다. 제안서를 제출한 나라가 두 나라뿐이었으므로 유치전은 치열했다. 국제 관계에 따라서 춤을 추었다. 브라질 출신의 주앙 아벨란제 FIFA 회장과 스웨덴 출신 레나르트 요한손 유럽 축구 연맹(UEFA) 회장의 대립, 전통적으로 남미의 경쟁자인 브라질과 아르헨티나의 자존심 경쟁 등이 맞물리면서 복잡하게 전개되었다.

브라질의 펠레와 아벨란제 FIFA 회장이 한국은 전쟁 위험이 있다면서 오랜 우방인 일본 개최를 지지하자, 브라질에 반대하는 아르헨티나·우루과이가 한국에 붙었고, 이에 아르헨티나와 원수지간인 칠레는 일본에 붙었으며, 칠레와 사이가 나쁜 페루·볼리비아는 칠레에 대항하기 위해 한국에 붙었다. 그러자 볼리비아를 싫어하는 파라과이와 페루와 적대관계인 에콰도르가 일본에 붙는 등 남미는 혼란의 도가니였다.

혼란한 상황이었으나 이때까지는 일본 개최가 유력하였다. 한국은 분위기 반전을 위하여 월드컵에 한 번도 출전하지 못한 나라는 개최할 자격이 부족하다는 논리를 펼쳐 개최지 선정 경쟁에 불을 지폈다. 아벨란제 FIFA 회장은 일본 개최를 고수하였으나, FIFA 개혁을 주장하던 유럽 FIFA 집행위원들이 아벨란제를 견제하기 위해 한일 공동 개최를 주장하였고, 한국 단독 개최를 추진하던 정몽준이 이에 찬성하면서 분위기는 급반전하였다. 표 대결로 가면 불리하다는 게 기정사실이 되자 일본이 어쩔 수 없이 공동 개최에 동의하였다. FIFA는 1996년 5월 31일 월드컵 사상 최초로 공동 개최를 선언하였다.

무엇으로도 일본에 질 수 없다는 적대 의식이 월드컵 공동 개최권을 따는 데 성공하였으나 갈 길은 멀다. 한국은 이미 네 차례나 월드컵에 참석하였으나 단 1승도 없다. 홈에서 개최하는 월드컵에서조차 승리가 없다면 이보다 더 큰 망신이 없다. 이전까지 월드컵 개최국이 16강에 진출하지 못한 경우가 없었다. 한국과 일본은 축구선수의 경기력 향상을 위하여 모든 걸 투자하였으나 1998 프랑스 월드컵의 성적은 참담했다.

한국은 첫 경기 멕시코전에서 하석주가 선취골을 넣었으나 백태클로 퇴장당하면서 허무하게 3대 1로 역전패하더니, 이어진 네덜란드전에서 5대 0으로 대패했다. 이때 네덜란드 대표 팀 감독이 거스 히딩크였다. 벨기에와의 예선 최종전에서 경기 막판 유상철의 동점 골로 간신히 무승부를 기록하였으나 정상권과의 실력 차이는 컸다. 일본도 아르헨티나, 크로아티아, 자메이카에 모두 져서 3패로 16강 진출에 실패했다.

한국은 안방에서 치러지는 2002 한일 월드컵에서 월드컵 첫 승과 16강 진출을 목표로 우리에게 5대 0 패배의 치욕을 안긴 당시 명장으로 불리던 거스 히딩크를 감독으로 선임했다. 축구 국가대표 최초의 외국인 감독이다. 막대한 예산을 들여 세계적인 명장을 불러들였으나 초반 성적은 신통치 않았다. 히딩크 감독은 월드컵에서 성적을 내려면 가장 많이 참석하는 유럽의 강팀을 이겨야 한다면서 유럽에서 많은 친선전을 했다.

한국의 경기력은 처참했다. 프랑스 체코 등 유럽팀과 친선전에서 자주 5대 0으로 패하는 바람에 히딩크의 별명이 한때 오대영이 되기도 했다. 언론과 팬의 비난이 빗발쳤으나 히딩크는 아랑곳하지 않았다. 과정에서 패배는 중요하지 않다면서 월드컵 본선 경쟁력만 강조했다.

긴 시간 투자하고 기다린 보람이 있었다. 월드컵을 앞두고 제주 월드컵경기장에서 가진 직전 대회 우승 팀 프랑스와의 친선경기에서 한국은 한때 2대 1로 앞서는 등 선전하면서 2대 3으로 아쉽게 역전패했다. 하지만 이어진 잉글랜드와의 경기에서 1대 1로 무승부를 기록하더니, 스코틀랜드를 4대 1로 대파하였다. 불과 1년 만에 이렇게 변한 이유가 무얼까?

"한 번 스타가 되면 대표 팀 선발에서 잘 빠지지 않아요. 실력이 아무리 뛰어나도 이름 있는 선수가 선발로 나가는 그런 문화가 없지 않았어요. 히딩크 감독님이 그걸 깼죠. 감독님은 공평하게 기회를 주고 실력 위주로 선수를 선발해서 쓰려는 것을 느꼈어요."

이영표 선수의 월드컵 후일담이다.

황선홍 선수는 친선전에서 5대 0으로 질 때마다 두려움이 앞섰다고 한다. 1994 미국 월드컵에서 좋은 기회를 여러 번 놓쳐 국민에게 지탄받았던 그는 절치부심 명예 회복을 노렸다. 긴 재활 치료 노력 끝에 부상에서 간신히 회복하였으나, 1998 프랑스 월드컵을 앞두고 벌어진 친선전에서 당한 부상으로 본선에서는 한 경기도 뛸 수 없었다. 안방에서 벌어지는 마지막 월드컵에서도 이렇다고 할 활약 없이 은퇴하는 게 아닌지 불안해서 히딩크 감독에게 물었다.

"감독님, 이게 가능할까요? 16강이라는 게, 첫 승이라는 게…… 이대로 해도 되나요?"

"강한 상대와 계속 싸워봐야 한다. 지금 패배는 2002년 월드컵 결과가 아니고 가는 과정이기에 아무런 의미가 없다. 두려워하지 마라."

히딩크 감독의 반복되는 대답이었다.

"1년 뒤 프랑스와 다시 경기했는데 우리가 2대 1로 이기고 있었어요. 비록 마지막 90초엔가 1분 만에 2대 3으로 역전패했지만요. 월드컵 세계 챔피언과 비슷한 수준으로 경기했어요. 그들도 놀라더라고요. '이게 도대체 무슨 일이야?' 1년 만에 5대 0에서 거의 대등한 정도까지 올라왔으니까요."

한일 월드컵 20주년 기념행사에서 월드컵 직전 치러진 프랑스와의 경기를 되돌아본 히딩크 감독의 말이다.

세계가 급성장한 한국 축구의 경기력에 놀랐다. 국민의 기대는 한껏 부풀어 올랐다. 프랑스와 친선전을 관람한 외신 기자는 현재 한국의 실력은 4강급이라고 찬사를 보내기도 했다.

나는 어려서부터 월드컵에 열광하는 주변 사람을 많이 보았다. 모두가 간절히 월드컵 출전을 원하였고, 월드컵 승리에 목말라했다. 그 모습을 보면서 전 국민의 염원을 풀어주기 위해서라면 월드컵 1승을 위하여 내 목숨을 바쳐도 좋다고 생각할 정도였다. 마지막 평가전에서 선전함으로써 한국 대표 팀은 실력을 증명하였다. 과연 월드컵 본선에서도 실력을 마음껏 발휘할 것인가. 전 국민의 염원인 월드컵 첫 승과 16강 진출을 이룰 것인가. 히딩크는 온 국민의 열망을 풀어주며 한국 축구의 새역사 창조에 성공할 것인가.

히딩크 인터뷰

마침내 대망의 월드컵 첫 경기다. 대표 팀의 실력은 친선경기를 통하여 이미 증명하였다. 이제 목표는 월드컵 첫 승이다. 온 국민의 기대치가 최고조로 끓어오를 무렵, 월드컵 첫 경기 폴란드전이 벌어지는 6월 4일, 히딩크 감독이 네덜란드 신문과 인터뷰한 내용이 국내에 전해졌다.

한국으로부터 감독을 제의받았을 때 솔직히 쉽게 결정하지 못했다. 한국이란 나라를 잘 알지도 못할뿐더러 월드컵에서 네덜란드 팀을 이끌고 크게 이겨본 팀이기에 껄끄러웠던 것도 사실이다. 하지만 결국, 한국 팀을 맡았고 한국 국민의 기대를 한 몸에 받고 있다.

과거 한국 축구는 월드컵에 다섯 번이나 진출하고도 한 번도 승리하지 못했다. 나는 그러한 좋지 못한 전적에 마침표를 찍기를 원한다. 한국이란 나라를 세계 축구의 강국으로 이끌기 위해 나는 노력할 것이고 지금도 연구하고 있다. 처음 마음먹었던 것보다도 더 노력하고 있으며 그 진행은 순조롭게 이어져 왔다. 많은 한국인이 내게 질문한다. 아니, 어쩌면 그것이 가장 궁금한 것일 수도 있다.

"과연 월드컵 16강에 오를 수 있을까?"

그 질문에 "예"라고 확실하게 말하지 못한다. 승부의 세계에서 확실한 것은 절대 없다. 만약 경기도 하기 전에 이미 승패가 정해져 있다면 스포츠는 존재의 의미가 없다. 다만 그것을 확률로 따지고 싶다.

내가 처음 한국 대표 팀을 맡았을 때 그 확률은 미미했다. 하지만 내가 지금 강력하게 주장할 수 있는 것은, 지금 우리 팀은 그 어느 때보다도 하고자 하는 의지가 강하다는 것이며 그 확률이 천천히 높아져 가고 있고, 지금 시점에는 16강 진출의 가능성이 매우 크다는 점이다.

지금에야 하는 말이지만 한국 팀의 첫인상은 가위 충격적이었다. 전력의 높고 낮음이 아니라 한국 선수의 열정을 말하는 것이다. 그들은 내가 지시하는 점을 충실히 이행하고자 노력했으며 한결같이 착하고 순수했다. 유럽의 최상급 선수는 스스로 생각이 뚜렷하고 개성이 강하다. 하지만 그들 사이에는 프로라는 의식이 있을 뿐 하나의 팀으로서, 아니 한 국가를 대표하는 스포츠 선수로서의 사명감은 많이 떨어지는 게 사실이다. 월드컵이란 무대는 자신의 몸값을 높이기 위한 수단에 지나지 않는 선수도 많이 봐 왔다.

하지만 한국 선수는 월드컵 그 자체를 영광으로 생각하고 있으며 그 무대에서 뛰기 위해서라면 무엇이라도 할 수 있다는 자세를 보여 왔다. 이러한 한국 선수의 마음가짐에 적잖은 충격을 받았다. 그들의 실력이 뛰어나든지 떨어지든지 그것은 중요하지 않다. 실력이 떨어지면 남보다 더한 노력으로 이를 보충하면 된다. 가장 중요한 건 스스로 하고자 하는 의지다. 그런 점에서 한국 선수는 세계 어느 나라의 선수보다 우월하다.

그러한 한국 축구의 기본 잠재력은 일찍이 내가 경험해 보지 못한 것이었으며 나 스스로 더 채찍질하는 계기가 되었다. 나는 한국 선수를 대단히 사랑한다. 그들의 순수함은 나를 들뜨게 한다. 준비 과정에서 흘러나오는 어떠한 비판도 나는 수용할 자세가 되어 있다. 당신들이 조급한 마음을 가지고 비판 의식에 사로잡혀 있을 때 나는 6월을 기다려왔다.

지금 세계 유명 축구팀이 우리를 비웃어도 반박할 필요는 없다. 우리는 월드컵에서 보여주면 되는 것이다. 나는 자신 있게 말할 수 있다. 월드컵에서 16강에 가고 못 가고를 떠나서 우리는 분명 세계를 놀라게 할 강력한 한국 팀이 되어 있을 것이다. 지금의 전력을 더 갈고 다듬어서 6월에 있을 본무대에서 모두 폭발시킬 것이다.

내가 원하는 것은 낮은 전력의 팀을 격파하면서 얻는 값싼 승리가 아니다. 만약 그러한 길을 택했다면 그 과정에서 나오는 승리로 인해 한국 국민은 열광하겠지만……, 그것은 결국 스스로 기만하는 것이다. 세계 일류의 팀이 되길 원한다면 더욱 강력한 팀과 싸워야 한다. 질 때 지더라도 두려움을 떨쳐내고 배우고자 하는 자세로 그들과 일대일로 부딪쳐야 한다. 한국 국민은 그러한 준비에서 나오는 패배로 인해 실망할지 모르지만, 결국 중요한 것은 그러한 패배 뒤에 오는 월드컵에서의 빛나는 영광이다.

지금까지 한 번도 이겨보지 못한 월드컵에서의 승리는 내가 원하고 또한, 한국 국민이 원하는 바다. 단순히 이번 월드컵 무대만을 위해 뛰고 있는 것은 아니다. 나는 궁극적으로 한국 축구가 세계 무대에서 경쟁력을 갖춘 강력한 팀으로 가는 길에 미력하나마 공헌하고 싶다. 한국 축구의 밝은 미래에 내가 약간의 보탬이라도 된다면, 내 경력에도 플러스가 되겠지만 그보다 더 큰 성취감을 얻게 될 것이다.

과거의 한국 축구는 나와는 전혀 상관없는 변방의 소속팀이었지만, 이제는 내가 속한 나라이며 내가 이끄는 우리나라다. 비록 국적이 다르고 언어가 다르고 그 문화의 차이가 있지만, 내가 선택한 나라며 또한, 가능성이 있는 나라다. 남이 뭐라 떠들던 나는 내가 생각한 길을 갈 것이며, 궁극적으로 이는 성공으로 이어질 것으로 확신한다.

수십 년 동안 지도자 생활하면서 생각했던 축구 기술과 철학을 모두 쏟아붓는 이번 대회에서 우리는 분명 강력한 한국 팀으로 변모해 있을 것이다. 한국 국민이 원하는 16강은 나의 바람이 아니다. 내게는 그 이상의 바람이 있다. 만약 6월을 끝으로 내가 한국을 떠나게 될지라도, 소중한 추억으로서의 한국이 되었으면 하는 것이 내 바람이다.

그것이 영광스러운 이별이 될 수도, 불명예스러운 퇴진이 될 수도 있을 것이다. 한 가지 분명한 것은 지금의 나는 한국 팀의 감독이고 앞으로도 한국 팀의 감독이라는 것이다. 월드컵에서 우리는 분명 세계를 놀라게 할 것이다.

"모든 것은 그때 비로소 알게 될 것이다."

감동이었다. 이제야 히딩크 감독의 생각이 보였다. 그간의 노력에 대한 성과를 자신하고 있었다. 연속으로 5대 0으로 패해서 별명이 오대영으로 바뀌는 수모를 겪으면서도 자신의 길을 간 이유가 명확해졌다. 프랑스, 잉글랜드, 스코틀랜드와의 친선전에서 가능성을 보여줬다. 국민의 기대는 최고조다. 과연 히딩크가 이끄는 한국 축구 대표 팀은 월드컵 첫 승을 이룰 것인가? 히딩크 감독의 말대로 세계를 놀라게 할 것인가?

6월 4일 폴란드전

월드컵은 전 인류가 가장 고대하는 운동 경기다. 월드컵에서 단 1승도 없었기에 기대하지 않을 수도 있지만, 인간은 꿈꾸는 동물이다. 아무리 희박한 가능성에도 기대를 건다. 특히 월드컵 직전 평가전에서 보여준 향상된 모습에 전 국민이 들떴다. 축구를 좋아하지 않는 사람이라도 연일 매스컴에서 보도하는 축구 뉴스에 빠져들지 않을 수 없는 분위기였다.

월드컵을 유치하기 위하여 경기장을 신축해야 했다. 기존 축구 경기장으로는 FIFA의 까다로운 조건을 충족할 수 없었기 때문이다. 비록 신축하였으나 수용 인원은 4~5만 명 선이다. 경기 관람을 원하는 사람을 충족하기에는 턱없이 부족한 수다. 공식 응원단 붉은 악마와 지자체에서는 거리 응원을 기획하였다. 외국에서는 종종 있었으나 축구 열기가 뜨겁지 않은 우리나라에서는 생소한 개념이다. 전국의 경기장이나 광장 곳곳에 대형 스크린이 설치되어 단체 관람 응원 분위기가 조성되었다.

한국 축구 대표 팀 월드컵 첫 경기가 열리던 6월 4일, 경기가 열리는 부산은 아침부터 열기로 후끈 달아올랐다. 오전부터 입장권을 구한 사람들이 경기장 주변으로 몰려들었고, 'Be the Reds!' 로고가 새겨진 붉은색 티를 입은 사람으로 거리가 붐볐다. TV에서는 월드컵 첫 경기를 기대하는 시민의 표정을 전하기에 바빴다. 서울에서는 광화문과 잠실 운동장에서 단체 관람이 결정되어 수많은 사람이 운집하였다.

첫 경기가 펼쳐지는 폴란드는 피파 랭킹 38위로 41위의 한국보다 순위가 높았으나 유럽 팀으로서는 강한 편이 아니다. 한국이 속한 D조에서는 피파 랭킹 5위 포르투갈이 가장 강팀이었고 그다음이 13위 미국이었다. 객관적 전력상 포르투갈을 이길 수 없다고 가정할 때 폴란드와 미국을 반드시 잡아야 목표하는 16강에 오를 수 있다. 물론 아직 한국은 월드컵에서 1승도 없는 상태다. 1승이라도 거두고 난 뒤에 16강 운운하는 게 맞으나, 아무리 전력이 약해도 홈에서 하는 잔치에서 초반에 사라질 수는 없는 노릇이다.

　　　　　얼룩무늬 청춘 6 - 충주·월드컵 편

한국으로서는 폴란드전에서 반드시 승리해야 한다.

그건 폴란드도 마찬가지다. 폴란드라고 예선 탈락을 목표로 월드컵에 출전했을 리 없다. 예선을 통과하기 위해서는 폴란드도 똑같은 이유로 한국전에서 반드시 승리해야 한다. 당시 피파 랭킹 5위 포르투갈에 승리할 수 없으리란 걸 고려하면 한국과 미국전에서 승부를 걸어야 한다. 한국은 홈그라운드의 이점이 있지만, FIFA 순위상으로는 최하위다. 반드시 이겨야 하지만 적어도 무승부를 거둬야 16강을 꿈꿀 수 있다.

동상이몽을 꿈꾸는 양 팀 선수가 경기장에서 격돌하였다. 경기 초반 우리 선수는 지나치게 긴장한 티가 역력하였다. 경기 시작 1분 만에 중원에서 김남일의 트래핑 미스가 나왔고, 상대에게 공을 빼앗겨 페널티 박스 안에서 슈팅을 허용했다. 경기 초반은 폴란드가 주도하였다. 분위기를 가져온 건 캡틴 홍명보였다. 쓰리 백의 중앙을 지키던 홍명보는 전반 8분, 직접 중앙선까지 드리블한 뒤 유상철에게 패스하였다. 이를 되받은 홍명보는 강력한 중거리 슈팅을 날렸다. 비록 상대 선수를 맞고 골대를 벗어났으나 우리 선수의 기세를 북돋는 한 방이었다.

일진일퇴의 공방을 초조하게 지켜보던 전반 26분, 폴란드 진영에서 스로인 공격을 얻었다. 이을용이 설기현에게 던진 공을 설기현이 다시 이을용에게 내주었고, 이을용은 눈이 마주친 황선홍을 향해 곧바로 낮게 크로스 했다. 페널티 박스 중앙에 있던 박지성은 반대편으로 뛰어들었고, 황선홍은 앞으로 자르고 나왔다. 폴란드의 두 중앙 수비수가 잠시 멈칫한 사이 앞쪽 골문으로 쇄도하던 황선홍에게 정확히 공이 전달되었고, 황선홍은 이를 논스톱으로 왼발 발리슛을 날렸다. 공은 좌측 포스트와 폴란드 두덱 골키퍼의 손끝 사이 약 50센티미터의 간격을 정확히 꿰뚫고 골인되었다.

아파트에서 TV를 시청하던 나는 나도 모르게 함성을 지르며 뛰쳐올랐다.

"으~아아아악! 골인~!"

아파트는 층간 소음으로 위 아랫집과 불편한 관계인 사람이 많다. 층간 소음을 차단하는 기술이 부족했고, 아무리 조심해도 예민한 사람에게는 듣기에 거북할 수밖에 없다. 그래서 아이가 어리거나 여럿인 사람은 여러모로 불편한 1층을 선호하기도 한다. 성인이 펄쩍 뛰었다가 떨어지면 아랫집에서는 엄청난 굉음으로 들릴 것이다. 평소라면 절대 해서는 안 될 행동이었으나, 그건 내 의지로 통제할 수 없는 것이다. 예상되는 골이 있던가. 더구나 축구에서는 한두 골이 거의 전부다. 그 순간 흥분하지 않을 사람은 없다. 그 순간 몸을 솟구친 사람은 나뿐이 아니었다. 온 아파트 단지에 괴성과 더불어 우당탕 쿵꽝 난리가 났다.

황선홍은 월드컵에 관한 한 불운한 선수다. 한국에서 부동의 스트라이커였으나 직전 대회에서는 부상으로 출전하지 못했고, 1994년 미국 월드컵에서는 여러 차례 결정적인 기회를 날리는 부진으로 한 골도 없었다. 골이 되는 순간 황선홍의 얼굴은 기쁨으로 가득 찼다. 주먹을 불끈 쥐며 포효하였다. 경기장은 뜨겁게 달아올랐다. 수만 명이 동시에 환호작약하자 운동장 전체가 무너져 내리는 듯하였다.

왼쪽 주전 풀백은 원래 이영표 선수였다. 부상으로 경기를 뛸 수 없어서 후보였던 이을용이 경기에 출전한 터다. 이을용은 그때까지만 해도 국가대표 선수로는 무명에 가까웠다. 줄곧 후보에 머물렀기 때문이다. 그 이을용이 처음 출전하는 월드컵에서 일을 냈다. 첫 골의 주인공은 황선홍이었으나, 이을용의 높이와 강도가 적당한 기가 막힌 어시스트가 없었다면 그 영광은 없었으리라.

골이 들어가기 전에는 혹시 비기거나 패하지 않을까 하는 걱정으로 초조하였다. 한 골을 얻고 난 뒤에도 그 기분은 마찬가지였다. 골을 얻은 뒤 기세를 타고 한국이 맹공을 퍼부었으나 골문이 더는 열리지 않았다. 물 들어올 때 노 저으라는 말이 있다. 모든 게 마찬가지지만, 특히 운동에서는 분위기를 탔을 때 승부를 결정지어야 한다. 오르막이 있으면 내리막이 있다. 절호의 기회를 놓치면 위기가 찾아오는 게 이치다. 점수로 이기고 있고 일방적인 공격을 퍼붓는대도 조바심은 사라지지 않았다.

후반전에도 분위기는 우리 편이었다. 5만 관중의 일방적인 응원에 주눅 들었는지 폴란드 선수의 움직임이 무거웠다. 후반 3분, 한국의 코너킥 상황에서 박지성이 설기현이 헤더로 떨어뜨린 볼을 감각적인 발리슛으로 연결했으나, 예지 두덱이 동물 같은 반사 신경으로 가까스로 쳐냈다.

또다시 슬슬 초조해지기 시작했다. 대한민국 월드컵 첫 승을 위해서라면 목숨까지도 바치고 싶다고 생각했을 정도의 나다. 왜 그랬겠는가. 온 국민이 승리에 대한 감동과 희열을 맛보게 하기 위함이다. 그 승리가 목전에 다다랐는데 한 골로는 아무래도 불안했다. 언제 동점 골, 역전 골이 터져질지 누가 알겠는가. 축구에서는 추가 시간에 동점이나 역전 골이 터지는 경우가 허다하다.

후반 8분, 프리킥 상황에서 김남일이 전방의 안정환에게 기습적으로 넣어 준 패스가 상대 수비에 걸리는 순간, 강력하게 전방 압박을 하던 유상철이 공을 따내어 페널티 박스 근처로 치고 들어갔다. 공간을 확보한 유상철이 대포알 같은 슈팅을 날리자 두덱 골키퍼가 반응하였으나, 두 선수의 거리는 가까웠고, 슈팅은 너무 강력했다. 공은 골키퍼의 손에 맞고 그대로 골대 안으로 빨려 들어갔다.

"슈웃! 골~ 골입니다. 골~!"

"유상철! 유상철입니다!"

방송하던 송재익 캐스터와 신문선 해설위원이 신이 났다. 내가 다시 괴성과 함께 펄쩍 뛰어오르는 사이 중계하는 두 사람은 각자 자기 말만 하기 바빴다. 그것이 중계의 묘미다. 중계하는 아나운서가 흥분하지 않고 차분하게 교대로 해설한다면 시청하는 사람이 흥이 나겠는가. 어쩔 줄 모르고 기뻐서 소리치는 아나운서의 말이 시청자를 감정 이입하게 하는 법이다.

감동이었다. 유상철이 찬 공은 마치 탄도미사일같이 쭉 빨려 들어갔다. 환호하는 유상철과 끌어안는 설기현의 표정이 기쁨으로 들끓었다. 관중석은 다시 한 번 무너져 내렸다. 이 골로 유상철은 한국 선수 최초로 월드컵 2회 연속 골을 넣은 선수가 되었다. 유상철은 1998 프랑스 월드컵 예선 3차전 벨기에전에서 후반 막판 동점 골을 넣은 바 있다.

이후에도 한국의 공세는 계속되었다. 여러 차례 기회를 만들었으나 폴란드 골키퍼의 선방으로 번번이 득점에 실패하였다. 그래도 이전처럼 초조하거나 불안하지 않았다. 한꺼번에 두 골을 넣을 방법은 없다. 한 골 차라면 언제든지 동점이 될 위험이 있지만, 축구에서 두 골 차는 꽤 안정적이다. 유상철의 두 번째 골은 혹시나 하는 불안감을 없애 주는 청량제였다.

월드컵 뒤 히딩크 감독의 평가가 폴란드전 승리의 중요성을 여실히 증명한다.

"첫 경기가 가장 중요했어요. 첫 경기를 지면 토너먼트는 거의 끝난 거나 마찬가지거든요. 첫 경기를 지면 다음 라운드에 올라가기 위해선 나머지 두 경기 모두 이겨야 하잖아요? 그런데 미국과 포르투갈은 둘 다 강한 팀이고, 그들을 상대로 우리가 승점 6점을 따낼 수 있을 거란 보장은 없었어요. 그래서 첫 경기는 무척 중요했고, 선수들도 그걸 잘 알고 있었어요.

그건 정말 순수하게 황선홍과 이을용, 그 둘의 실력이었죠. 그리고 그 후 반응이 정말 인상 깊었어요. 황선홍은 팀에서 제일 어린 선수는 아니었지만, 정말 어린 아이처럼 기쁨에 가득 차 세리머니를 하더라고요.

우리가 했던 모든 경기 중 가장 흡족했던 경기는 폴란드와의 경기였어요. 이을용 선수의 센터링이 훌륭했고, 황선홍의 아름다운 선제골, 왼발이었죠. 그리고 유상철 선수의 두 번째 골까지요. 그 경기가 제게는 가장 중요한 게임이었어요."

붉은 악마

붉은악마는 1997년, 1998 프랑스 월드컵 아시아 예선을 앞두고 축구 국가대표 팀을 응원하기 위해 PC 통신을 통해 조직되었다. 붉은악마의 유래는 1983년 제4회 멕시코 세계 청소년 축구대회에서 붉은색 유니폼을 입고 선전하여 4강에 진출한 한국 대표 팀을 외신이 '레드 데블(Red Devil)'이라고 부른 데서 시작되었다.

처음에는 50여 명에 불과하였으나 2002년에는 5,000명을 넘을 정도로 증가했다. 1998년부터 본격적으로 구축된 초고속통신망의 영향이 컸다. 2002 한일 월드컵에서 처음 시작된 거리 응원전은 붉은악마를 중심으로 한 강렬하고 조직적인 응원으로 전 세계 언론의 주목을 받았다.

출발은 한국 대표 팀의 첫 경기가 열린 6월 4일 폴란드전이었다. 경기 장소가 부산이었고, 경기장 규모가 관전을 원하는 모든 사람을 수용할 수 없었으므로 붉은악마는 광화문 거리 응원을 기획하였다.

모두가 놀란 대성공이었다. 한국에서 개최된 대회였던 만큼 전 국민의 관심이 집중되었다는 점, 경기장에서 관람할 수 있는 인원은 극소수에 불과하였다는 점, 현장 분위기를 느끼고 싶은 국민이 다수였다는 점, 거리 응원 계획이 인터넷을 통하여 신속하게 전파된 점, 이전까지 월드컵 승리가 없어 전 국민이 이기기를 갈망한 점, 폴란드를 상대로 2대 0으로 완승한 것이 시너지 효과를 발휘하여 한반도 전체를 용광로로 만드는 계기가 되었다.

그것은 기적이었다. 기획한 붉은악마도, 뉴스를 통해 거리 응원 장면을 시청한 국민도, TV를 통해 한국의 거리 응원을 목격한 외국인도 경이로운 광경에 넋을 잃었다. 유사 이래 처음으로 인류가 주목한 대한민국은 붉게 타오르는 불꽃이었다. 그것이 시작이었다. 처음으로 자신이 아닌 타인이, 모두가 조국 대한민국을 강렬하게 사랑한다는 사실에 전 국민이 전율하였다. 누구의 지시나 권유 없이 자발적으로 응원 장소로 모여들었다.

거리 응원전에 참가한 사람은 붉은악마가 제작한 'Be the Reds'가 적힌 붉은 티셔츠를 입고 응원에 나섰다. 붉은악마의 정식 회원이 아니더라도 붉은색 티셔츠를 입고 응원에 임하면 그대로 붉은악마가 되었다. 모두가 하나가 되는 체험으로 짜릿한 쾌감에 몸을 떨었다. 대한민국 국민은 할 수 있다는 자신감을, 지켜본 인류는 대한민국에 두려움과 경외감을 품게 한 이정표였다.

경기장을 찾은 붉은 악마는 관중석에서 거대한 카드섹션을 펼쳤다. 폴란드전에서는 3대 0으로 이기라는 의미로 'WIN 3:0'을, 미국전에서는 16강행을 확정하자는 뜻으로 'GO KOR 16'을, 포르투갈전에서는 응원 구호대로 '대한민국'을, 16강 이탈리아전에서는 1966

년 잉글랜드 월드컵에서 북한이 이탈리아를 1대 0으로 꺾은 이변을 재현하자는 뜻으로 'AGAIN 1966'을, 8강 스페인전에서는 우리가 아시아의 자부심이라는 의미로 'Pride of Asia'를, 4강 독일전에서는 반드시 승리하여 결승으로 가자는 바람으로 '꿈★은 이루어진다'를, 3·4위를 가리는 튀르키예전에서는 월드컵 성원을 K리그로 이어가자는 의미로 'LOVE CU@K리그'를 펼쳐 들었다.

폴란드전에 50만 명이 거리 응원에 참여했는데, 미국전에는 77만 명, 포르투갈전에는 279만 명이 참석하는 등 기하급수적으로 늘어났다. 16강에서 맞붙은 이탈리아전에는 420만 명, 8강 스페인전에는 500만 명을 찍더니, 독일과 맞붙은 4강전에는 무려 700만 명이 거리 응원에 나섰다. 연인원으로 국민 절반이 거리 응원에 참여한 셈이다. 거리에서 모르는 사람과 마주쳐도 "짝짝짝 짝짝 대~한민국" 구호를 외치며 하이 파이브 했고, 어디에서나 윤도현 밴드와 크라잉넛이 부른 '오 필승 코리아'가 울려 퍼졌다.

월드컵 기간 붉은 악마는 열두 번째 태극 전사가 되었고, 대한민국의 상징이 되었다. 2002년 6월, 한반도를 붉게 타오르게 한 건 붉은 악마의 등장과 온 국민의 뜨거운 호응이었다. 축구 대표 팀의 선전이 도화선이 되었으나, 경기 내용보다 응원 열기에 더 놀라고 감동하였다. 누구도 예상치 못한 국민의 강렬한 반응에 붉은악마가 감동하였고, 붉은악마의 활약에 국민이 감동하였다. 대한민국이 세계사에 남긴 발자취는 보잘것없지만, 향후 써나갈 역사는 찬란하리라는 자신감과 희망을 보았다. 대한민국의 2002년 유월은 뜨거웠다.

가슴이 벅차올랐다. 꿈에 그리던 월드컵 1승보다 붉은악마와 하나 되어 온 국민이 붉게 타오르는 모습에 무아지경에 빠지는 강렬한 쾌감을 맛보았다. 그것이 진정한 내 꿈이었다. 대한민국의 번영과 영광을 이루겠다는 목적이 온 국민이 함께 즐거워하고 행복해하는 모습을 보는 게 아니었던가. 내 힘으로 이룬 것은 아니지만, 남녀노소 희열에 찬 표정을 보고 감격에 겨워 인터넷과 인트라넷에 글을 남겼다.

월드컵 첫 승 하던 날

환호하라, 한국인이여!

뜨거운 밤은 지났다.

그렇게 우리가 소원하고 열망하던 월드컵 첫 승 하던 날,

세계는 놀라고 한반도는 온통 들끓었다.

1954 스위스 월드컵에 처음 참가한 이래

한 번의 승리도 없이 무승부 4번에 패만 무려 10차례

경제적으로

문화적으로

군사적으로

후진국 대열에 서 있는 것만도 견디기 어려운데

축구조차 잘하지 못한다는 게 부끄러웠다.

왜소하고 약한 데 대한 열등감이었으리라!

경기에서 지더라도

정신력에서만큼은 져서는 안 된다고 다짐하였다.

이제 우리를 부끄럽게 했던 축구에서 승리하였다.

그것은 벅찬 감동이었다.

두 골 차

공수에 걸친 완벽한 승리도 감격스러웠지만

붉은 옷을 입고 경기장을 찾은 관람객

경기장에 가지 못했어도 광화문 네거리에서

잠실야구장에서

역전에서

식당에서

TV가 있는 곳이면 어디에서나

짝짝짝 짝짝 대~한민국!

오~ 필승 코리아~

하나 되어 구호를 외치는 한민족의 모습이 더 큰 감동이었다.

남녀노소

빈부귀천

장소를 불문하고 출렁이는 붉은 색의 물결

장엄하지 아니한가!

우리 민족에게 숨겨져 있던 에너지가 폭발하였다.

우리의 미래를 밝히는 희망찬 메시지였다.

장하다, 대한의 용사들이여!

고맙다, 벽안(碧眼)의 조력자여!

그대들 있음에 한민족의 저력을 확인하였고

희미하던 심장의 박동 소리가 천둥 치듯 쿵쾅거리고

감전된 듯한 전율,

무한한 환희를 느낄 수 있었다.

아, 이 심장이 멎을 듯한 감동,

이 큰 격정을

이번 월드컵에서 여섯 번만 더 느낄 수 있다면……

기뻐하라!

환호하라!

갈채하라!

한민족, 한국인이여!

그들은, 아니 우리는 갈채 받을 자격이 있다.

다 함께 열광하여 우리의 잠재된 에너지를

저력을 온 세상에 전하자!

대한민국 만세!

일본을 응원하는 이유

일본이 이겼다. 일본은 H조다. H조는 일본을 비롯하여 벨기에, 러시아, 튀니지로 편성되었다. 월드컵에서 만만한 나라는 없겠지만 H조도 쉬운 조는 아니었다. 절대 강자도 없었으나 1승 제물로 삼을 만한 팀도 없었다. 한국은 첫 경기에서 폴란드에 승리하였지만, 일본은 강호 벨기에를 상대로 선전하였으나 2대 2로 무승부에 그쳤다.

개최국으로서 16강전에 나가지 못한다면 축제에 찬물을 끼얹는 격이다. 역대 월드컵에서 개최국이 16강에 들지 못한 나라는 없다. 한국이 첫 승을 하였지만 16강까지 갈 길이 먼 것처럼, 무승부에 그친 일본으로서는 더 험난한 길을 가야 한다. 패한다면 거의 탈락이다. 반드시 승리해야 한다. 예선 리그 1차전은 한국과 같은 날에 치러졌지만, 2차전은 일본이 하루 앞서 치렀다. 결과는 러시아에 1대 0 신승이었다.

한국인은 일본에 좋지 않은 감정이 있다. 어쨌든 일본이 잘되는 꼴을 못 본다. 왜 그렇지 않겠는가. 일제 강점기는 먼 옛날이야기가 아니다. 독립군이나 위안부처럼 혹독한 경험을 하였거나 일본인에게 수모나 치욕을 당한 사람이 아직도 살아 있다. 가족이나 주변에 그런 사람이 있다면 자연스럽게 반일 감정이 생기게 마련이다.

한국은 해방 뒤 독립국으로서 눈부시게 발전하였다. 국제 정세에 호응하여 전 국민이 노력한 결과였지만, 일본의 영향도 적지 않았다. 일본이 좋은 의도로 우리나라를 도와준 것은 없었으나, 일본에 져서는 안 된다는 적개심 하나만으로도 큰 도움이 되었다. 스포츠에서는 특히 그랬다.

일본은 모든 면에서 아시아를 선도한 나라다. 서양 문물을 받아들여 경제 선진국으로 도약하였고, 대부분 스포츠를 먼저 받아들여 정착시켰다. 한국은 모든 면에서 후발 주자였으나 빠르게 일본을 따라잡았다. 일본이 세계적인 수준에 도달하면 얼마 뒤 한국도 그 수준에 이르렀다. 야구 배구 농구 수영 육상 모든 종목이 비슷하였지만, 축구만은 달랐다.

1954년 스위스 월드컵에 참가 신청한 나라는 아시아에서 한국과 일본 두 팀뿐이었다. 출전권이 한 장이라서 경기를 벌여야 했는데, 당시 대통령이던 이승만이 일본 선수 입국을 허락하지 않아서 홈과 원정 두 경기 모두 일본에서 치렀다. 패하면 현해탄(玄海灘)에 빠져 죽을 각오로 경기를 치른 한국 대표 팀이 1승 1무를 거둬 1954 스위스 월드컵에 출전한 바 있다. 이후 세계 수준에는 못 미치지만, 한국은 아시아의 강호로 군림하였다.

1980년대 들어서 일본은 축구 발전을 위하여 다양한 정책을 시행한다. 축구에서만큼은 한국과 비교할 수 없을 정도로 약체였으나 아시아 최강으로 도약하였다. 일본 축구의 발전은 한국에 자극이 되었다. 어쨌든 일본에 질 수야 없지 않은가. 월드컵 유치만 해도 일본이 앞장서자 한국이 뒤늦게 뛰어들어 공동 개최를 이끌었다.

언론은 일본의 승리에 시큰둥한 반응을 보였고, 주변 사람도 마찬가지였다. 드러내지는 못했으나 나는 일본이 이기기를 바랐다. 일본이 강할수록 좋다. 약자를 이겨서야 무슨 흥이 나겠는가. 최정상에 선 일본을 거꾸러뜨릴 때 쾌감은 최고조에 이르리라. 나는 일본이 정상에 서기를 바란다. 유럽과 아메리카 모든 선진국을 압도하기를 바란다. 일본이 승승장구해야 기운을 받는 한민족이다. 약한 일본이 아니라 최강의 일본을 꺾는 게 내 소망이다.

H조에서 1승 1무를 거두고 있는 일본의 16강 진출 가능성이 커

졌다. 일본이 16강에 올라간다면 한국이 16강에 진출해야 할 이유가 하나 더 생긴다. 아시아 최초로 월드컵 16강 진출을 일본에 허용할 수는 없지 않은가. 8강이나 4강도 마찬가지다. 일본이 간다면 당연히 우리도 가야 한다.

절대 그런 일은 일어나지 않겠지만, 나는 일본이 결승에 이르기를 바란다. 한국과 결승에서 만나기를 바란다. 2002 한일 월드컵 개막전과 개회식을 한국에서 열었기에 결승전과 폐회식은 일본에서 치른다. 일본 관중으로 꽉 찬 요코하마 월드컵경기장에서 일본에 승리하고 한국이 우승한다면 그보다 더 기쁜 일이 있겠는가. 온 국민이 감격의 눈물을 흘리지 않겠는가. 나는 세계 최강 브라질이나 유럽의 강호 독일이나 이탈리아가 아니라 일본에서 일본을 꺾고 한국이 우승하는 모습을 더 보고 싶다.

6월 10일 미국전

6월 10일, 한여름 무더위가 아프리카를 방불케 한다고 해서 대프리카로 불리는 대구 월드컵경기장에서 미국과의 예선 2차전이 열렸다. 그것도 오후 한낮 경기다. 선수들은 상대 팀에 앞서 폭염과 먼저 싸워야 한다.

아침부터 한반도는 붉게 물들어갔다. 6월 4일 폴란드전 승리 이후 매스컴의 보도는 월드컵 일색이었다. 그 주인공은 단연 열두 번째 태극 전사 붉은악마였다. 붉은악마의 활약상에 감동한 국민은 스스로 붉은악마가 되기를 자청하였다. 축구 규칙도 제대로 모르는 아주머니나 할머니까지 붉은 티를 입고 얼굴에 태극 문양을 그리고 붉은악마를 자처했다. 대구는 날씨보다 더 뜨겁게 달아올랐다.

미국은 FIFA 랭킹 13위의 만만치 않은 상대다. 우리로서는 쉽지 않은 상대였지만, 포르투갈보다는 상대하기가 쉽다. 16강 진출을 위해서는 반드시 넘어야 할 산이다. 미국만 잡는다면 16강 고지의 9부 능선에 다다른다. 미국은 첫 경기에서 강팀 포르투갈을 3대 2로 이기는 이변을 연출했다. 만약 미국과 비기거나 패한다면, 폴란드를 이길 게 뻔한 포르투갈이 예선 마지막 경기에서 16강에 진출하기 위해 한국전에 사활을 걸 게 뻔하다. 한국으로서는 가장 원치 않는 구도다.

그 사실을 가장 잘 아는 선수들은 긴장했다. 일진일퇴 공방전을 벌이는 경기에서 초반 몸이 무거워 보였다. 우리 선수의 상황 판단과 반응은 반 박자씩 늦었다. 미국은 늘 그렇듯이 변함없는 모습이었다. 붉게 물든 운동장의 분위기에도 크게 위축된 모습이 아니었다. 우리 수비가 매시스와 맥브라이드를 쫓으면서 생기는 공간을 젊고 빠른 도너번과 레이나는 날카롭게 파고들었다. 한국은 황선홍이 상대 수비를 끌고 미드필드 중앙까지 나오면서 공간을 만들고, 설기현과 박지성이 침투했으나 미국 쪽이 조금 나아 보였다.

변수가 생겼다. 전반 20분께 미국의 페널티 박스 안에서 황선홍이 헤더 경합 중에 미국 수비수와 충돌하여 눈자위가 찢어졌다. 황선홍이 치료를 위해 경기장 밖으로 나간 사이, 우리 선수들이 어수선한 틈을 타서 전반 24분 미국의 클린트 매시스가 선제골을 넣었다. 불운한 상황이 낳은 불운한 결과였다.

노장 황선홍은 머리에 붕대를 감고 뛰는 투혼을 보였고, 전반 38분 상대 수비수의 반칙을 유도해 페널티 킥을 만들어냈다. 축구에서 승부는 거의 한 골 차다. 페널티 킥은 성공률이 80퍼센트를 상회한다. 거의 골이나 다름없다. 나는 껑충 뛰어오르며 환호했다.

키커로 이을용이 나섰다. 원래 대표 팀 페널티 킥 순번 1위는 박지성으로 정해졌으나 박지성은 부상으로 경기에 빠진 상태다. 이천수가 자신이 차겠다고 나섰으나 히딩크 감독은 원래 계획대로 이을용을 키커로 정했다. 모든 관중이 숨죽인 채 지켜보는 가운데 이을용이 좌측 골대 방향으로 정확하게 찬 공은 미국 골키퍼의 선방에 막혔다.

"아, 안 돼요!"

"어쩌면 좋겠습니까, 이게 안 들어갑니다."

아나운서의 안타까운 목소리가 상황을 대변하였다. 골을 간절하게 바라는 관중과 거리 응원단에서는 장탄식과 함께 분노의 목소리가 메아리쳤다. 폴란드전에는 서울 광화문광장에서 응원전이 열렸으나, 하필 세종로에 미국 대사관이 위치하여 미국전에는 서울광장에서 거리 응원이 펼쳐졌다. 경기 후 뉴스에서 응원단이 안타까워하는 모습이 그대로 카메라에 담겼다. 응원단이 안타까워하고 분노한 것은 당연하다. 실축한 당사자의 마음은 오죽하겠는가.

"그 순간에는 아무 생각도 들지 않았어요. 국민 여러분, 관중의 응원 소리…… 선수들의 위로와 격려 아무 소리도 들리지 않았어요. 그냥 멍한…… PK를 실패한 사람만이 알 수 있는 기분이랄까요. 너무 힘들었어요."

나중에 인터뷰에서 이을용이 한 말이다. 이때부터 이을용은 울면서 뛰었다. 눈물을 흘리지 않았을 뿐이다. 절호의 동점 골 기회를 놓친 선수들의 가슴은 타들어 갔다. 사력을 다해서 뛰던 이을용이 후반 33분 중원에서 파울을 얻어냈다. 직접 얻어낸 프리킥에서 이을용이 정확하게 올린 긴 크로스를 문전에 있던 안정환이 헤더 골로 연결하였다. 나는 괴성과 함께 환호작약하였고, 관중석과 거리 응원단은 용광로처럼 타오르며 꿈틀댔다. 이 한 골을 얼마나 간절히 기다렸던가. 모두가 환호하던 그 순간, 이을용 선수는 두 주먹을 불끈 쥐며 안도의 한숨을 내쉬었다. 패배의 역적에서 가까스로 벗어난 것이다.

골을 확인한 안정환은 경기장 좌측 코너로 달려가면서 스케이팅 모습을 선보였다. 뒤따르던 이천수 선수가 화들짝 놀라는 표정을 지었다. 2002 솔트레이크시티 동계올림픽 쇼트트랙 경기에서 김동성이 아폴로 안톤 오노의 거짓 제스처에 금메달을 강탈당한 모습을 패러디해 세리머니한 것이다. 그 일로 당시 국민은 반미감정이 최고조였다. 이런 때 월드컵에서 미국에 패하여 16강 진출에 실패한다면 더 참담해지리라. 국민을 위로하는 계획된 세리머니였다.

이을용 선수는 끝까지 추가 골을 위하여 안간힘을 썼다. 경기 막판 이을용은 좌측 수비수를 절묘하게 따돌리고 완벽하게 돌파한 뒤 문전에서 무방비 상태인 최용수에게 땅볼 크로스를 연결했다. 이어진 최용수의 논스톱 왼발 슛이 허무하게 허공으로 치솟았다. 절호의 승리 기회를 놓친 이 순간 관중석에서는 다시 한 번 장탄식이 터졌다.

"야이! 이걸 못 넣네요! 이렇게 차기도 힘든데!"

최용수의 슛이 크로스바를 크게 넘어가는 걸 지켜본 신문선 해설위원의 탄식이었다. 추가 기회는 없었다. 경기는 1대 1 무승부로 끝났다. 선취골을 허용했으나 경기를 압도한 한국 팀으로서는 허무한 결과였다. 무승부로 조 1위를 지키는 데는 성공했지만 16강에 진출할 확률은 높지 않았다. 3차전에서 미국이 폴란드를 이긴다고 가정했을 때 한국은 포르투갈에 무승부 이상의 성적을 거둬야 한다는 것을 의미했다. 우리 선수의 표정은 어두웠다. 인터뷰도 없이 풀이 죽어서 경기장을 빠져나갔다.

"왜 내가 웃지 않는지 궁금할 것이다. 대표 팀은 그동안의 강 훈련을 통해 상대 팀을 압도하고 힘이 넘치는 경기를 했다. 당연히 웃어야 하겠지만, 우리는 오늘 대여섯 차례 완벽한 기회를 골로 연결하지 못했다. 내가 웃지 않는 이유는 바로 그것 때문이다."

경기 후 기자와 가진 히딩크 감독의 인터뷰에는 짙은 아쉬움이 배어 있었다. 한국 선수가 어두운 표정으로 인터뷰 없이 경기장을 빠져나가는 모습을 지켜본 독일 기자의 TV 보도가 인상적이다.

"FIFA 랭킹 41위의 한국이 13위 미국과의 무승부 경기 결과에 만족하지 못하고 선수들이 인터뷰에 응하지 않은 채 그냥 빠져나

갔다. 도대체 무엇이 이들을 이토록 자신감 넘치도록 만들었는
가……."

6월 14일 포르투갈전

　우려는 현실이 되었다. 한국이 승점 4점으로 조 1위 자리를 지켰지
만, 16강을 향한 여정은 아직도 머나먼 길이었다. 우리나라가 미국
과 1대 1로 비긴 사이에 포르투갈은 폴란드를 4대 0으로 대파하였
다. 미국에 3대 2로 패한 팀답지 않은 쾌승이었다. 예선 1차전은 포
르투갈 선수가 몸이 풀리지 않았거나 미국이 운이 좋았다는 증거다.
　"포르투갈은 굉장히 강한 팀이 틀림없다. 그러나 우리 선수는 이
제 강팀을 두려워하지 않는다. 물론 그런 자세가 곧 승리를 보장
하는 것은 아니지만…… 우리 선수가 상대방을 압박할 수 있는 자
신감을 가졌다는 뜻이다."
　경기 전 히딩크 감독의 말이다. 히딩크 감독은 자신감을 내비쳤
으나 불안감은 사라지지 않았다. 가장 좋은 건 폴란드가 미국을
잡아 주는 것이었으나 우리에게 두 골 차, 포르투갈에 네 골 차 대
패를 당한 폴란드 전력은 기대할 수 없는 수준임이 분명하다. 방법
은 오직 정면 돌파뿐이다. 무승부를 거둔다면 16강에 진출하지만,
처음부터 무승부를 노린다는 건 너무 위험한 도박이다. 실점은 언
제라도 할 수 있다. 상대와 짜고 하는 시합이 아니라면 무승부 전
략은 스스로 무덤을 파는 격이리라.

경우의 수 계산은 무의미하다. 승리가 아니면 16강 진출이 어려운 포르투갈 선수는 전력을 다할 것이다. 상대가 최선을 다한다면 우리 또한 사력을 다해서 맞서야 할 것이다. 우리 선수는 필승의 신념으로 경기에 나섰다.

폴란드전에서 대승을 거두었음에도 1차전에서 미국에 패한 탓으로 탈락 가능성이 여전했던 포르투갈 선수는 초조감 때문인지 거친 플레이로 일관했다. 양 팀 모두 옐로카드를 받을 정도로 경기가 격앙되었는데, 전반 중반에 주앙 핀투가 박지성에게 악의적인 양발 태클을 걸었다가 다이렉트 퇴장당하는 일이 벌어졌다. 퇴장당해도 할 말이 없을 정도로 태클이 아니라 거의 이단 옆차기 수준이었다. 이 장면을 지켜본 히딩크 감독이 분노하여 웃옷을 벗어 던지고 뛰쳐나갔으나, 심판의 레드카드를 보고 되돌아올 정도였다.

11명이 싸우는 축구에서 한 명의 퇴장은 치명타다. 아무리 개인기와 팀 전술이 뛰어난 강팀이라도 한 명이 적은 상태에서 싸우는 건 전술적인 문제점뿐만 아니라 체력적인 부담이 크다. 한국은 유리한 상황에서 맹공을 퍼부었다. 전반 30분 한국의 코너킥 상황에서 골키퍼와 최진철이 공중에서 충돌하여 놓친 공을 설기현이 밀어 넣어 골이 되자 함성이 터져 나왔으나, 골키퍼 차징으로 판정되어 노골이 선언되었다.

전반전이 마무리될 무렵 미국은 폴란드의 예상외 선전으로 2대 0으로 뒤지고 있었다. 이대로라면 한국과 포르투갈이 무승부를 거두어도 같이 16강에 진출할 수 있었다. 포르투갈 선수는 우리 선수에게 같이 다음 라운드에 진출하자는 제스처를 취했으나 사실, 이때 우리 선수는 그 상황을 모르고 있었다. 히딩크 감독이 주장과 부주장이었던 홍명보와 유상철 외에는 알리지 않아서 포르투갈 선수의 몸짓이 무슨 뜻인지 몰라 반응하지 않았다.

후반전이 시작되고 얼마 안 되어 이번에는 전반에 이미 경고가 있던 베투가 이영표에게 시도한 태클로 경고받아 경고 누적으로 퇴장당했다. 포르투갈은 스스로 무너졌다. 한국이 일방적인 공격을 퍼붓는 가운데 후반 25분 코너킥 상황에서 흘러나온 공을 잡은 이영표가 골문 반대편을 향해 크로스를 올렸고, 기다리던 박지성이 가슴으로 트래핑하여 오른발로 한 명을 제치고 공이 바운드 되는 순간 논스톱 왼발 발리슛을 날렸다. 공은 골키퍼 가랑이 사이를 뚫고 골인되었다.

관전하던 국민은 무승부라도 16강에 진출하리라는 걸 알고 있었으나, 박지성의 골에 날아올랐다. 16강 진출이 중요하지만, 그것이 전부가 아니다. 승리에 대한 열망이 있다. 더구나 상대 팀 선수가 두 명이나 퇴장당한 상황이다. 무승부로 올라간다면 뒷맛이 개운치 않다. 모두가 간절히 원하는 상황에서 박지성은 완벽한 몸놀림으로 멋진 골을 선사하였다. 박지성이 전 세계 팬에게 눈도장을 찍는 순간이었다.

골을 넣고 돌아서는 박지성의 얼굴에는 희열이 넘쳐흘렀다. 얼싸안으려는 선수들을 뿌리치고 벤치를 향해 질주하였다. 어퍼컷을 날리던 히딩크 감독은 팔을 활짝 벌려 박지성을 안아 올렸다. 폴란드와의 경기에서 첫 골을 넣은 황선홍도 벤치로 달려왔으나 히딩크가 아닌 박항서 코치의 품에 안긴 바 있다. 팔을 벌렸다가 멋쩍어했던 히딩크 감독은 이번에는 제대로 기분을 만끽했다.

발등에 불이 떨어진 포르투갈 선수는 무모한 공격을 감행하였다. 점수 차가 더 나더라도 이판사판으로 달려든 것이다. 선수가 두 명 적은 상태에서 공격 일변도로 덤비니 수비 뒷공간이 쉽게 뚫렸다. 상대 골키퍼와 일대일 상황을 몇 차례 만들었으나 결정력이 아쉬웠다. 추가 골을 넣지 못하는 사이 오히려 상대에게 골대를 맞히는 등 결정적인 기회를 내주기도 하였다.

경기가 끝날 때까지 양 팀 선수 모두 최선을 다하였다. 전 국민이 지켜보고 있는 터다. 16강 진출 여부와 무관하게 최선을 다하지 않을 수 없다. 한순간이라도 방심하는 모습을 보였다가는 경기장과 TV로 관전하는 국민의 질타를 면할 수 없으리라. 서로 많은 득점 기회가 있었으나 경기는 그대로 종료되었다. 우리는 2승 1무 승점 5점으로 조 1위로 16강에 진출하였고, 포르투갈은 짐을 쌌다.

사실 외신은 한국과 포르투갈의 승패에 주목하지 않았다. FIFA 랭킹 5위와 41위라는 차이가 워낙 커서 승리는 당연히 포르투갈로 여기는 분위기였고, 당대 최고 스타였던 루이스 피구의 활약에 관심이 쏠렸다. 루이스 피구는 당시 지구방위대라고 불리던 레알 마드리드 소속으로 최고의 미드필더로 꼽혔다. 2년 전에 발롱도르를 수상하였고, 전년도 FIFA 올해의 선수상 수상자였다. 당시 무명이었던 송종국은 루이스 피구를 전담 마크하여 꽁꽁 묶어두는 등 맹활약하였다. 골을 넣은 박지성과 더불어 MVP급 활약을 펼친 승리의 일등 공신이었다.

승리한 선수와 관중은 감동하였다. 경기가 끝나고도 돌아갈 줄 모르고 환호와 응원 구호로 서로에게 갈채를 보냈다. 이 순간을 얼마나 기다렸던가. 모두가 보고도 믿기지 않았다. 한번 타오르기 시작한 불길은 꺼질 줄을 몰랐다. 한반도 전체가 붉게 타올랐다. 이 기쁨, 이 감동이 언제까지 이어질 것인가.

16강전 승리 기원

결전의 날은 밝았다.

가라, 태극 전사들이여!

48년간 기다려 온 1승도

16강 진출에 대한 염원도

결국은 승리의 영광을 위해서였다.

온 국민의 염원을 담고 뛰쳐나가라.

보이지 않는가!

영광은 그대들 눈앞에 있나니

유럽이니

남미니 하는 무리가 아무것도 아님을 보여줘라.

그대들은 한민족의 후예 태극 전사임을 명심하라.

이제 남은 건 불과 4승

수십 년 동안 기다려왔고

우승을 위해 쏟아부은 엄청난 노력과 흘린 땀의 결실을

온 세상에 보여다오.

그래서 저 하얗고 검게 생긴 사람에게는 충격을

한민족에게는 벅찬 희열과 전율적인 감동을 안겨다오.

소리쳐 불러 보노라!

그리고, 기도하노라!

전사들이여!

태극 전사들의 장도에 신의 가호가 함께하기를.

<월드컵 16강 전을 앞두고 기도하는 마음으로, 인트라넷>

6월 18일 16강 이탈리아전, AGAIN 1966

월드컵은 인류의 축제다. 참가국 국민은 말할 것도 없고, 참가하지 않은 나라 사람마저 이목이 온통 월드컵으로 쏠린다. 하물며 개최하는 나라야 어떻겠는가. 한국인의 축구를 향한 관심이나 열기는 유럽이나 남미에 비교하면 지극히 낮은 편이다. 월드컵 전에는 흥행에 의문 부호를 켜는 사람이 많았다. 첫 경기에서 폴란드를 2대 0으로 꺾고 월드컵 첫 승을 거두자 한반도는 뜨겁게 타오르기 시작했다. 대표 팀의 경기력 향상과 함께 열두 번째 태극 전사 붉은 악마의 활약이 타는 불에 기름을 부은 격이 됐다. 승리를 향한 열망

     얼룩무늬 청춘 6 - 충주·월드컵 편

은 이제 열혈 팬뿐만 아니라 남녀노소 전 국민에게 전파되었다.

TV는 온통 월드컵 경기와 붉은 악마 응원 소식으로 도배하였다. 다른 어떤 소식도 화제가 되지 못하고 월드컵에 묻혔다. 모든 시선은 16강전으로 집중되었다. 상대는 유럽의 강호 피파랭킹 6위의 이탈리아다. 월드컵에서 세 차례나 우승한 전력이 있는 세계적인 강팀이다. 대부분 2년 전 벌어진 UEFA 유로 2000 준우승 당시 선수다. 우리 국민의 기대와 열망과는 달리 해외 전문가는 이탈리아의 낙승을 예상했다.

2002년 6월 18일 밤 8시 30분 마침내 대전 월드컵경기장에서 이탈리아와의 16강전이 시작되었다. 경기 시작과 동시에 경기장을 꽉 채운 붉은 악마는 'AGAIN 1966'이라는 거대한 카드섹션을 펼쳐 보였다. 1966년에 잉글랜드에서 벌어진 월드컵 조별리그에서 이탈리아는 북한에 1대 0으로 패해 8강 진출에 실패했다. 우리도 그때의 이변을 되풀이하자는 의미의 카드섹션이었다.

경기는 치열한 몸싸움으로 시작되었다. 한국은 경기 시작 3분 만에 결정적인 기회를 잡았다. 송종국이 문전으로 프리 킥을 날렸을 때, 상대 문전에 있던 설기현을 수비수가 잡아채 넘어뜨리는 모습을 심판이 포착하고 페널티 킥을 선언한 것이다. 키커는 안정환이었다. 온 국민이 긴장하며 지켜보는 가운데 안정환은 강하고 빠르게 좌측 골문을 노렸다. 안정환의 킥은 정확했으나 불운하게도 골키퍼가 세계 최고의 수문장 잔루이지 부폰이었다. 부폰은 이날 안정환의 페널티 킥을 비롯하여 여러 차례 선방 쇼를 펼친다.

미국과의 경기에서 페널티 킥을 실축하여 이을용이 울면서 뛰었다면 오늘은 안정환이다. 만약 경기에서 진다면 패배 원흉으로 지목될 게 뻔하다. 이을용이 그랬듯이 안정환은 죽자 사자 뛸 수밖에 없었다.

전반 7분에는 김태영이 헤딩 경합 도중 크리스티안 비에리의 팔꿈치에 맞아 코뼈가 부러지는 일이 벌어졌다. 다이렉트 퇴장이 이상하지 않을 고의성 짙은 반칙이었으나 옐로카드로 넘어갔다. 비에리는 신장 185센티미터 82킬로그램의 거구에 엄청난 체력을 가진 스트라이커다. 전반 18분 전담 마크하던 최진철을 뿌리치고 코너킥을 헤더 골로 연결했다. 화면에 최진철이 붙잡고 늘어지는 광경이 잡혔으나, 힘으로 압도했다.

이탈리아는 전통적으로 수비에 특화된 팀이다. 이탈리아의 빗장 수비는 세계적으로 유명하다. 그런 이탈리아에 선취 골을 허용했다. 더구나 절호의 득점 기회인 페널티 킥을 날려버린 뒤다. 운명의 여신은 우리 팀의 승리를 원하지 않는 듯했다. 양 팀 선수는 승리를 위해 더욱 거세게 부딪혔다. 부상과 옐로카드가 속출했다. 수많은 기회가 있었으나 양 팀 모두 기회를 살리지 못했다. 경기는 그대로 끝나는 듯했다.

대한민국의 패색이 짙어진 후반 막판에 거스 히딩크 감독이 승부수를 띄웠다. 연이어 수비수를 빼고 공격수를 투입하는 초강수를 두었다. 코뼈가 부러진 김태영 대신 황선홍을 투입하였고, 김남일을 빼고 이천수를 넣었으며, 심지어 홍명보를 빼고 신예 공격수 차두리를 넣었다. 히딩크 감독의 승부수는 통했다. 일방적인 공격을 펼치던 후반 43분, 박지성과 황선홍이 패스를 주고받는 상황에서 흐른 볼을 이탈리아 수비수가 제대로 처리하지 못했다. 문전의 설기현에게 기회가 왔다. 설기현의 왼발 슛은 골문 우측 구석으로 빨려들어 갔다. 잔루이지 부폰 골키퍼로서도 어쩔 수 없는 골이었다.

16강전이 벌어지는 날 충주 비행단은 야간 비행이 있었다. 월드컵 경기가 벌어지는 대전 월드컵경기장 초계 비행을 위해서였다. 퇴근하지 못한 장교는 정비과 학과장에서 전대장, 정비과장과 함께 단체 응원을 하며 TV를 시청하였다. 경기 초반 페널티 킥을 얻었을 때 좋아 날뛰었으나, 그 기쁨은 오래가지 않았다. 안정환의 페널티 킥 실축과 비에리의 골로 경기 막판까지 1대 0으로 끌려가자 가슴 졸이며 연방 탄식만 하였다.

경기 종료 2분 전에 기적이 벌어졌다. 동점 골이 터져지기를 간절히 바라면서 가슴 졸이며 지켜보고 있을 때, 상대 골문 앞에서 우당퉁탕 골이 흘러서 설기현 앞으로 간 순간 지체하지 않고 날린 설기현의 왼발 슛이 그대로 골문 안에 꽂혔다. 모든 사람이 동시에 괴성과 함께 자리를 박차고 솟아올랐다. 상대가 누군지 확인할 겨를도 없이 하이 파이브하고 껴안고 방방 떴다.

나는 누군가와 하이파이브했는데 손끼리 제대로 맞지 않았다. 상대가 벌렁 나자빠졌다. 정비과장이었다. 보통 때라면 죽을죄에 해당하겠으나 정비과장은 괘념치 않았다. 지금 때가 어느 때인가. 사소한 일을 따질 겨를이 없다. TV에 비친 관중석에서도 난리가 났다. 폭포수가 떨어지듯 허물어져 내렸다. 서로 얼싸안고 뛰면서 눈물을 흘렸다. 이 맛에 축구를 보는 것이다.

경기는 연장으로 이어졌다. 기사회생한 한국 선수의 사기는 높았다. 연장 전반 페널티 박스 밖 정면에서 얻은 프리킥을 점프하는 수비벽 밑으로 황선홍이 낮게 깔아 찼다. 공이 우측 골대 옆으로 빨려 들어가려는 순간 어디선가 부폰의 긴 손끝이 날아와 공을 쳐 냈다. 골과 다름없는 슈팅을 막아낸 것이다. 골이 되었다면 경기 끝이다. 이번 월드컵에서는 연장전에서 골이 터지면 그대로 경기가 끝나는 골든골 제도를 채택하였다.

변수가 생겼다. 페널티 박스에서 우리 골대로 쇄도하던 프란체스코 토티가 송종국과 경합 도중 쓰러졌다. 반칙이라면 페널티 킥을 내줄 판이다. 아찔한 순간이었으나 심판은 시뮬레이션 액션이라고 판단하고 토티에게 옐로카드를 주었다. 토티는 경고 누적으로 퇴장당했다. 되돌려본 영상을 확인한 결과 송종국과 토티의 신체 접촉은 없었다. 페널티 킥을 유도하려는 토티의 명백한 시뮬레이션이었다. 그 짧은 시간에 내린 심판의 정확한 판단에 위기를 넘겼다. 이탈리아로서는 가뜩이나 체력이 떨어져 밀리는 판에 숫자까지 줄어드는 위기에 몰렸다.

120분의 연장 혈투로 선수들의 에너지가 고갈되어 움직임이 둔해졌다. 경기 종료 3분 전 상대 진영 좌측에서 공을 잡은 이영표가 침착하게 문전으로 크로스를 올렸다. 높이 솟구친 안정환의 머리에 맞은 공은 골문 구석으로 빨려 들어갔다. 천하의 부폰 골키퍼도 손쓸 수 없는 절묘한 코스였다. 안정환의 주변에는 두 명의 수비수가 있었으나 안정환처럼 뛰어오르지 못했다. 운명의 여신은 안정환을 버리지 않았다. 아니 어쩌면 더 큰 영광을 안기기 위해 페널티 킥 실축이라는 시련을 준 것인지도 모른다. 아나운서의 목소리가 다급했다.

송재익 : 이천수 이영표에게, 문전으로 올립니다. 안정환 헤딩~!

신문선·송재익 : 고오오오올~~!!!

송재익 : 한국이~ 8강에 진출했습니다~!

신문선 : 골든골이에요! 안정환~! 안정환 골입니다~!

송재익 : 한국이 이겼습니다!

신문선 : 역전승입니다!

송재익 : 한국이 이탈리아를 물리쳤습니다!

신문선 : 안정환! 멋진 골입니다!

송재익 : 세계 축구사를 다시 썼습니다!

신문선 : 안정환! 감각적인 골입니다!

송재익 : 일본이 탈락하고 아시아의 자존심, 한국이 세계 속에
　　　　　올라섰습니다!

신문선 : 8강, 꿈에도 생각 못 했습니다!

송재익 : 그러게 말입니다.

송재익 캐스터가 마지막 말한 '그러게 말입니다.' 외에는 주고받는 대화가 아니라 그저 동시 고함이었다. 상대가 무슨 말을 하는지는 전혀 신경 쓰지 않고 자기 말만 하였다. 인간이 이성적인 동

물이라고 하지만, 그건 멀쩡할 때 얘기다. 어떤 일에 몰입하거나 지나치게 흥분하면 이성은 없다. 감각적 본능에 따를 뿐이다. 그 짜릿한 순간 냉정하게 이성을 찾는다면 아마 인간이 아니리라.

안정환의 골든골이 터지는 순간, 후반 종료 2분 전에 터진 설기현의 골이 들어갔을 때와 정확히 같은 장면이 연출되었다. 모두가 학과장 책상 위로 뛰어올라 점프하였다. 누군가와 얼싸안고 뽀뽀하고, 하이 파이브했다. 이번에도 나는 상대 손에 정확히 맞히지 못했다. 손에 너무 힘이 들어갔을까. 이번에 넘어진 사람은 전대장이었다. 나는 깜짝 놀랐으나 전대장은 눈치채지 못했다. 그 상황에 누구와 하이 파이브했는지 어떻게 알겠는가. 그저 기적 같은 승리에 전율할 뿐이었다.

감동의 시간이 지나자 초계 비행하던 전투기가 속속 돌아왔다. 밤 8시에 이륙해서 정상이라면 경기하는 시간 동안 초계비행하고 11시경 착륙할 예정이었다. 예정시간보다 30분이 늦은 11시 30분에야 돌아왔다. 나는 전투 조종사가 내리자마자 경기 결과를 아는지 물었다.

"한국이 이기지 않았어요? 몇 대 몇인지는 몰라도 한국이 이긴 건 알았어요. 시간이 지나도 복귀 명령이 없어서 연장으로 들어간 걸 알았고, 연장전도 끝나갈 무렵 대전 월드컵경기장에서 일제히 폭죽이 터져 오르는 걸 보고 '이겼구나' 생각했습니다. 하늘에서 지켜본 월드컵도 나쁘지 않았습니다."

그랬다. 우리는 학과장에서 편안하게 TV를 보면서 폭발적인 쾌감과 전율적인 감동을 맛보았으나, 그 시간에도 안보를 위하여 초계 비행하던 전투 조종사가 있었다. 나는 조종사에게 고맙고 미안하였다. 조종사가 하늘에서 본 월드컵에 감동했다는 말에 눈물이 핑 돌았다. 네 시간 가까이 비행하면서도 행복하였다는 후배 장교의 말에 가슴이 먹먹하였다.

"골 넣고 나서 몇 초 동안 아무 소리도 안 들리는 거 같았어요. 멍~ 하고 아무 소리도 안 들리고…… 아마 정신을 잃었던 듯해요."

경기 내내 '나 때문에 질 수는 없다. 내가 반드시 매듭을 지어야 한다.'라고 마음속으로 울며 뛰었다는 안정환의 말이다. 히딩크 감독도 골든골이 들어가는 순간 특유의 어퍼컷을 날리며 포효하였다. 기적을 일구었다는 자부심으로 얼굴에 희열이 넘쳐흘렀다.

"나는 지금 매우 만족하고 기쁘다. 처음엔 힘들고 안 풀렸지만, 결국 우리는 강팀 중 하나를 격파하였다. 이것은 한국이 지금까지 축구에서 이룩한 업적 중에 가장 훌륭한 것이다."

히딩크 감독의 경기 뒤 인터뷰다. 월드컵 16강전에서 이탈리아를 꺾고 승리한 6월 18일 밤 한반도 전체가 들썩였다. 모든 국민이 그 짜릿한 감동에 눈물짓고 환호하였다. 새벽에 이르도록 흥분을 주체하지 못한 많은 시민이 경적을 울리며 시내를 활보하였고, 보는 사람마다 '대~한민국'을 외쳤다. 아마 우리 국민이 모두 하나가 되어 그토록 뜨거운 밤을 보낸 일은 없으리라.

"우린 이미 16강이라는 목표를 달성했다. 그러나 우리는 아직도 배가 고프다."

히딩크 감독이 16강전이 끝난 뒤 인터뷰 때 남긴 마지막 말이다. 히딩크는 욕망의 승부사다. 목표했던 사상 첫 승과 16강을 달성하였고, 목표를 뛰어넘는 8강에 올랐어도 아직 배가 고프다는 말에 머리칼이 쭈뼛하였다. 어쩌면 우리는 정말로 기적을 이룰지도 모른다. 야간 비행 뒷정리를 마치고 열두 시가 넘어서 퇴근했지만, 좀체 잠을 이룰 수 없었다. 내가 태어나서 맛본 가장 강렬한 쾌감으로 가슴이 벌렁거렸다. 앞으로 있을지 모르는 또 다른 감격에 몸이 떨려왔다.

한국 대표 팀의 골 넣는 순간

이을용의 자로 잰 듯한 센터링에 이은
환선홍의 환상적인 발리슛에 의한 첫 골은
48년의 긴 한을 풀어줄 희망의 씨앗이었습니다.

페널티 박스 정면에서 볼을 잡아 대포알같이 날린
유상철의 중거리 슛에 의한 두 번째 골은
48년간 기다려 온
우리의 첫 승 희망이 물거품 되지 않을까
조마조마한 우리 가슴을 후련하게 뚫어준 바람이었습니다.

이을용의 페널티 킥 실축으로 끌려가던 경기 후반

이을용의 어시스트에 이은

안정환의 빗맞은 듯한 헤딩슛에 의한 세 번째 골은

선취골을 주어도 지지 않는다는 자신감과

반드시 16강에 간다는 우리의 신념이었습니다.

이영표의 날카로운 크로스를 받아

박지성이 가슴으로 트래핑하고

오른발로 제친 뒤

왼발 발리슛에 의한 네 번째 골은

강팀에도 골을 넣을 수 있다는 자신감과 함께

꿈을 현실로 바꾼 우리의 열정이었습니다.

안정환의 페널티 킥 실축에 이은 실점으로

패배 일보 직전인 후반전 종료 2분 전

설기현의 왼발 슛에 의한 다섯 번째 골은

기적이 아니라 이길 수 있다는 우리의 믿음이었습니다.

승부차기로 이어질 연장전 종료 3분 전

이영표의 절묘한 크로스와

안정환의 헤딩슛에 의한 여섯 번째 골은

아시아가 결코 축구의 변방,

유럽이나 남미의 들러리가 아니라는 것을 입증한

아시아의 자존심이었습니다.

나이 서른일곱까지 살면서 희망하던 일이 별로 이루어지지 않았지만, 이번 월드컵에서는 대부분 이루어지고 있어서 포기하려던 것들이 다시 희망으로 싹트고 있습니다.

몇 년 전부터 꿈꾸었던 월드컵에 대한 상상은 월드컵 예선 리그에서 멕시코를 3대 1로, 벨기에를 2대 0으로, 우루과이를 1대 0으로 이기고, 16강전에서 이탈리아를 3대 2로 꺾은 다음, 8강전에서 스페인을 3대 1로 이기고, 4강전에서 독일을 3대 2로 물리치고, 결승에서 아르헨티나를 3대 1로 이기고 우승하는 것이었습니다.

왜 이런 점수 차로 이겨야 하는지는 알고 있을 것입니다. 헝가리, 터키, 네덜란드 등을 만나면 9대 0, 7대 0, 5대 0 등으로 이겨야겠지요.

현재까지는 비슷하게 전개되고 있습니다. 예선에서 1무가 있다는 게 다르고, 상대 팀과 점수는 차이가 나지만, 8강까지는 왔으니까요.

과연 일곱 번째, 여덟 번째 골은 나에게 어떤 느낌을 줄지 생각만 해도 가슴이 뜁니다.

6월 22일 8강 스페인전

월드컵 전 인터뷰에서 한국이 세계를 놀라게 할 거라는 히딩크 감독의 예언은 적중하였다. 설기현의 동점 골과 안정환의 골든 골은 한반도를 들썩이게 했다. 대표 팀의 놀라운 조직력과 엄청난 투혼에 붉은 악마가 감동했고, 붉은 악마의 승리를 향한 열망에 국민이 감동했고, 전 국민의 일치단결한 뜨거운 성원에 대표 팀 선수가 감동했다. 대한민국은 뜨거운 감동으로 넘쳐흘렀다. 역사에서 한 번도 이루지 못한 한민족의 영광을 달성했다는 데 모두 기쁨이 넘쳤다.

세계가 놀랐다. 축구 후진국 한국의 경기력에 놀라고 국민의 응원 열기에 놀랐다. 외신은 붉게 타오르는 한반도를 연일 특종으로 보도했다. 일본의 아사히 TV는 한국 축구가 모든 면에서 이탈리아를 능가했다면서 12번째 선수로 불리는 붉은 악마가 역사를 만들었고, 축구의 신이 페널티 킥을 실패한 안정환에게 기회를 주었다면서 놀라워했다. 다음은 주요 외신의 보도 내용이다.

영국 파이낸셜타임스

이대로 가다간 12일 후 우승 트로피를 거머쥘 수도 있다.

프랑스 TFI

한국이 결승전까지 못 갈 이유가 없다. 이탈리아 토티는 한 번 더 경고를 받으면 퇴장이라는 걸 알면서도 연기한 바보다.

미국 뉴욕타임스

1966년 북한이 월드컵 8강전에 진출한 이후 아시아에서 8강에 진출한 국가는 없었다. 한국이 어디까지 갈지 아무도 모른다.

독일 시사주간지 슈피겔 온라인

한국이 8강 대열에 합류함에 따라 월드컵 사상 처음으로 5개 대륙이 겨루는 명실상부한 월드컵이 됐다.

프랑스 르몽드지

충격 중의 충격이다. 한국팀은 이변이 많은 이번 월드컵 신예 중 최고의 강호다.

러시아 스포츠지 스포르트 엑스프레스

우리에게는 히딩크가 필요하다. 히딩크 덕분에 한국이 거함 이탈리아를 격침했다.

일본 언론

한국은 이탈리아의 빗장 수비를 열려고 하지 않고 아예 부수고 말았다. 아시아의 호랑이가 후반 중반부터 보여준 공격은 박력이 있었다. 한국이 세계와 어깨를 나란히 했음을 증명해 보인 117분간이었다. 아시아의 호랑이가 세계의 호랑이가 됐다.

영국 인디펜던트지

이날 경기장에서 수천 명의 붉은 악마가 'AGAIN 1966'이라는 카드 섹션을 펼친 가운데 경기가 진행되었으며, 이 같은 붉은 악마의 예상이 적중했다.

아르헨티나 일간지 라 나시온

붉은 악마의 응원이 한국 팀 승리의 한몫을 차지했다. 그들은 자율이라는 아주 특별한 방식으로 모여 평화롭게 응원하며, 때로는 극적인 상황을 연출하기도 한다.

필리핀 종합 언론사 ABS-CBN

국민의 불같은 성원은 4강은 물론 결승까지도 오를 기세

〈2002년 6월 20일 조선일보에서 발췌〉

국내 매스컴은 그 외신을 다시 보도했다. TV는 대표 선수의 득점 장면과 거리 응원하는 시민이 열광하는 모습과 외신 보도로 채워졌다. 뉴스는 온통 월드컵 축구 소식뿐이었다. 나는 이념과 종교와 지역과 세대로 갈라져 이전투구(泥田鬪狗)하던 국민이 하나 됨에 놀라고 감동했다. 믿을 수 없었다. 마음으로 상상하던 꿈이 현실에서 이루어진 것이다. 아마 대한민국 국민이라면 모두 나와 같은 생각이었을 것이다.

이제는 8강 스페인전이다. 스페인은 한국이 월드컵에서 두 번 만나 1무 1패를 기록한 피파랭킹 8위의 축구 강국이다. 1990 이탈리아 월드컵에서 1대 3으로 패하였고, 1994 미국 월드컵에서 2대 0으로 뒤지다가 후반 인저리 타임에 두 골을 넣어 극적으로 무승부를 거둔 바 있다.

16강전에서 간절히 염원하였으나 기대하지 않았던 이탈리아전 승리에 고무되어 언론과 국민의 냉정한 판단은 사라졌다. 모두 패하지 않을 것이라는 주술에 빠졌다. 사람은 때로 군중 심리에 따라 이성을 잃고 현실을 망각한다. 국민은 모두 집단 최면에 걸렸다. 그것은 행복한 최면이었다. 8강전에서 스페인에 패하지 않을 것이라는 희망 회로가 작동하였다. 피파랭킹 5위 포르투갈과 6위 이탈리아를 꺾었으니 8위 스페인을 충분히 이길 수 있다고 믿었다.

8강전은 광주 월드컵경기장에서 6월 22일 토요일 오후 3시 30분에 열렸다. 일찌감치 거실 앞 TV 앞에 자리 잡는 나를 보고 아내는 아이 셋을 데리고 장 보러 간다며 나섰다. 장은 핑계고 경기 내내 괴성과 미쳐 날뛰는 내 모습에 애들이 놀란다며 자리를 피한 것이다. 온 국민이 월드컵에 광분하였으나 아내와 아이들은 아니었다. 아내는 현실에만 충실한 사람이다. 8살, 6살, 3살인 아이들은 아직 축구를 제대로 이해하지 못한다. 나는 혼자서 다섯 사람 몫의 응원을 감당해야 했다.

경기가 시작되자 붉은 악마는 'Pride of Asia'라는 카드섹션을 펼쳤다. 8강의 한 자리를 차지한 대한민국이 아시아의 자존심이며, 4강 진출로 아시아의 모든 사람에게 자부심을 안겨주자는 의미였다.

승리를 향한 열망은 강했으나 우리 선수는 지쳤다. 16강전에서 연장전을 펼친 건 두 팀 모두 마찬가지였으나, 스페인은 16일, 우리는 18일에 경기하였다. 이틀은 체력 회복에 엄청난 차이다. 스페인

    얼룩무늬 청춘 6 - 충주·월드컵 편

선수보다 몸이 무거웠던 우리 선수는 전반전 내내 경기에서 밀렸다. 이운재의 선방이 아니었으면 여러 골을 빼앗겼을 정도로 일방적인 경기였다.

나는 가슴이 답답하였다. 호흡하는 데 곤란을 느꼈다. 컵에 물을 따라놓고 연방 들이켰지만, 증세는 여전하였다. 경기에 몰입한 나머지 심리적인 영향으로 치부하였으나, 지금 생각하니 부정맥 증상이었다. 최근 부정맥 진단이 내려졌지만, 가슴이 답답한 증상은 30대부터 나타났다. 1년에 몇 차례만 느끼는 수준이어서 의사가 잡아내지 못했을 뿐이다.

답답한 경기는 후반에도 이어졌다. 스페인은 한 차례 득점에 성공했으나 득점 과정에서 반칙이 선언돼 득점이 무효가 되었다. 중반 이후 지친 유상철을 빼고 이천수가 투입되면서 분위기가 살아났다. 코너킥 과정에서 박지성의 결정적인 슈팅이 있었으나 스페인 골키퍼의 선방에 막혔다.

경기는 연장전으로 이어졌다. 연장 전반 호아킨 산체스가 우측면을 돌파하여 올린 크로스를 모리엔테스가 헤더 득점에 성공했으나, 크로스 전에 공이 골라인을 벗어났다는 선심의 판단으로 득점이 인정되지 않았다. 이는 경기 후 오심으로 판명됐다. 스페인으로서는 불운이고 우리로서는 행운이었다. 심판은 신이 아니다. 모든 걸 정확히 볼 수는 없는 노릇이다. 지금처럼 비디오 판독 시스템을 운영하지 않던 시절이다. 오심도 경기의 일부다.

120분간의 치열한 공방전은 득점 없이 무승부로 끝났다. 토너먼트 경기이기에 승부를 결정해야 한다. 두 팀은 피 말리는 승부차기에 들어갔다. 선공에 나선 한국의 첫 번째 키커 황선홍이 찬 공이 골키퍼 손에 걸리는 가슴 철렁한 순간이 있었으나, 다행히 공은 골대 안으로 흘러 들어갔다. 이후 모두 득점에 성공해서 3대 3 동점 상황이 되었다.

스페인의 네 번째 키커는 호아킨 산체스였다. 산체스의 표정이 어두웠다. 후반전과 연장전에 지쳐서 거의 뛰지 못한 선수다. 불안한 표정이 역력했다. 산체스가 찬 공은 구석을 향하지 못하고 이운재 골키퍼의 손끝에 걸렸다. 이운재가 막아낸 것이다. 나는 순간 거실 천장에 닿을 정도로 환호작약했다. 승리가 눈앞이다. 꿈에도 상상하지 못했던 4강이 아른거렸다.

이제 한국의 마지막 키커 홍명보가 득점하면 경기는 우리의 승리로 끝난다. 홍명보의 얼굴이 굳어 있었다. 넣으면 승리의 영광을 만끽할 수 있지만, 만약 실축한다면 전 국민이 손가락질하리라. 긴장한 표정의 홍명보는 자신이 찬 공이 골망을 출렁이는 순간 양팔을 번쩍 들며 그라운드를 질주했다. 활짝 웃는 그의 표정이 모든 걸 말해 주었다.

환호성을 지르며 펄쩍펄쩍 뛰던 나는 흥에 겨워 거실 창문을 열고 "대~한민국"을 연호했다. 관사 아파트 단지 여기저기에서 호응해서 "대~한민국"이 메아리쳤다. 각자 자기 집에서 TV를 보고 있었지만, 터질 듯이 치솟는 쾌감에 고조된 흥분을 주체할 수 없던 심정은 똑같았던 게다. TV로 지켜본 내가 그 정도였으니 직접 경기장에서 관람한 관중의 마음은 어떻겠는가. 아마 다시 맛보지 못할 엄청난 환희에 몸을 떨었으리라.

경기는 끝났으나 중계방송은 끝나지 않았다. KBS, MBC, SBS 어디를 틀어도 축구 경기, 거리 응원 장면이었다. 벅차오르는 감동이 끝없이 이어졌다. 저녁을 먹고도 식지 않은 그 열기에 어쩔 줄 모르다가 대대 장교를 호출하였다. 독신자 숙소에 거주하던 장교가 모두 달려왔다. 흥분한 마음을 가라앉히지 못해 어쩔 줄 모르던 차에 옳다구나 하고 몰려왔다.

새벽까지 술판이 벌어졌다. 잠 못 이루는 밤이었다. 잠을 잘 수 없었다. 잠을 자지 않아도 좋았다. 내일이 일요일 아니던가. 하늘은 대한민국에 승리의 행운을 안기면서, 국민에게 밤새울 자유까지 선물하였다. 대한민국이 4강에 진출하던 2002년 6월 22일 토요일 밤, 한반도는 밤새 흥청거렸다.

6월 25일 4강 독일전

흔히 인간을 이성적 동물이라고 일컫지만 때로는 그렇지 않다. 평소 합리적이고 논리적이라고 평가받던 사람도 감정에 휩싸이면 비현실적인 사람이 된다. 2002년 대한민국 국민은 이어지는 승리에 패배하지 않을 거라는 집단 최면에 걸렸다. 냉정하게 판단한다면 있을 수 없는 일이다. 누가 대한민국이 승승장구하여 4강에 이를 것으로 짐작이나 했을 것인가. 월드컵 첫 승에 목말라할 때가 바로 엊그제 아니던가.

포르투갈과 이탈리아와 스페인은 강력한 우승 후보로 거론되던 축구 강팀이다. 이런저런 뒷말이 무성하였으나 우여곡절 끝에 한국이 모두 승리하였다. 누가 보더라도 기적적인 승리였으나, 기적도 되풀이하면 일상이다. 축구 대표 팀의 투지와 실력에 놀라고, 붉은 악마의 승리를 향한 열정에 놀라고, 전 국민이 혼연일체가 된 응원에 놀랐다. 서로가 서로에게 놀라고 감동한 선수와 붉은 악마와 국민은 종교적 광신과도 같은 광기에 사로잡혔다. 어떤 팀과 싸워도 이길 것이라는 맹신이 생겼다. 이제 단 두 경기 남았다. 두 번만 더 이기면 월드컵 우승이다.

지금 돌이켜보면 어처구니없는 망상이다. 축구는 종종 강팀이 약팀에 패하는 일이 있지만, 약팀은 절대로 강팀을 이길 수 없다. 약하게 보일 뿐 실제로는 약하지 않거나, 비슷한 실력일 때 행운이 따라서 이기는 것뿐이다. 실력이 엇비슷하지 않으면 아무리 행운이 따르더라도 실력 차가 현격한 팀을 이긴다는 건 있을 수 없는 일이다. 한국 축구 대표 팀의 실력이 괄목상대할 만큼 일취월장한 게 사실이지만, 솔직히 우승을 노릴 만한 전력은 아니다. 잇따른 승리가 환상을 심어 준 것뿐이다.

한국은 한일 월드컵 전까지 통산 6회, 연속으로 5회 출전하였으나 0승 4무 10패로 단 1승도 없는, 월드컵 출전 팀 중 최약체에 속했다. 이에 반해 독일은 축구에 관한 한 설명이 필요 없는 양대 산맥, 남미와 유럽의 최강팀 중 하나다. 이전까지 우승과 준우승을 세 차

레씩이나 거머쥐었다. 2002년에는 전력 약화로 우승권으로 분류되지 않았으나 한국이 만만히 볼 상대는 아니었다. 세계의 모든 전문가가 독일의 우위를 점쳤으나, 한국인은 아니었다. 특히 축구에 문외한인 사람은 더 확실하게 한국의 승리를 의심하지 않았다.

사실 전문가의 판단과 동떨어진 국민의 믿음은 이미 사실로 드러났다. 지금까지의 경기 결과가 증명하지 않는가? 6월 25일 서울 월드컵경기장에서 벌어진 독일과의 4강전에 붉은 악마가 펼친 카드 섹션은 '꿈★은 이루어진다'였다. 별(★)은 월드컵 우승을 상징하는 표시로 우승한 국가 대표 팀 엠블럼에는 우승한 숫자만큼 별이 새겨진다. 결승전까지 남은 두 경기에서 이기면 꿈이 이루어진다는 의미다. 선수가 입장할 때 1만 5천 명이 펼친 최대 규모의 카드 섹션은 장관을 이루었고, 이후 이 장면은 한일 월드컵의 상징이 되었다.

경기 일정은 한국에 불리하였다. 한국은 이틀을 쉬었으나 독일은 사흘을 쉰 뒤 경기가 벌어졌고, 한국은 16강과 8강전에서 연장전까지 혈투를 벌여 체력이 고갈된 상태였으나 독일은 한 차례의 연장 승부도 없었다. FIFA 랭킹 41위와 12위의 전력 차라면 일방적인 경기가 될 게 분명하였다.

경기는 예상과 다르게 팽팽하게 진행되었다. 월드컵 사상 최초로 야신상과 MVP를 석권한 독일 골키퍼 올리버 칸의 선방이 없었다면 오히려 한국이 앞서갈 기회가 여러 차례 있었다. 경기 시작 후 얼마 안 된 시간에 차두리의 돌파에 이은 땅볼 크로스를 이천수가 논스톱 발리슛으로 연결한 공이 좌측 골문으로 빨려 들어가는 순간 올리버 칸이 가까스로 쳐냈다. 한국으로서는 선취 득점할 절호의 기회였다.

월드컵은 토너먼트 경기가 진행될수록 선수의 체력이 급격히 떨어지게 마련이다. 삼사일 간격의 빽빽한 일정을 소화하는 데 백 퍼센트 체력을 회복하는 건 불가능하다. 한국 축구 대표 팀 감독으로 부임하자마자 가장 큰 문제는 개인기나 정신력이 아닌 체력이라고 일갈한 히딩크의 말은 맞았다. 사실 어찌 보면 당연한 말이다. 실력이 처지는 약팀이 승리 확률을 조금이라도 높이려면 체력이라도 대등하거나 우세해야 연장 승부라도 노릴 것이다. 아시아 팀은 월드컵에서 최약체다. 체력 보강을 최우선 과제로 삼은 히딩크의 판단은 정확하였다. 더 어려운 일정을 소화했음에도 한국은 우세한 체력을 바탕으로 독일에 경기 내용에서 앞섰다.

일진일퇴를 거듭하며 공방을 펼쳤으나 양 팀 모두 득점에 실패하여 연장 승부가 예상되던 후반 30분, 단 한 번 독일의 역습에서 승부가 결정되었다. 우측 공격수 올리버 뇌빌이 우리 수비수 사이로 힘겹게 올린 크로스가 하필이면 쇄도하는 미하엘 발락의 오른발에 걸렸다. 첫 번째 슛은 이운재가 가까스로 막아냈으나 발락의 두 번째 왼발 슛까지 막아낼 수는 없었다.

체력이 고갈된 상태에서도 우리 선수는 점수를 만회하기 위해 총력을 기울였다. 경기가 끝나갈 무렵 안정환이 페널티 박스 안에서 뒤로 내주자 쇄도하던 박지성이 강슛을 날렸으나 발에 제대로 걸리지 않아 공이 크로스바를 넘겼다. 슈팅 직전에 독일 수비수의 태클이

들어오자 부상의 위협을 느껴 공에 제대로 발을 대지 못한 것이다.

경기장과 거리에서 응원하던 국민은 눈물 흘리며 간절히 기도했다. 경기 종료 직전 동점 골을 넣었던 미국전과 이탈리아전을 상기하며 간절히 동점 골을 바랐으나 기적은 일어나지 않았다. 경기는 1대 0 패배로 끝났다. 내용 면에서 진 건 아니다. 이탈리아와 스페인전에서 행운이 우리에게 따랐다면, 준결승전에서는 독일에 운이 따랐고 우리 팀이 불운했을 뿐이다. 선수와 응원단 모두 아쉬워하였다. 숨돌릴 틈 없이 달려온 여정을 마쳐야 한다는 데 안타까워했다.

한동안 아쉬움에 침묵하던 붉은 악마는 다시 '대~한민국'을 연호하기 시작했다. 모두가 기적을 써 내려가 전율적인 감동을 선사한 태극 전사에게 다시 뜨거운 격려와 찬사를 보냈다. 단 한 골 차로 결승전이 열리는 요코하마 월드컵경기장으로 가는 데는 실패했으나, 충분히 대한민국의 저력을 만방에 떨쳐 보였고 세계를 놀라게 하였다. 그것만으로도 충분하였다. 승리를 확신하던 광기에서 벗어나 국민은 냉정(冷靜)을 되찾았다. 월드컵 4강은 신화다. 이미 대한민국 축구 역사상 전인미답의 새 역사를 썼다. 태극 전사의 노고에 국민은 한마음으로 갈채를 보냈다.

6월 29일 3위 결정전 튀르키예전

6월 4일 폴란드에 첫 승을 거둘 때부터 충격과 경악의 연속이었다. 첫 승과 한국 대표 선수의 선전에만 놀란 게 아니다. 축구의 변방, 아시아의 한국이 포르투갈, 이탈리아, 스페인 같은 세계적인 축구 강국을 잇달아 꺾으면서 4강에 도달한 데 전 세계가 놀랐지만, 더 놀라운 건 붉은악마의 응원과 국민의 동참이었다. 아무리 축구를 사랑하는 나라라도 이 정도로 온 국민이 월드컵에 몰입하여 지구 전체를 들썩이게 한 적은 없었다.

광화문 광장에서 시작한 거리 응원은 이제 하나의 유행이었다. 경기장에 들어가는 5만 명의 관중과 똑같이 붉은색 유니폼을 착용한 붉은 악마가 거리를 꽉 채웠다. 전 국민이 붉은 악마가 되었다. 신분 고하와 남녀노소를 막론하고 누구나 열두 번째 태극 전사 붉은 악마가 되었다. 어느 외신의 보도대로 한국 축구 대표 팀은 민족을 뒤로하고 뛰었다. 축구 선수 개개인이 자신의 역량 이상으로 실력을 발휘하지 않을 수 없을 정도의 열광적인 응원이었다.

비록 4강전에서 독일에 패하여 위대한 장도를 멈추었으나 감동의 여운은 가시지 않았다. 한반도가 붉게 타오르며 한민족 전체가 가장 뜨거운 유월을 보냈으나, 나는 그 이상이었다. 한 달 내내 행복한 시간이었으나 아쉬움이 있었다. 경기 시간에 근무하는 군인 신분으로 거리 응원에 참석하기 어려웠다. TV에서 집단 응원을 펼치는 광장과 운동 경기장, 영화관, 역전과 거리의 모습을 보며 부러워했다. 이제 단 한 경기 3위 결정전이 남았다. 이 경기에서 거리 응원에 참여하지 않는다면 어쩌면 영원히 기회가 없을지도 모른다.

충주시에서도 전국의 응원 열기에 호응하여 6월 10일 미국전부터 충주공설운동장에서 단체 응원을 할 수 있도록 지원하였다. 나는 사무실 사람들과 함께 거리 응원에 참석하기로 하였다. 모든 간부와 영내 병사를 포함해서다. 3위 결정전이 있는 6월 29일은 마침 토요일이었다. 병사는 외출증을 끊어서 동행하였다.

충주공설운동장은 경기 시작 전부터 응원 열기로 뜨거웠다. 아마 우리처럼 초짜 응원단도 적지 않으리라. 처음 보는 사람과 응원 구호를 외치며 환호하는 게 어색하였지만, TV에서 본대로 "대~한민국!"과 "오~ 필승 코리아~"를 외쳤다. 같은 목적과 마음으로 함께하는 응원이기에 금방 현장 분위기에 녹아들었다.

경기가 벌어졌던 대구 월드컵경기장에서는 경기 시작 전 카드섹션으로 'IOVE CU@K리그'를 펼쳤다. CU@은 채팅 용어로 'See you at'을 뜻한다. 따라서 K 리그에서 다시 만나자는 의미였다. 첫 경기 폴란드전에서는 'WIN 3:0'을 카드 섹션으로 보여주었다. 3대 0으로 승리하자는 뜻이었으나 사람들은 그 의미하는 바를 몰랐다. 경기 뒤 언론에 보도되면서 이후 붉은 악마가 펼치는 카드 섹션은 초미의 관심을 모았다.

뜨거웠던 응원 분위기는 경기 시작 몇 초 만에 순식간에 얼음장으로 변했다. 유상철이 패스한 공을 홍명보가 제대로 처리하지 못해서 우왕좌왕하는 사이, 튀르키예의 하칸 쉬퀴르가 잡아채서 슛한 공이 그대로 골로 연결되었다. 경기 시작 11초 만이었다. 무슨 일이 벌어졌는지 알 수 없을 정도로 순식간에 일어난 일이었다. 느린 장면으로 다시 본 뒤에야 알아차리고 거의 동시에 장탄식하였다.

아쉬운 마음으로 침묵하던 분위기는 오래 이어지지 않았다. 그러기에는 시간이 너무 아까웠다. 우리는 이기는 축구 경기를 보려고 모인 게 아니라, 대한민국 축구 대표 팀을 응원하기 위해 모인 것이다. 경기에서 이긴 것보다 거리 응원단의 열렬한 응원 열기에 더 감동하지 않았던가. 이제 내가 그걸 보여야 할 때다. 내가 다른 사람에게 감동했듯이, 내가 다른 사람에게 감동을 주어야 한다. 우리는 모두 처음으로 돌아갔다.

"짝짝짝~ 짝짝! 대~한민국"

"오, 필승 코리아~ 오, 필승 코리아~!"

응원석은 이내 뜨거워졌다. 경기 내용과 무관하게 한마음으로 외쳤다. 모두 하나가 된 것이다. 군중 심리는 무섭다. 그 분위기에 휩쓸리면 헤어나기 어렵다. 그 많은 사람과 한마음 한 몸이 된 듯한 느낌은 경험하지 못한 짜릿한 감동이었다. 전반 9분 상대 페널티 박스 앞 정면에서 이을용이 찬 환상적인 왼발 프리킥이 오른쪽 골대 모서리로 빨려 들어가는 순간, 응원 열기는 절정으로 치달았다. TV에서 본 그대로 서로 껴안고 소리치며 방방 떴다.

계속된 연장 승부에 체력이 다한 걸까, 결승 진출이 좌절되어 승리를 향한 열망이 꺾인 걸까. 대한민국 선수는 몸이 무거웠다. 그럴 만도 하였다. 4일 간격으로 치러진 16강전과 8강전에서는 무승부로 연장전까지 120분의 격전을 치른 터다. 4일 전에 치른 튀르키예와 달리 한국은 3일 전에 4강전을 치렀다. 한국 선수는 경기 일정상 체력적으로 불리한 가운데 경기를 치렀다. 그것도 전력이 더 나은 팀을 상대해서 말이다. 전반 13분과 32분에 일한 만시즈에게 연속으로 실점하며 끌려갔다. 경기장에 모인 응원단은 아랑곳하지 않고 할 일을 계속했다. 응원단의 임무는 관전이나 평가가 아니라 응원이다.

후반 추가 시간에 터진 송종국의 중거리 골로 경기는 2대 3 패배로 마무리되었다. 송종국이 찬 공이 차두리의 엉덩이를 맞고 들어가서, 차두리가 세리머니 하였다면 차두리의 골로 인정되었을지도 모를 일이나, 차두리는 아무런 동작을 취하지 않았다. 패배가 확실한 데 의도하지 않은 골에 환호할 수는 없었으리라.

4강에 이를 때까지의 경기력을 보여주지 못해서 아쉬웠다. 튀르키예 역시 강팀을 연파하며 4강에 올랐지만, 솔직히 승리를 기대하는 마음이 컸다. 피파랭킹이 25위로 우리보다는 훨씬 높지만, 5위 포르투갈, 6위 이탈리아, 8위 스페인과는 비교할 수 없다. 압도적으로 우세한 경기를 기대했으나 우리 선수는 4강까지 오면서 연장 혈투를 치르느라 너무 지쳤다.

비록 결승에 진출하지 못했더라도 마지막 경기에서 승리해서 3위로 메달을 목에 걸었다면 더 좋았을 것이다. 대표 선수의 마음은 더 간절했으리라. 기대에 못 미친 경기였으나 선수를 탓할 수는 없었다. 그들은 이미 많은 것을 이뤘고, 국민에게 엄청난 선물을 하였다. 그 뜨거운 기쁨, 그 짜릿한 감동을 언제 다시 느껴 볼 것인가.

"나중에 어디에서 일하게 될지 모르지만, 나는 18개월 동안 한국에서 땀을 흘리며 한국 선수들이 발전하도록 도왔다. 또 선수들은 내 가르침을 잘 받아들였다. 선수들의 플레이 방식에 많은 변화가 있었고, 국민도 따라서 변해줬다. 그 점에서 한국에 너무너무 감사한다. 오늘 여기뿐 아니라 월드컵 내내 전국 방방곡곡에서 행해진 엄청난 응원이 나를 행복하게 했고, 한국에서 일한 보람이 있었다."

경기 뒤 히딩크의 인터뷰에서도 패배의 아픔보다는 승리에 대한 자부심이 묻어났다.

"'작년 3월에 뭐 했어?', '2010년 6월에 어디 있었니?'라고 하면 사람들 기억 못 해요. 근데 '2002년 6월에 뭐 했니?'라고 물어보면요, 제가 만난 모든 사람이 '내가 언제 어디서 누구랑 어떻게 했어'라는 대답을 하는 거예요. 어떻게 한 세대가, 한 나라가 한 추억을 공유하고 있지? 모르는 사람이 내 차 보닛 위에서 뛰어도 나와서 괜찮다고 얘기했잖아요. 어떻게 정치적으로, 이념적으로 생각이 다른 사람을 다 받아들이게 되었지? 어떻게 축구공 하나가 한 국가에 이러한 영향을 주고 또 이런 추억을 공유할 수 있게 해줬지?"

2022년 2002한일월드컵 20주년 기념행사 때 이영표 선수가 한 말이다. 전 국민에게 희열과 감동과 멋진 추억을 안긴 대한민국 축구 대표 팀은 3·4위전에서 경기에서 졌으나 패배하지 않았다. 승리한 튀르키예 선수와 어깨동무하고 운동장을 돌며 관중에게 인사했다. 관중은 박수와 환호로 뜨겁게 화답했다. 나는 우리나라 역사상 가장 뜨거웠던 여름, 붉은 유월의 현장에 서 있었다.

꿈★은 이루어진다

　사람에겐 꿈이 있어야 한다. 꿈이 있어야 행복하기 때문이다. 호의호식하며 부귀영화를 누리거나 안락한 삶이 행복을 보장하는 건 아니다. 현재 아무리 걱정 없이 편안한 삶을 누리더라도 더 나은 삶이나 미래를 희망할 수 없다면 행복하지 않다. 사람은 현재만 살아가는 동물이 아니다. 때로는 과거에 살고, 어떤 때는 미래에서 살아간다. 당장 안락한 게 가장 중요하지만, 과거의 영광을 회상하고 우뚝 선 미래를 상상할 때 더 행복하다. 하나를 선택하라면 대부분 미래의 행복을 선택하리라. 미래의 행복은 다름 아닌 꿈이다.

　내 젊은 날의 꿈은 대한민국의 영광이었다. 박정희 전 대통령이 공자 사상을 세뇌한 결과겠지만, 나는 개인의 안락과 행복 따위는 안중에도 없었다. 저 카이사르나 칭기즈칸이 이룬 업적처럼 온 누리에 대한민국의 위명을 떨치는 데 있었다. 국가가 개인이 총합보다 중요하다, 개인은 나라의 존속이나 이익을 위해 희생해 마땅하다는 전체주의에 물들어 있었다. 잘못된 사고였으나 어쨌든 대한민국은 내 삶의 원동력이었다.

　나는 지금까지 살아오면서 행복했다. 꿈이 있었기 때문이다. 최하위 빈민계층에서 살아왔으나 세상에 큰 불만이 없었다. 모든 어려움은 더 큰 영광을 위해서 신이 내게 준 시련이었기 때문이다. 내 힘으로 대한민국의 영광과 국민의 행복을 이끌 자신이 있었다. 미래 찬란하게 빛날 나를 위해 살아가는데 현재 다소 피곤하더라도 그것이 불행하겠는가?

꿈은 꿈이다. 대부분 꿈은 꿈으로 그친다. 인생은 상상한 대로 살 수 없기 때문이다. 많은 남자가 자기만의 거성을 쌓은 채 전원생활을 즐기는 노후를 꿈꾼다. 그걸 실행하는 사람은 일 퍼센트에 불과하다. 이런저런 사정이 있지만, 삶이 뜻대로 이루어지지 않는다는 증거다.

나는 꿈이 있어서 행복했지만, 솔직히 꿈이 이루어질 것이라고 확신하지는 않았다. 다만 상상만으로 행복했을 뿐이다. 나는 장차 대통령이 되어서 내 힘으로 대한민국의 위명을 만방에 떨치고, 전 인류가 부러워할 정도로 국민이 행복한 나라를 만들기를 바랐다. 꿈이라고 말할 수 없을 정도의 망상이었으나, 어쨌든 그런 희망으로 살았다.

꿈은 이룰 수 없는 것이다. 이룰 수 없기에 꿈꾸는 것이다. 절대 이루어질 것 같지 않은 꿈이 이루어졌다. 대한민국의 월드컵 첫 승 이야기가 아니다. 이념과 지역, 남녀와 세대로 갈기갈기 찢어져 이전투구하는 국민이 마음이 들지 않았다. 일치단결하여 열심히 노력해도 될까 말까 할 판에 오직 개인의 이익만을 추구하는 국민이 싫었다. 나는 모두가 한마음 한뜻으로 뭉쳐 위국헌신하는 모습을 꿈꾸었다. 그게 가능하겠는가.

2002년 나는 꿈속에서 살았다. 내 힘으로 이룬 건 아니었으나 내가 상상하던 세상에서 살았다. 온 국민이 한마음으로 대한민국을 연호하고, 대한민국의 영광에 몸부림치며 눈물 흘리고 감동하는 모습을 보았다. 나는 감격하였다. 전신을 감싸는 전율에 떨었다. 내가 꾸었던 꿈은 단순한 꿈이 아니라 현실에서 실현되었다.

대한민국 국민이 축구에서 승리했다는 단순한 사실에 뭉쳐 함께 감격하는 모습은 내 꿈이 헛되지 않았다는 걸 깨닫게 하였다. 내 개인적 소망과는 별개로 대한민국의 발전과 영광은 진행형이며, 더 찬란한 영광이 있을 거라는 희망이 샘솟았다. 가능성은 무한하다. 저 붉게 물든 서울 광장이 장엄하지 아니한가. 언젠가 공명정대하고 청렴결백하며 미래를 꿰뚫어 보는 현명한 지도자를 만난다면 대한민국은 엄청난 힘으로 솟아오를 것이다. 모두가 살고 싶어 하는 땅, 모두가 부러워하는 나라가 되리라.

행복한 미래를 상상하는 건 즐겁다. 그 가능성이 크다면 더할 나위 없다. 2002년 한일월드컵은 우리 민족, 우리나라의 저력을 증명하였다. 뭉치면 할 수 있다. 다른 사람도 나와 생각이 같다. 내 노력은 헛되지 않다. 모두가 꿈꾸며 가는 길이다. 나는 조국이 미래에 더 찬란하게 빛날 것이라는 새로운 희망으로 행복하였다. 2002 한일월드컵은 그 자체로 꿈이었을 뿐 아니라, 내가 소망하는 꿈을 이루었으며, 더 큰 꿈을 간직하게 하는 기적이었다.

제2연평해전

한일 월드컵 4강 신화로 온 국민이 월드컵 열기에 휩싸여 있던 2002년 6월 29일 새벽, 북한 경비정이 북방 한계선을 침범하여 차단 기동을 수행하던 우리 고속정에 기습 포격을 가해 교전이 벌어졌다. 튀르키예와 월드컵 3·4위전이 펼쳐진 날이다. 월드컵 열기에 찬물을 끼얹으려는 북한의 소행 정도로 여기고 정부와 언론은 월드컵 3·4위전 보도에 집중했다. 지상파 방송 3사도 교전 사실만 언급한 채 튀르키예와의 3위 결정전 보도에만 열을 올렸다.

뒤에 제2연평해전으로 이름 붙인 이 교전은 우발적 도발이나 월드컵 열기에 찬물을 끼얹으려는 술책을 넘어서 제1연평해전의 패배를 복수하기 위해 치밀하게 준비된 공격이었음이 드러났다. 제2연평해전으로 참수리호 고속 정장 윤영하대위를 비롯하여 6명의 해군 장병이 전사하고 18명이 부상하였으며, 참수리호가 기지로 귀환하던 도중 최종 침몰하였다.

제1연평해전은 1999년 6월 15일에 서해 연평도 인근에서 일어난 우리 해군과 북한 해군과의 교전이다. 북방 한계선을 침범한 다수의 북한 경비정에 대하여 아군의 고속정과 초계함이 충돌 공격으로 방어하는 도중 북한 경비정의 발포로 일어났다. 교전 결과 가벼운 아군 피해와는 달리 북한은 경비정 1척 침몰, 5척 파손, 50여 명의 사상자가 발생했다. 무기 체계 현대화에 따른 우리 해군의 압승이었다. 북한은 이때부터 엄청난 피해에 대한 복수를 노린 것으로 보인다.

1998년 들어선 김대중 정부는 햇볕 정책으로 불리는 대북 화해 협력 정책을 추진하였다. 햇볕 정책은 이솝 우화 「북풍과 태양」에서 따온 이름이다. 해와 바람이 사람의 옷을 벗기기 경쟁에서 바람이 강한 폭풍으로 벗기지 못한 옷을, 해가 따뜻한 햇볕을 내리쬐어 벗김으로써 부드러운 방법이 더 효과적이라는 우화다. 북한을 적대시하지 않고 평화와 협력을 추진하면 북한도 응하지 않을 리 없다는 논리다.

햇볕 정책은 어느 정도 성과가 있었다. 남북 교류 협력이 급물살을 타서 1998년 11월 18일에는 금강산 관광이 시작되었다. 그 와중에도 자질구레한 도발은 이어졌지만, 남북 화해 협력 기조는 유지되어 2000년 6월 13일에는 남북정상회담이 이루어져 평양에서 김대중 대통령과 북한의 김정일 국방위원장의 만남이 성사되었다. 두 정상은 만남의 결과로 역사적인 「6·15 남북공동선언」을 발표한다.

정상회담과 6·15 남북공동선언 이후 남북 이산가족 상봉, 금강산 관광, 북한의 남한 주최 스포츠 경기 참가 등 민간 교류 사업이 본격적으로 시행되었다. 국민은 곧 통일이 성사될 것으로 기대가 부풀었으나, 세상일이란 그렇게 간단치 않다. 북한은 금강산 관광과 남북 장성급 회담이 진행 중인 1999년 6월 15일에 제1연평해전을 일으켰고, 2000년 남북정상회담과 6·15 남북공동선언 뒤인 2002년 6월 29일에 제2연평해전을 벌였다.

1~2차 연평해전은 햇볕 정책의 실패를 뜻한다. 햇볕 정책은 우리의 일방적인 정책이다. 북한과 협조, 회유하여 대화와 협력을 유도함으로써 북한을 개방하여 장기적으로 평화통일을 추구한다는 정책이다. 우리 입맛에 딱 맞는 정책이지만, 절대 이루어질 수 없는 오만한 정책이다.

세상의 원리는 이익이다. 우주의 섭리와 자연법칙은 이익으로 돌아간다. 사업가의 목적은 이윤 획득이고, 언론인의 목표는 특종 발굴이며, 정치인의 목적은 정권 획득이다. 대의명분으로 국가의 발전과 영광, 국민의 생활 향상과 복지를 내세우지만 그건 겉치레일 뿐 속셈은 이익이다. 국가나 사회, 국민이나 정당의 이익은 아니다. 모두 개인의 이익을 추구한다. 개인의 이익을 극대화하기 위한 수단으로 정당, 방송국이나 신문, 업체를 이용할 뿐이다.

정치인이나 언론인 사업가뿐만 아니라 국민 개개인도 마찬가지다. 애덤 스미스가 『국부론』에서 주장했듯이 국가의 발전과 사회가 부유해지는 이유는 개인이 이익을 추구한 결과다. 국가와 민족, 사회와 가족을 사랑하지만, 자신의 이익과 일치할 때뿐이다. 공동체와 개인의 이익이 충돌할 때 개인의 이익을 선택하는 것은 인간의 본성이자 자연법칙이다.

정당과 정치인은 다른 무엇보다도 정권 획득이 먼저다. 국가와 국민의 안전, 공공의 발전과 국민 생활 향상이 목적이 아니다. 우리가 그렇다면 북한도 마찬가지일 테다. 남한 정부가 정권 유지가 당면 과제이듯이, 북한 정권도 그들의 기득권 유지가 최우선이다. 남북 화해 협력과 교류의 결과가 무엇이겠는가? 사상과 정보의 전파로 북한의 체제 와해다. 북한 정권은 절대로 햇볕 정책에 순응할 수 없는 숙명을 안고 있는 셈이다.

교전으로 전사한 해군 장병을 생각하면 즉각 응징 보복해야 한다. 그것이 인간의 감정이다. 그렇게 할 수 없기에 분노한다. 북한의 도발에 모두가 분노하였으나 금방 잊는다. 인간은 망각의 동물이다. 그렇기에 역사는 돌고 돈다. 정권이 주기적으로 교체되지만 똑같은 잘못을 되풀이한다.

1차와 2차 연평해전의 교훈은 같다. 북한을 자극하여 무력 도발을 일으키게 하는 것도 어리석은 짓이지만, 화해 협력을 구실로 퍼주기도 쓸데없는 짓이다. 아무리 많이 퍼준다고 북한 정권이 스스로 파멸하는 길을 걷겠는가? 북한 동포의 삶의 질 향상과 행복을 위하여 기득권을 내려놓겠는가? 공자는 자신이 하기 싫은 일을 다른 사람에게 바라지 말라고 했다. 우리 정부가 스스로 정권을 포기할 수 없다면 상대로 마찬가지라는 걸 인정해야 한다.

가장 좋은 방식은 등거리 전략이다. 서로 척질 필요도 없지만 접근할 필요도 없다. 가까워지면 물드는 게 세상 이치다. 남북 교류는 북한 주민에게 새로운 사상과 정보가 흘러든다. 그건 북한 정권의 종말을 뜻한다. 우리가 말하는 햇볕 정책이란 궁극적으로 북한 정권을 소멸하는 방식이다. 북한이 남한의 정권이 개혁이든 보수든 늘 도발할 수밖에 없는 까닭이다. 그걸 안다면 우리는 잘못을 뒤풀이해서는 안 된다.

아무리 가까운 사이라도 인간에게는 적당한 거리가 필요하다. 그래서 사람을 인간(人間)이라고 하는지도 모른다. 남북한이 진정한 화해 협력과 평화적인 교류를 원한다면 원수처럼 싸워서도 안 되지만, 지나치게 밀착해서도 안 된다. 동포니, 형제니 하는 감상에 치우치지 말고, 그저 소 닭 보듯이 하면 된다. 남북 교류로 당장 이익을 얻으려는 욕심을 버릴 때 평화가 도래하리라.

태풍 루사

여름 무더운 장마가 끝나고 가을까지 찾아오는 불청객이 태풍(颱風, typhoon)이다. 태풍은 북서 태평양 적도 부근에서 발생하는 열대 저기압으로, 따뜻한 해류로부터 증발한 수증기가 상승 기류의 압박을 강하게 받을 때 나타나는 강한 비바람 현상이다. 비슷한 것으로는 대서양의 허리케인, 인도양과 남태평양의 사이클론이 있다. 매년 20여 개가 발생하며, 이 중 한두 개의 태풍이 우리나라에 영향을 미친다.

태풍(颱風)의 태는 클 태(太)가 아니다. 일본에서 20세기에 영어 'typhoon'을 음역해서 만들어낸 단어다. 타이푼(typhoon)은 그리스 신화 티폰(Typhon)에서 유래를 찾을 수 있다. 티폰은 백 마리의 뱀의 머리와 강력한 손발을 가진 용이었으나, 제우스에게 불길을 뿜어내는 능력은 빼앗기고 폭풍우 정도만 일으킬 수 있었다. 티폰을 파괴적인 폭풍우와 연관하여 'typhoon'이란 영어 단어가 생긴 것으로 보인다.

2002년 8월 말 태풍 루사가 발생했다는 소식이 전해졌다. 군은 전쟁을 대비해서 만들어진 조직이지만, 자연재해에도 신속하게 대응한다. 전국에 흩어진 군의 조직이 방대하기에 피해 볼 가능성이 크다. 민간의 피해는 그냥 넘어가지만, 군이나 군인과 연관되면 대중매체의 매서운 질타가 터진다. 군인 정신이 사라졌다느니, 군기가 빠졌다느니 하면서 몰아친다. 사실 민간에 비해 인원수 대비 사고율이 높은 편이 아니지만, 워낙 방대한 조직이다 보니 사건과 사고가 끊이질 않는다. 군은 전시에는 전투지만 평시에는 사건과 사고 예방이 주 임무다.

태풍이 지난다는 예보가 나오면 군부대는 비상이 걸린다. 어쨌든 사소한 뉴스거리라도 제공해서는 안 된다. 부대와 지휘관의 명예가 걸린 문제다. 국방부, 공군 본부부터 사령부, 비행단까지 비상 대책본부가 꾸려지고 피해 예방에 나선다. 태풍의 피해는 강풍과 폭우에 따라 다르게 나타난다. 강풍에 대비하여 날아갈 만한 물건이나 시설을 결박하고, 침수 방지를 위해 배수로를 정비한다. 태풍이 상륙한다는 8월 31일은 토요일이다. 휴무일에 재해가 발생하면 비상소집이 발령될 수 있다. 부대나 지휘관을 위해서뿐 아니라, 개인의 휴식을 위해서도 철저한 대비가 필요하다.

태풍이 상륙하기 전 8월 30일부터 비가 내리기 시작했다. 분위기가 심상치 않았다. 태풍의 영향은 보통 서너 시간에서 대여섯 시간이다. 육지에 상륙하는 즉시 약해져서 동해안을 빠져나갈 때쯤이면 소멸하기 마련이다. 루사는 8월 31일 17시경 전라남도 고흥반도에 상륙하였다. 태풍 루사는 강풍 영향권이 넓고 진행 속도가 느린 점이 특징이었다. 9월 1일 강원도 속초에서 열대저기압으로 약화하여 소멸할 때까지 무려 22시간 동안 전국에 엄청난 비를 뿌렸다. 내가 있던 충주에 내린 강수량이 200밀리를 넘었다.

태풍 루사는 정확히 한반도를 관통했다. 태백산맥과 영동 지역에 오래 머무르면서 기록적인 폭우를 쏟아부었다. 뉴스에서는 전국에 걸친 피해 소식이 속속 전해졌다. 특히 강릉은 시간당 100밀리, 하루 870밀리 비가 내려서 일일 강수량 역대 최고 기록을 갈아치웠다.

엄청난 강수량에도 다행히 충주 비행단은 격납고 법면이 붕괴하는 정도밖에 큰 손실이 없었다. 강릉 비행장은 달랐다. 대관령에 걸친 비구름이 쏟아부은 역대급 폭우에 여러 저수지가 붕괴하면서 비행단을 덮쳤다. 강릉 비행단 기상대에 따르면 하루 동안 비행단에 내린 비는 940밀리미터였다. 강릉 비행단은 바닷가에 닿아 있다. 동해안은 지형이 급사면인 게 특징이다. 웬만해서는 홍수 피해가 없는 지역이다. 여러 조건상 침수될 확률이 낮았으나, 엄청나게 내린 비와 저수지 붕괴에 속절없이 비행단 전체가 물에 잠겼다.

바퀴다리가 1미터 이상인 항공기는 비교적 피해가 적었으나, 각 부대 사무실과 창고가 대부분 물에 잠김으로써 지상 장비, 부품, 공구, 자재가 사용할 수 없거나 복구하는 데 긴 시간이 걸렸다. 공군에는 비상이 걸렸다. 비행단 하나가 통째로 전투 불능 상태에 빠진 것이다.

군은 모든 게 작전이다. 전투뿐만 아니라 피해 예방도 재난 대처도 작전이다. 같은 기종을 운용하는 비행단에는 장비, 부품, 자재 차출 명령이 떨어지고, 인근 비행단에는 피해 복구 병력 동원령이 내려졌다. 강릉과 가까운 충주와 예천, 원주에서는 매일 새벽에 병력을 실은 버스가 강릉 비행단으로 출장 갔다가 밤늦게 돌아오는 일이 반복되었다. 우리 대대는 하루 40명의 병력이 차출되었다. 매일 다음 날 피해 복구 작업 참여 인원을 선정하여 보고하였다.

비행단 전체가 1미터 깊이로 물에 잠겼으니 할 일은 끝이 없다. 그야말로 전쟁이다. 강릉 비행단 장병은 물론이고 차출된 타기지 장병에게는 엄청난 고역이었다. 아무리 가까운 기지라고 해도 두세 시간은 족히 걸리는 거리다. 새벽부터 밤늦도록 땡볕 아래 수해 복구 작업에 심신이 지쳐갔다.

태풍 루사는 전국적으로 213명이 사망하고 33명이 실종되는 막심한 피해를 남겼다. 매년 더 크고 강한 놈이 내습하고 있다. 우리나라뿐만 아니라 전 세계가 마찬가지다. 지구 가열화라는 기후변화가 주범이다. 사상 최대의 태풍, 허리케인, 사이클론이 발생하고, 최악의 폭염, 가뭄, 홍수가 이어진다. 지구 가열화 방지를 위하여 모든 나라가 함께 노력하지만, 각국이 처한 상황은 다르다. 의견 통일과 실천이 쉽지 않다.

이산화탄소의 급증이 지구 가열화의 주범이라는 데는 대체로 의견이 일치하지만, 이산화탄소 감소 대책에는 난색을 보인다. 기후

변화에 따른 부정적 영향보다 당장 경제 성장이 더 중요하다. 정권을 획득하거나 유지하려는 정치인의 처지에서는 당장 먹고살기 힘들다는 대중의 목소리를 외면할 수 없다. 사람은 한 번 맛 들인 문명의 이기를 포기할 수 없다. 지구는 급격하게 늙어가고 있다. 개인이 건강을 챙기는 것처럼, 지구를 천천히 늙어가게 할 수는 없을까?

2002년 대한민국에 엄청난 피해를 준 루사는 태풍 이름에서 사라졌다. 제명한 것이다. 루사는 사라졌으나 언젠가 루사보다 더 센 놈이 올 게 분명하다. 만물의 영장이라고 자처하고, 신의 영역까지 도전하는 인간이지만, 자연재해를 막을 방법이 없을 뿐만 아니라, 그럴 의지도 없다. 자식을 위하여 별의별 짓을 벌이며 재산을 모으면서도 후손이 살아갈 환경에는 관심이 없다. 아프고 슬프다.

주임원사

　대대 주임원사는 대대의 부사관과 병을 대표하는 대대장의 참모다. 부사관과 병사의 동태를 파악하고, 상담을 통해 고충을 확인하여 대대장에게 보고함으로써 해결하는 임무를 수행한다. 가장 큰 임무는 병사와 생활관 관리로 일과 후 사건 사고 예방이다. 병사 사이에 암묵적(暗黙的)으로 존재하는 구타나 가혹 행위가 발생하지 않도록 세심한 관심을 기울인다. 가해자나 피해자 모두 사건과 사고 발생 원인이므로 관심사병으로 관리한다. 대대 병사에게 대대장이 아버지라면 주임원사는 어머니 같은 역할을 하는 존재다.

　나는 7월 1일부로 무장탄약정비대대(무대)에서 항공 전자 정비대대(항대) 통제실장으로 자리를 옮겼다. 비행단에서 무장장교가 근무하는 유이(唯二)한 대대다. 대대 이름에서 알 수 있듯이 무대는 전투기에 탄약을 장착하는 무장 지원과 탄약 정비가 임무다. 항대는 전투기에서 운영하는 레이다, 통신 항법, 전자전, 비행 조종, 항공 사진 계통과 조종사 지상 훈련 장비인 시뮬레이터 등 항공 전자 분야를 정비 지원한다. 대대 임무 특성상 무대는 비행단 전체에 흩어져 있고, 항대는 대형 정비고 주변에 몰려 있다. 병력이 한 군데에 집중해 있으므로 지휘 관리에 쉽다.

군에서는 3대 악습 철폐를 위하여 노력한다. 군에서 가장 많이 발생하는 구타, 음주 운전, 파렴치 행위를 방지하기 위하여 3대 악습으로 규정하여 엄격히 관리한다. 파렴치 행위는 그 뜻이 광범위하지만, 주로 금전 사고나 불륜 등을 가리킨다. 3대 악습이 발생하면 진급에서 배제하거나 성과 상여금 최하등급 부여 등 개인과 부대에 다양한 불이익이 주어지지만, 사건 사고는 근절되지 않는다. 아무리 강조해도 계속 이어지자 공군참모총장은 3대 악습 행위가 발생한 부대장이 직접 전화로 경위를 보고하라는 지시를 내렸다.

비행단은 병력이 수천 명이다. 그 많은 사람이 살아가는데 임기 동안 3대 악습이 발생하지 않기란 낙타가 바늘귀를 통과할 만큼 어려운 일이다. 비행단장이 참모총장을 상대로 사건과 사고 경위를 보고하기 싫은 건 당연하다. 비행단장은 3대 악습이 발생한 부대장이 대면 보고할 것을 지시하였다.

군은 전쟁을 준비하는 집단이다. 전시에는 그 임무가 뚜렷하다. 평시에는 전력 유지 강화를 위한 훈련이 임무지만 성과가 명확하지 않다. 겉으로 드러나는 것은 사건과 사고다. 부대 규모를 막론하고 모든 지휘관은 사건과 사고 예방에 심혈을 기울인다. 특히 전 공군이 앞장서서 막으려는 3대 악습 행위는 지휘관 평가에 절대적

인 영향을 미친다. 지휘관이 사활을 걸고 예방에 노력하지 않을
수 없다.

9월 중에 항대 중사 한 명이 음주 운전에 걸렸다. 사건 사고 예
방을 위한 엄청난 노력이 무위로 돌아간 것이다. 이미 발생한 일을
돌이킬 수는 없다. 최대한 빨리 방지 대책을 세워서 또 발생하는
걸 막아야 한다. 보고서는 주로 통제 실장이 작성한다. 나는 3대
악습 행위 방지를 위한 장병 정신 교육과 특별 훈련 계획을 세워서
대대장에게 보고했다. 대대장은 작년에 무대 대대장이었던 선 중
령이다. 무대는 비행단에서 가장 병력이 많은 대대임에도 사건 사
고가 발생하지 않았다. 나는 대대장의 신뢰를 듬뿍 받는 가운데
임무를 수행하였다.

항대에 와서도 대대장과 한마음 한뜻으로 임무 수행과 사건 사
고 예방에 노력하였으나, 그만 음주 운전이 발생하고 말았다. 보고
서를 쓰는 건 비교적 간단하다. 비슷한 선례가 많기에 약간만 수정
해도 보고서가 완성된다. 보고서를 들고 단장실에 들어가야 하는
대대장 처지가 딱하다. 소속 대대원의 사고로 단장이 참모총장에
게 직접 보고해야 하는 상황이니, 대면해서 보고하는 심정이 어떻
겠는가.

보고가 끝나고 3일간 대대 군 차려를 하였다. 군 차려 기간에는
간부도 퇴근이 없다. 중대에서 숙박하고 일과 중에는 단독군장으
로 생활한다. 일과 후에는 정신 교육과 특별 훈련으로 무장 구보한
다. 한 사람의 실수로 전 대대원이 연대 책임을 지는 것이다.

대대 군 차려를 했으므로 정신 바짝 차려서 다른 사건이 없었으면 좋았을 것이다. 불행은 이어서 온다든가. 불과 2주 뒤에 대대 하사가 음주 운전에 적발되었다. 이제 직접 보고하는 대대장뿐만 아니라 보고서를 쓰는 나도 골치 아픈 판이다. 정신 교육과 특별 훈련으로 사고 예방을 다짐한 터에 보고서에서 잉크도 마르기 전에 또 터져 버렸으니 무슨 할 말이 있을 것인가. 그래도 보고서는 써야 한다. 더 철저한 정신 교육과 특별 훈련으로 다시는 음주 운전이 벌어지지 않도록 하겠다는 보고서를 썼고, 대대장은 보고하였다.

"또 왔나?"

대대장이 보고서를 들고 단장실에 들어가자 단장의 첫마디였다. 대대장은 유구무언이다. 또다시 3일간 대대 군 차려를 실시하였다. 연거푸 발생했으므로 1주일간 한다고 보고하였으나, 단장이 대대원 사기를 고려하여 3일간만 하라고 지시한 것이다. 한 달에 두 번 군 차려는 유례없는 일이다. 좀처럼 발생하지 않을 일이 벌어진 것이다.

두 번으로 그쳤으면 그나마 다행이었으리라. 10월 말에 또 음주 운전에 적발되었다. 이번에는 준위였다. 준위는 부사관 최고 계급으로 군 생활을 가장 오래 한 베테랑이다. 정비 업무나 생활에서 다른 사람의 모범을 보여야 하는 게 감독관이다. 장교와 더불어 가장 솔선수범해야 할 준위의 음주 운전 소식에 할 말을 잃었다. 더구나 연이은 음주 운전으로 군 차려를 한 지 얼마 되지 않아서다.

세상은 아이러니하다. 예상하거나 계획한 대로 돌아가지 않는다. 무대는 야전에서 거친 임무를 한다. 한여름 폭염과 한겨울 혹한을 감내한다. 중대도 넓게 퍼져 있다. 대대장이 지휘 관리하기에 쉽지 않다. 그 무대에서는 1년 동안 3대 악습 행위가 단 한 건도 없었다. 항대는 대부분 병력이 한 곳에 몰려 있다. 주로 사무실에서 일한다. 안전사고 우려가 적다. 지휘 관리가 쉬워 보이는 항대에서 세 건의 음주 운전이 연이어 발생하다니, 알다가도 모를 일이었다.

큰일이었다. 보고서를 써야 하는 나는 무슨 말을 해야 할지 까마득했고, 단장에게 대면 보고해야 하는 대대장은 앞이 캄캄하고, 참모총장에게 유선으로 보고해야 하는 단장 처지는 암담하다. 도대체 뭐라고 설명할 것인가. 어떻게 반복하지 않게 할 것인가. 사고 예방 대책을 보고한 뒤 또 발생하면 뭐라고 변명할 것인가. 보고를 받는 참모총장이나 단장은 그걸 질문할지도 모른다.

머리를 짜내어 온갖 방식으로 음주 운전 예방에 최선을 다하겠다는 보고서를 작성했다. 내가 봐도 논리적이지도 타당하지도 않았다. 그래도 어쩔 것인가. 보고서는 작성해야 한다. 보고서를 들고 대대장실에 들어가니 대대장은 망연자실하여 나를 바라보았다. 나는 차마 눈길을 마주하지 못하고 고개를 떨구었다. 모두가 내 탓인 것 같았다. 대대장도 마찬가지 심정이리라. 대대장이 단장실로 출발하지 못하고 담배만 연달아 빨아대는 모습에 울컥했다. 가슴이 아팠다. 그게 지휘관의 숙명이라도 대대장 처지가 안타까웠다.

나는 대대장의 눈길을 피해서 옆에 있던 주임 원사실로 들어갔다. 뜻밖이었다. 주임 원사인 심 원사가 두 눈이 시뻘게져서 뜨거운 눈물을 쏟아내고 있었다. 심 원사도 나와 같은 심정이었던 게다. 대대 운영의 책임은 대대장이 진다. 대대장에게는 누가 책임질 것인가. 통제 실장, 중대장, 주임 원사도 책임에서 벗어날 수 없다. 같이 책임져야 할 처지에서 대대장 혼자서 사지로 가는 모습에 가슴 아팠으리라.

주임 원사는 부사관과 병사를 대표하는 상징적인 존재다. 그들의 부대나 가정생활의 고충을 듣고 해결하며, 발생할 가능성이 큰 사건과 사고를 대대장에게 보고하여 막는 역할을 한다. 주임 원사가 노력하지 않은 건 아니다. 그래도 사건은 발생했다. 책임은 대대장이 져야 한다. 단장실에 들어가는 건 대대장 혼자다. 모든 책임을 떠안고 보고하는 대대장의 마음을 헤아리니 가슴이 찢어진다.

심 원사의 눈물을 보고 나도 함께 울었다. 눈물도 전염되는가. 눈물이 쏟아졌다. 심 원사가 고마웠다. 진심으로 대대와 대대장을 사랑하였던 게다. 심 원사는 남자였다. 나는 늘 남자, 사나이, 군인을 강조했다. 남자면서 남자임을 주장하고, 사나이면서 사나이를 강조하고, 군인이면서 참군인을 외쳤다. 진짜 사나이는 쉬운 게 아니다. 위기에서 앞장서고, 전우와 역경을 함께하고, 고통에 더 아파해야 한다.

심 원사의 뜨거운 전우애를 확인한 이후 우리는 단짝이 되었다. 백지장도 맞들면 낫다. 방향과 목적이 같은 사람과 함께라면 시련

을 극복할 힘이 생긴다. 힘든 시절이었다. 두 달 새 세 건의 음주
운전 사건에 대대 전체가 힘들게 보내야 했으나, 진정한 전우를 얻
는 계기가 됐다. 새로운 보직으로 떠나는 2002년 연말까지 대대장
과 삼총사가 되어 정말 많은 시간을 함께 보냈다. 주말이면 충주
댐 밑에서 매운탕을 먹으면서 애환(哀歡)을 삭이던 그 시절 그 추억
이 아직도 생생하다.

충주 안개

충주는 안개로 유명한 도시다. 가까이에 충주 댐이 있는 데다가 충주 댐에서 방류한 남한강 물이 충주시를 휘감고 지나간다. 특히 충주 비행단은 남한강이 삼면으로 감싸고 있다. 일교차가 큰 봄가을에는 심할 경우 그야말로 한 치 앞도 보이지 않을 때가 허다하다.

안개는 작은 물방울이다. 공기 중의 수증기가 냉각되어 발생하는데 구름과 같다. 하늘에 뜨면 구름이요, 땅에 붙어 있으면 안개인 셈이다. 안개는 여러 종류다. 그중에서 충주는 복사 안개와 이류 안개가 많다.

복사 안개는 내륙에서 주로 발생하는 안개로 일교차가 큰 날에 일어난다. 낮 동안에 데워진 공기가 밤사이 지표면의 복사냉각으로 하층 공기가 이슬점 아래로 내려가 작은 물방울 집단인 안개가 된다. 해가 떠서 지표면이 이슬점 이상으로 따뜻해지면 빠르게 사라진다.

이류 안개는 해안가나 호수 주변에 발생하는 안개다. 새벽이 되면 지표면이 냉각된다. 이때 바다나 호수는 수온의 영향을 받아 상대적으로 기온이 높다. 수증기를 머금은 높은 온도의 공기가 바람에 밀려 지표면으로 이동하면 지표면에 접한 하층 공기 온도가 이슬점 아래로 내려가서 안개가 된다.

충주 비행단은 지리적으로 대한민국 중앙에 위치하고, 남한강이 감싸고 흐르는 바람에 복사 안개와 이류 안개가 발생할 최적의 조건을 가졌다. 충주가 안개로 유명한 이유다.

나는 작년에 생전 처음으로 안개꽃, 즉 이슬 꽃을 보았다. 보통 6시에 집에서 출발해서 6시 30분까지 사무실에 출근하던 때다. 2001년 5월 어느 날 출근하면서 놀라운 광경을 목격했다. 온 세상에 서리가 내린 것이다. 바닷가와는 달리 내륙에는 봄에도 종종 서리가 내리는 일이 있지만, 5월은 아니다. 신록의 계절 5월에 서리가 내린다면 남아나는 식물이 있겠는가.

가시거리가 20여 미터에 불과할 정도로 안개가 자욱하였는데 도로 양옆 초목에 상고대가 피어났다. 믿을 수 없던 나는 차를 세우고 내려서 손으로 만져 봤다. 손을 대자마자 물줄기가 되어 주르륵 흘러 내렸다. 소설 속에서나 본 안개꽃을 직접 본 것이다. 아주 작은 물방울이 겹쳐 쌓여 마치 상고대처럼 하얗게 보인 것이다. 그날 사무실에서 안개꽃에 놀란 이야기를 하였더니, 이곳에서는 자주 있는 일이라서 화제가 안 된다는 말이었다.

군수 전대 지휘관 참모와 장교는 부사관 조출(早出) 조와 함께 주로 새벽에 출근한다. 봄가을에는 거의 매일 짙은 안개가 끼므로 구부러진 외곽 도로가 위험하다. 지휘관 차량은 비행하지 않을 때는 활주로 끝단 통과가 가능하다. 위험하고 먼 외곽 도로를 이용하지 않고 비행이 없는 새벽에는 활주로를 통과할 때가 많다.

군수 전대본부는 활주로 건너편에 있었다. 10월 어느 날 정비과장한테서 전화가 왔다.

"통제 실장, 대대장 출발했나?"

"필승! 근무 중 이상 없습니다. 30분 전에 출발하셨습니다."

전대장 주관 지휘관 · 참모 회의는 일과 전인 7시 30분에 한다. 활주로를 건너가면 10분이 채 안 걸리는 거리다. 7시 넘어서 출발했으므로 도착해도 벌써 도착할 시간이었다.

"알았다. TRS로 확인하지. 뭐."

TRS(Trunked radio System, 주파수공용통신)는 무전기다. 지휘관·참모에게 주어지며 비행단 내에서 통신용으로 사용한다. 아홉 시가 지나자 회의를 마친 대대장이 돌아왔다.

"통제 실장, 죽는 줄 알았다."

통제실에 들어오자마자 대대장이 입을 열었다.

"왜, 무슨 일이 있었습니까?"

"와, 안개가 많아도 많아도 그렇게 많은 건 첨 봤다. 5미터 앞도 안 보이더라."

"그럼, 활주로는 어떻게 건너갔습니까?"

나는 짐작이 갔지만 궁금해서 물었다.

"못 건너갔지. 유도로로 활주로 끝단까지 갔는데 활주로 건너는 길을 지나쳤는지 풀밭이 나오더라고. 차를 돌려서 건너는 곳으로 돌아왔지. 안개가 너무 짙어서 길은 찾지 못하고 끝까지 가면 풀밭만 나오는 거야. 한 시간 넘게 유도로에서 뺑뺑이 돌았더니 멀미가 나려고 한다."

그랬다. 짙은 안개로 조금 이른 7시에 출발하였으나 회의가 끝날 무렵까지 활주를 건너지 못하고 한 시간 넘게 헤맨 것이다. 활주로와 나란히 있는 유도로는 주기장과 붙어 있어 길이가 3킬로에 폭도 3백미터가 넘는다. 한 치 앞도 보이지 않는 안개 속에서는 엄청나게 먼 거리다. 활주로와 유도로는 시멘트 콘크리트로 만들어졌고 사방은 확 트인 풀밭이다. 유도로는 항공기가 이동하는 길이다. 어떠한 지형지물도 없다. 짙은 안개 속은 불빛 없는 한밤중과 마찬가지다.

충주 비행단에서는 가끔 안개가 만들어지는 걸 목격할 수 있다. 해 뜰 무렵 유도로에 있으면 남한강으로부터 안개가 물밀듯 몰려오는 걸 볼 수 있다. 사실은 안개가 밀려오는 게 아니라 따뜻한 공기가 활주로를 건너오면서 냉각되어 안개가 만들어지는 것이지만, 그 장면은 정말 장관이다. 그 넓은 비행장이 십여 초 만에 완전히 안개로 휩싸인다.

얼마나 고생했는지 그때까지 대대장은 벌겋게 상기되어 있었다. 나는 터져 나오려는 폭소를 간신히 참으면서 말했다.

"안개가 너무 짙게 낀 날은 오히려 외곽 도로가 안전하겠는데요?

아무리 안개가 짙어도 바로 옆 가로수는 보이니까요, 길 잃을 염려는 없지 않습니까?"

그날 안개로 대대장은 죽을 고생을 했다. 덕분에, 회의에 참석했던 전대장을 비롯한 지휘관·참모는 유도로에서 길을 잃고 한 시간 동안이나 헤매고 있다는 말에 폭소를 터트리면서 즐거워했다지만. 충주 비행단에서나 있을 법한 추억이다.

한국 시리즈 끝내기 랑데부 홈런

프로야구 삼성 라이온즈는 비운의 팀이다. 삼성은 언제나 강팀이었고 우승 후보였다. 고교 야구 최고 명문 경북고와 대구 상고 출신을 품을 수 있는 대구가 연고지인 덕분이다. 프로야구가 출범한 1982년 개막전, 잠실야구장에서 MBC 청룡의 이종도에게 만루 홈런을 얻어맞고 패한 것이 비극의 시발점이었다. 원년 챔피언을 가리는 1982년 한국 시리즈에서 OB 베어스에 4승 1무 1패로 패하면서 징크스가 시작되었다. 정규시즌에는 압도적인 전력을 자랑하였으나 한국 시리즈만 되면 작아졌다.

1984년에는 투타에서 막강한 전력을 구축하여 전·후반기 통합 우승을 노렸으나 실패하자, 한국 시리즈에서 쉬운 상대를 고르는 꼼수를 부려 야구계의 질타를 받았다. 원년 우승 주인공인 OB 베어스보다 상대적으로 전력이 약한 롯데 자이언츠에 져 주기 게임을 한 것이다. 이는 많은 팬이 등을 돌리는 계기가 되었다. 그렇게 해서 우승이라도 했으면 다행인데, 최동원에게 한국시리즈 4승이라는 기적을 선사하며 물거품 됐다.

1985년 전·후반기 통합 우승으로 최초로 우승 팀이 되었으나 한국시리즈를 통한 우승은 아니었다. 이후 프로야구 최강(?)의 팀답게 무려 여섯 차례나 한국 시리즈에 진출하였으나 모두 패했다. 초창기 홈런왕 이만수와 타격왕 장효조를 거느리고도 그랬고, 1990년대 홈런왕 이승엽과 타격왕 양준혁을 보유하고도 한국 시리즈와는 인연이 없었다. 심지어 한국시리즈에서 가장 많은 패배를 안긴 적장 해태 타이거즈 김응용을 감독으로 선임하고도 2001년 준우승에 그쳤다. 삼성 라이온즈는 지긋지긋한 한국 시리즈 징크스에 울었다.

정규 시즌의 삼성 라이온즈는 역시 강했다. 부임 2년 차를 맞이한 김응용 감독은 82승 4무 47패로 승률 6할 3푼 6리라는 압도적인 성적으로 정규 시즌을 제패한다. 승률은 신기록이었다. 이승엽은 홈런, 타점, 득점, 장타율 1위로 정규 시즌 최우수 선수로 선정되었고, 최다 안타 1위의 마해영이 양준혁과 함께 클린업 트리오를 구성했다. 프로야구 역사상 최강의 클린업 트리오라고 할 만했다.

문제는 한국시리즈다. 이전에도 삼성의 전력은 강했다. 해태 타이거즈에 연속으로 고배를 마실 때도 정규시즌 우승은 삼성 차지였다. 이번 상대는 김성근 감독의 LG 트윈스다.

LG 트윈스는 초반 부진으로 한때 최하위를 기록해 김성근 감독의 경질설이 나돌았지만, '야생마' 이상훈의 국내 복귀 및 여러 부상 선수의 회복과 맞물려 예상을 깨고 정규 시즌을 4위로 마쳤다. 서용빈의 시즌 중 입대 공백과 타선의 핵심 전력인 김재현의 고관절 부상에도, 김성근 감독의 절묘한 용병술을 바탕으로 현대 유니콘스와 KIA 타이거즈를 연파하고 한국시리즈에 오르는 뚝심을 보여줬다.

삼성과 LG의 전력 차는 컸다. 정규시즌 15게임 차라는 기록 외에도 타선의 핵심인 김재현의 부상에다 준플레이오프와 플레이오프를 거치느라고 선수의 체력이 고갈 상태였다. 객관적으로는 삼성의 우승이 당연하였으나, 문제는 프로야구 20년 동안 한 차례도 한국시리즈 우승 경험이 없다는 점이다. 프로야구 원년 출범 팀 중 한국시리즈 우승이 없는 건 삼성 라이온즈가 유일했다.

삼성 라이온즈는 홈인 대구 야구장에서 1승 1패를 거둔 뒤, 원정경기인 잠실야구장에서 2승 1패를 거둬 종합 3승 2패 상태로 대구 홈구장에서 6차전을 맞이했다. 이제 1승만 더 올린다면 꿈에 그리던 한국시리즈 우승이다. 더구나 홈이다. 만약 홈에서 이겨서 우승한다면 팀뿐 아니라 대구 시민의 20년 묵은 체증을 시원하게 풀어 주리라. 한국시리즈 6차전을 맞는 대구의 야구 열기는 뜨거웠다.

경기는 치열하게 전개되었다. 삼성이 20년 동안 한국시리즈에서 우승하지 못해 한이 맺혔다지만, LG도 1994년 우승 뒤 8년째 우승하지 못한 처지다. 그걸 떠나서 선수에게는 성적이 연봉과 직결된다. 어떤 이유로도 승부를 양보할 수 없다. 2회 초 최동수의 3점 홈런으로 LG가 앞서 나가자, 2회 말 박한이의 2점 홈런으로 따라 잡았고, 3회 양준혁의 적시타로 동점을 만들었다. 4회 초 조인성의 적시타로 LG가 다시 1점을 앞서 나가자, 4회 말 진갑용과 박정환의 연속 안타로 삼성이 5대 4로 다시 역전하였다.

드라마는 6회에 시작되었다. 6회 초 김현욱을 구원 등판한 삼성 마무리 노장진을 상대로 조인성의 안타로 동점을 만들고 계속 이어진 2사 1루와 2루에서 대타 김재현이 등장하였다. 김재현은 타격은 가능하지만, 고관절 부상으로 주루(走壘)를 할 수 없는 상태였다. 타격으로 타점을 올리려는 김성근 감독의 고심의 한 수였다. 작전은 대성공이었다. 김재현은 좌중간을 꿰뚫는 2루타성 타구를 날려 주자 두 명을 모두 불러들이는 역전 2타점 안타를 작렬했다. 아무리 느린 주자라도 2루타가 충분하였으나, 김재현은 절뚝거리며 1루에 도달하는 게 전부였다. 김재현은 바로 대주자로 교체되었다.

전율스러운 장면이었다. 달리지 못하는 선수를 대타로 쓸 수 있는가? 뛰지 못하는 선수가 득점할 방법은 홈런뿐이다. 두 명의 주자가 있어서 썼다고는 하지만, 보고서도 믿기지 않는 광경이었다. 절뚝거리며 1루를 향해 걸어가는 김재현을 바라보면서 나는 LG 트윈스의 승리를 믿어 의심치 않았다. 그건 삼성 라이온즈 김응용 감독도 마찬가지였다.

"마치 야구의 신과 경기하는 것 같았습니다."

경기 뒤 김응용 감독의 소회다. 그 정도로 김재현의 결정적인 대타 2타점 2루타성 1루타는 충격이었다.

8회 초 노장진의 난조로 LG가 2점을 추가하여 점수 차를 4점으로 벌리자 승부는 그대로 마무리되는 듯했다. 8회 말 삼성은 마해영과 양준혁의 안타와 김한수의 희생플라이로 1점을 내며 3점 차로 추격했지만, LG의 수호신 야생마 이상훈이 등판하여 불을 껐다.

9회 삼성의 마지막 공격에 이상훈이 마운드에 올랐다. 점수는 9 대 6으로 3점 차, 마운드는 이상훈이다. 누구나 경기는 끝났다고 생각했다. 심지어 삼성 김응용 감독이나 선수들도 7차전을 구상하고 있었다. 삼성의 선두타자는 대수비 요원으로 교체해서 들어온 김재걸이었다. 김재걸은 이상훈의 초구를 노려쳐 중견수를 넘기는 큼지막한 2루타로 포문을 열었다.

경기장은 다시 달아오르기 시작했다. 승리를 원하는 팬은 눈곱만한 가능성에라도 희망을 품는 법이다. 그것도 20년을 기다려온 한국시리즈 아니던가. 지푸라기라도 잡는 심정으로 기적을 바라며 열렬히 환호하며 응원하였다.

다음 타자 강동우가 삼진으로 물러나 열기가 식는 듯하였으나, 2번 타자 브리또가 볼넷을 얻으면서 경기장은 다시 뜨거워졌다. 다음 타자는 1999년에 54개의 홈런을 치면서 국민타자라는 별명을 얻은 홈런왕 이승엽이었다. 2002년 정규시즌에도 47개로, 홈런왕에 등극했다. 이제 한 방이면 동점이 가능하다. 모든 삼성 팬이 극적인 동점 3점 홈런을 그리며 응원하였으나, 꿈은 꿈일 뿐이다. 이승엽은 마치 자신이 삼성 라이온즈 선수라는 걸 증명하듯, 한국시리즈에서 이진 타석까지 20타수 2안타 1할 타율로 고전하고 있었다. 정규시즌에 엄청난 활약을 하지 않았다면 진작에 선발에서 뺏을 법한 부진이었다. 게다가 상대는 다소 지쳤다고는 하지만 LG의 철벽 마무리 이상훈이다.

이승엽이 타석에 들어서기 전까지 머리를 감싸안고 괴로워하는 모습이 여러 번 카메라에 잡혔다. 최고 타자라는 위상에 맞는 활약을 펼치지 못한 데 대한 자책이었다. 믿고 내보내는 감독이나 열렬히 응원하는 팬을 대할 면목이 없었다. 이를 악물고 타석에 선 이승엽은 초구 스트라이크를 그대로 보냈다. 이상훈의 2구 몸쪽으로 떨어지는 커브를 받아치는 순간 제대로 힘이 실렸다. 허공으로 치솟은 공은 쭉쭉 뻗어 그대로 우중간 담장을 훌쩍 넘겼다.

1루를 향하면서 타구를 주시하던 이승엽은 홈런임을 확인하자, 펄쩍펄쩍 뛰면서 좋아했다. 그 극적인 순간에 흥분하지 않을 사람이 어디 있으랴! 아마 이탈리아전에서 골든골을 넣은 안정환이 이런 기분이었으리라. 야구장 전체가 들썩였다. 모두가 일어나 무언가를 외치고 있었으나 귀에 들어오지는 않았다. 사실 관중도 자기가 무슨 소리를 하는지 모를 것이다. 관중석 이곳저곳에서 서로 부둥켜안고 우는 모습이 보였다. 이 맛에 경기장을 찾는 것이다. 하지만 아무리 많은 경기를 관전하더라도 이와 같은 극적인 광경을 보기는 힘들다. 기적을 본 대구 관중은 울고 있었다. 모두가 감동하였다.

TV에서는 연신 홈런 광경을 다시 보내면서 이승엽과 양 팀 감독과 관중이 환호하는 모습을 클로즈업했다. LG는 투수 교체를 단행했다. 승리 일보 직전에서 동점 홈런을 맞은 이상훈은 큰 충격을 받았다. 제대로 경기를 이어갈 수 없는 건 불문가지다. 교체 투수는 최원호였다. LG는 이런 상황을 예측할 수 없었다. 이미 불펜 투수도 대부분 소모한 상태였다. 불을 끄기 위해 다음날 선발 예정인 최원호가 몸도 제대로 풀지 못한 상태에서 부랴부랴 마운드에 올랐다.

다음 타자는 마해영이다. 마해영은 시리즈 내내 23타수 10안타 2홈런이라는 고감도 타격을 자랑했고, 특히 전날 9회 초 공격에서 3점 홈런을 날려 8대 7, 한 점 차까지 추격하는 공포를 안긴 타자다. 최원호는 긴장한 표정이 역력했다. 초구는 볼, 2구는 파울이었다. 그리고 운명의 1볼 1스트라이크에서 친 3구째 타구가 하늘 높이 치솟았다. 궤적은 정확히 이승엽의 3점 홈런과 같이 우측 담장을 넘어갔다. 끝내기 홈런이었다. 이미 경기장은 극도로 홍분 상태였다. 이승엽의 3점 홈런의 감동이 가시기도 전에 터진 마해영의 끝내기 홈런에 대구 야구장은 무너져 내렸다. 모든 관중이 미쳐 날뛰었다.

모두가 울고 있었다. 삼성 선수는 모두 그라운드로 뛰쳐나와 서로 껴안고 감동의 눈물을 흘렸다. 삼성의 레전드 양준혁과 이승엽은 펑펑 눈물을 쏟았다. 삼성 라이온즈 치어리더는 대성통곡했다. 관중도 누군가와 얼싸안고 눈물 흘리며 기뻐했다. 끝내기 홈런을 맞은 최원호는 마운드에 주저앉아 통한의 눈물을 흘렸다. 승장도 패장도 극적인 결말에 말을 잃고 서로 다른 의미의 눈물을 흘렸다.

감동적인 광경이었다. 2002년은 유독 감동적인 장면이 많았다. 월드컵 4강과 붉은 악마, 부산 아시안게임 등 보기 드문 드라마에 열광하고 눈물짓게 하였다. 나도 모르게 눈물이 흘러내렸다. 나는 삼성 라이온즈 팬이 아니다. LG 팬도 아니다. 누가 이기고 져서가 아니라 그 순간 선수와 감독과 관중이 감동하는 모습에 감동한 것이다.

흔히 스포츠를 각본 없는 드라마라고 말한다. 그렇다. 아무리 극적인 장면을 잘 그리는 작가나 연출자라도 오늘의 장면을 만들 수는 없으리라. 아니, 이런 장면을 연출하기 위해 20년을 기다리지는 못하리라. 삼성 라이온즈와 팬은 무려 이 장면을 20년이나 기다린 것이다. 어떻게 열광하고 감동하지 않을 수 있겠는가.

극적인 장면은 혼자서 만들 수 없다. 상대의 선전이 맞물려야 가능한 법이다. 승리한 삼성 라이온즈 선수뿐만 아니라 패배한 LG 트윈스 선수조차 어떤 의미에서는 승자다. 전 국민에게 감동을 선사하는 일이 쉬운가. 준플레이오프부터 진격해 온 LG 트윈스의 투혼이 놀라웠다. 제대로 걷지도 못하는 몸으로 대타로 나와서 2타점을 올린 김재현의 타격은 아름다웠다. 압도적으로 열세한 전력으로 끝까지 물고 늘어진 김성근 감독의 용병술은 경이로웠다. 사상 최초로 9회 말 끝내기 백투백 홈런으로 한국시리즈 우승을 결정지은 이승엽과 마해영은 충격이었다.

징크스는 끝났다. 어쩌면 징크스라는 건 원래 없는 것인지도 모른다. 인간의 심리 속에서만 존재하는 허구일 수도 있다. 일곱 번 도전 끝에 칠전팔기를 이룬 삼성은 이후 한국 시리즈 단골 우승팀으로 변모한다. 마해영의 끝내기 홈런이 터지는 순간, 대구 야구장에서는 축포가 터져 오르고, 전광판에는 '20년 不飛不鳴 雄飛 삼성 라이온즈'라는 문구가 새겨졌다. 춘추시대 초장왕의 고사를 패러디하여 20년 동안 날지 않고 울지 않던 삼성 라이온즈가 마침내 힘차게 날아올랐다는 뜻이다.

군수 전대장(軍需戰隊長)

　10월부터 군수전대장(軍需戰隊長)의 대대 순환 회의가 결정되었다. 전대(戰隊)는 대대(大隊)와 비행단(飛行團)의 중간급 부대다. 육군의 연대와 흡사하다. 군수 전대에는 다섯 개 대대가 편성되었는데, 정비 둘, 무장 둘, 보급 하나다. 대대장은 해당 특기에서 맡았으나, 전대장과 대대를 총괄하는 정비과장을 정비 특기에서 맡았다. 매주 정해진 요일마다 다섯 대대장실에서 전대장이 회의를 주관한다는 것이다.

　공군에서 정비와 무장 특기는 앙숙이다. 공군 내에서 비슷한 분야의 업무를 하기에 서로 영역을 확장하려는 경쟁이 심하다. 오죽했으면 신임 소위 특기 교육 때, 무장교육대장이 '우리의 주적은 정비다'라는 말까지 했겠는가. 그럴 만한 것이 비행단에서 비슷한 병력을 운영하는데 제일 선임 장교 둘이 정비 특기여서 무장 특기는 음으로 양으로 정비 특기의 괄시를 받았다. 서로 라이벌 의식이 있었고, 무장장교는 정비장교에 대한 적개심이 강했다.

당시 군수 전대장은 성격이 매우 독특했다. 업무에 대한 열정은 대단했으나, 무능한 부하를 가르치는 방식이 특이했다. 잘못된 점을 지적해서 시정 하는 게 아니라, 스무고개 식으로 질문해서 자신의 무지를 스스로 깨닫게 하였다. 단둘이 있을 때뿐만 아니라, 공식 회의 석상에서도 그런 일이 비일비재하였으므로 대대장들이 질색하는 터였다.

통제실장인 나로서는 걱정과 함께 불만이 컸다. 회의는 마실 차만 준비해서 될 일이 아니다. 대대 현황과 지난주 실시사항, 이번 주 계획 사항을 보고해야 한다. 그 준비도 보고도 차 선임자인 통제 실장 몫이다. 평소에 하지 않는 보고 준비에 현황판 작성 등 일이 많았을 뿐 아니라, 전대장 회의 때마다 대대장이 곤욕을 치른다는 소문을 들은 터다. 소문에는 누구도 스무고개를 넘어갈 수 없다는 말이 파다했다. 아무리 열심히 준비해도 끊임없이 이어지는 질문에 결국 죄송하다는 말을 할 수밖에 없다는 것이다.

아니나 다를까 첫 대대 순환 회의 때 묵사발이 났다. 사실 7월 1일부로 보직을 옮겼기에 내가 잘 모르는 업무도 있었다. 그래서 철저히 준비하였으나, 스무고개는커녕 다섯 고개를 넘기도 전에 막혔다. 달리 할 말이 없었다. "죄송합니다. 확인해서 보고 드리겠습니다" 하고 보고를 마치는 수밖에 없었다.

두 번째 회의 때는 더 철저히 준비하고 보고서 내용을 달달 외웠다. 아무리 전대장이 직속상관으로 소령과 비교할 수 없는 높은 계급이라고는 하나 직무 지식이 떨어진다는 걸 자인한다는 건 자존심 문제다. 문구 하나, 영어 단어 하나까지 사전을 찾아가며 확인해서 달달 외웠다. 전대장 회의는 정비과장과 모든 대대장이 참석한다. 모두 군에서 상대해야 할 선배 장교다. 그 많은 사람 앞에서 무시당하는 건 치욕이다.

소문은 사실대로였다. 거의 일주일 내내 준비하고 연습하였으나 내 의도는 무참하게 박살났다. 사실 소령 중령 경험이 있는 전대장으로서는 내 의도가 뻔히 보일 것이다. 무엇을 준비할 것인지도 충분히 짐작할 수 있다. 보고자를 곤란하게 할 질문을 던지는 건 간단한 일이다. 보고하는 내내 불안하게 지켜보던 대대장이 회의를 마치고 전대장이 떠나자 위로하였다.

"전대장님 스타일이 원래 그러니 그러려니 해라. 너만 그런 게 아니라 다른 대대 통제실장도 다 마찬가지다."

"죄송합니다. 아는 것도 부족한 데다 준비도 소홀했던 것 같습니다."

나는 대대장 볼 면목이 없었다.

"그게 아니라니까. 대대장들이 아무리 준비해도 소용없어요. 전대장님한테 끝까지 대답한 대대장이 없다니까. 화 풀고, 전대장이 하는 말은 한 귀로 듣고 한 귀로 흘려라."

"다른 대대 통제실장은 죄다 대위 아닙니까? 소령씩 돼서 직무 지식 부족하다는 말은 죽기보다 듣기 싫습니다. 다음에는 더 철저히 준비해서 무식하다는 말 듣지 않겠습니다."

나는 화가 풀리지 않아 굳은 얼굴로 말했다.

"허허, 참 그게 아니라니까. 그렇게 스트레스 받다간 명 짧아진다. 그만 화 풀고 퇴근 후 소주나 한잔하자."

대대장은 내 마음을 풀어주려고 노력하였다. 작년에도 같이 근무했던 선 중령은 나와 코드가 잘 맞았다. 대대장이 인정하였기에 새벽부터 밤늦도록 일해도 피곤하지 않았을 테다. 그런 대대장 앞에서 받은 수모이기에 더 가슴 아팠다. 다음에 어떤 질문을 할지 예측할 수 없다. 가능한 모든 시나리오를 염두에 두고 공부하였다. 업무한 게 아니라 탐구하고 학습한 것이다. 순환 회의 3주째였다.

"가동률이 가장 떨어지는 장비가 뭔가?"

대대 현황을 보고하자마자 전대장의 질문이 떨어졌다.

"예, 야간 투시 장비입니다."

"원인이 뭔가?"

"군수 사령부에서 수리 부속이 조달되지 않아서 정비가 지연되고 있습니다."

예의 스무고개가 나왔으나 나는 차분하게 대답했다. 너무 긴장하거나 흥분하면 아는 것도 대답할 수 없다.

"어디서 수리하는데?"

"예, 서산 비행단에서 야전 정비하고 있습니다."

"조달 안 된다는 수리 부속이 뭐야?"

"내장된 전자 카드로 알고 있습니다."

"원산지는 어딘데?"

"영국입니다."

"값은 얼마야?"

무심하게 대답하던 중 울컥하였다. 또 막힌 것이다. 아니 막힌 게 아니다. 그 많은 수리 부속 가격을 외울 사람이 있겠는가? 이건 고의로 모욕하려는 것이다. 당연히 '죄송합니다. 확인해서 보고 드리겠습니다.' 하고 최대한 송구스러운 표정을 지어야 했다. 그러나 튀어나온 대답은 딴판이었다.

"모르겠습니다!"

나도 모르게 볼멘소리가 터져 나왔다. 모든 지휘관·참모가 놀라서 눈을 휘둥그레 뜨는 것과 동시에 전대장의 노성이 폭발하였다.

"뭐야? 나갓!"

"알겠습니다!"

전대장의 고함에 나는 잘 됐다는 듯이 큰소리로 대답하고 대대장실 문을 거칠게 박차고 나왔다. 후환이 두려운 일이었으나 전대장보다 내가 더 화가 난 상태였다. 화가 나면 눈에 보이는 게 없는 법이다. 사실 전대장이 대대 순환 회의를 하는 건 질문을 통하여 통제실장들의 직무 지식을 높이려는 좋은 의도인지도 모른다. 의도는 좋은지 몰라도 당하는 나는 자존심이 상해서 딱 죽고 싶은 마음뿐이었다.

전대장에 대한 불만은 회의 때 질문뿐만 아니라 이미 쌓였던 게 폭발한 건지도 모른다. 봄에 체련의 날 행사 때 대대 대항 배구대회를 한 적이 있었는데 전대장이 자청해서 심판을 맡았다. 정비과와 무대가 붙었을 때 전대장은 노골적으로 정비과에 유리한 편파 판정을 내렸다. 전 대대원이 불만에 차서 야유하였다. 분노를 참지 못한 내가 항의하려던 걸 주위 사람이 말려서 무사히 넘긴 바 있다.

그뿐만이 아니다. 지난해 연말 군수 전대 환경 평가 최우수대대 선발 대회에서 무장대대가 최고 득점을 올렸는데도 2위라는 문서를 받았다. 담당자에게 확인하니 지휘관 점수 50점을 전대장이 야대에 부여해서 역전되었다는 설명이었다. 화를 참지 못한 내가 따지기 위해서 당장 전대장실로 뛰어가려던 걸 대대장이 만류해서 무사했던 터다.

전대장의 처신에 문제가 없던 건 아니지만, 내 행동에도 무리가 있었다. 아무리 상관의 실수나 잘못이 있더라도 소령이 대령한테 따질 수는 없다. 그게 상명하복이 철저한 군의 관습이다. 더구나 전대장은 직속상관이다. 직속상관에 대드는 행위는 항명이다. 전시에는 즉결 처분이요, 평시에도 군대 생활을 계속하기 어려웠다. 어려서 부모나 선생이 가르친 공자 말을 진리라고 여긴 것처럼, 나는 선배 무장장교의 말에 너무 심취했다. 정비 특기가 주적이라는 잠재의식이 분노를 일으킨 것이다. 나는 너무 어리고 무지했다. 전대장에게 대든 건 정의가 아니라 치기 어린 만용이었다.

정비과장은 군수 전대 차 선임자다. 내가 저지른 불상사를 해결해야 하는 처지다. 오후 한 시에 정비과장실로 대대 통제실장을 소집했다. 정비관리실장까지 포함해서 모두 여섯 명이었다.

"죽고 잡나?"

차가 나오자 커피를 마시면서 정비과장이 말을 꺼냈다. 모든 통제실장이 죽고 싶을 정도로 괴로울 테지만 아무도 감히 대꾸하지 않았다.

"죽고 싶습니다!"

화가 덜 풀린 내가 대답했다.

"이 자식 봐라. 그렇다고 그리 대답하나? 너희 심정 잘 안다. 그래도 우야겠노? 여기는 군대고 전대장은 너희 직속 상관이다. 나쁜 의도로 괴롭히는 건 아니니 좋게 받아들여라."

정비과장이 달랬다.

"그래도 너무 하는 거 아닙니까? 여러 대대장님 앞에서 그렇게 모욕을 주면 어떻게 참습니까?"

"그분 스타일이다. 스타일을 부하가 우예 바꾸겠노? 항대 통제실장, 네가 퇴근 전에 전대장실에 가서 사과해라. 너 하나 때문에 너뿐만 아니라 너희 대대, 아니 전 지휘관·참모까지 좋지 않은 영향이 온다."

맞는 말이었다. 전대장의 심기가 불편하다면 내 신상뿐 아니라 전대원 모두에게 두루 좋지 않은 영향이 미칠 것이다. 정비과장의 말을 듣고 오후 내내 고민했다. 달리 방법이 없었다. 다섯 시 퇴근 시간 직전에 전대장실에 들어가서 회의 중 무례했던 행동에 대해 사과했다. 전대장은 가타부타 말이 없었다. 아직 화가 덜 풀린 게다. 대답이야 어떻든 나는 한 번 더 죄송하다는 말을 하고 전대장실을 나섰다.

아무리 화가 나도 참아야 한다. 참는 자에게 복이 있으리란 말을 잘 안다. 그게 안 되니 문제다. 정비과장 말대로 그날 사과했으니 망정이지 그대로 넘어갔다면 어쩌면 내 군 생활은 얼마 뒤 끝장났을지도 모른다. 지금 돌이켜보니 전대장이 나를 화나게 했다기보다 그동안 쌓였던 불만을 터뜨린 듯하다. 스스로 정의감 넘치는 청년 장교라고 자부하였으나, 갈 길이 먼 미숙한 아이였다. 나이만 먹는다고 어른이 되는 건 아니다. 스스로 책임질 말과 행동을 하는 게 어른이다. 조자룡은 아직 성장을 위한 노력을 멈추어서는 안 된다.

촛불 시위

2002년은 열정과 격동의 해였다. 월드컵 4강의 열기가 채 식지 않아서일까, 국민은 그 어느 때보다 고무되어 있었다. 무언가 도전하고 싶은 욕망과 무슨 일이라도 해낼 것 같은 자신감이 넘쳐났다. 한국 시리즈 만년 패배 팀 삼성 라이온즈가 6차전에서 보여 준 기적 같은 이승엽의 동점 3점 홈런과 마해영의 끝내기 홈런이 그와 같은 열기를 더 부추겼다.

11월 30일 한 네티즌의 제안으로 광화문 광장에서 촛불 시위가 벌어졌다. 2002년 11월 30일 오후 6시, 서울 광화문 교보 빌딩 앞에는 40여 명의 시민이 촛불을 들고 사람들이 모이기를 기다렸다. 누구의 강요나 사전 약속도 없는 자발적인 모임이었다. 제안자조차 기대하지 않았지만 참여하는 시민이 차츰 늘어갔다. 마침내 만 명이 넘는 시민이 광화문 광장을 촛불의 바다로 물들였다. 한국의 촛불 시위는 이렇게 탄생했다.

발단은 2002년 11월 20일, 월드컵 기간 중 벌어졌던 미군 여중생 압사 사건 피의자의 무죄 판결 소식이었다. 2002년 6월 13일은 월드컵 조별 리그 3차전 포르투갈과의 경기 하루 전이었다. 경기도 양주군 광적면 효촌리 56번 지방도로에서 당시 조양중학교 2학년이던 신 양과 심 양이 훈련 중이던 미군 탱크에 압사당하는 사고가 벌어졌다. 이때는 전 국민이 월드컵 열기에 휩싸여 있던 때라 큰 관심을 끌지 못했고, 언론도 단신으로 처리하고 넘어갔다.

사고 당일 미 육군 제8군은 수습에 나섰다. 사령관이 직접 유감을 표명하고, 제2보병사단 참모장이 분향소를 직접 방문해 문상하였으며, 조의금과 보상금을 전달하였다.

6월 19일 이번 사고는 고의적이거나 악의적인 것이 아닌 비극적인 사고라는 한미 합동 조사 결과가 전해졌다. 이 발표에 일부 유가족이 반발하고, 사고 현장에서 가까운 의정부 일대에는 모자이크 처리하지 않은 사고 사진을 전시하는 일이 벌어졌다.

사실 누구라도 사고가 고의적인 범행이 아니라는 사실은 잘 알고 있었다. 동물은 이익을 추구한다. 이익은 생존과 번식이다. 사람도 마찬가지다. 사람의 행동은 거의 자신에게 이익이 되는 방향으로다. 여중생을 죽여서 미국이나 미군에 어떤 이익이 있을 것인가? 너무나 뻔한 사실이지만 누군가 이용하려는 사람이 있다면 상황은 전혀 달라진다.

1980년대 운동권은 주체사상으로 물든 친북 좌경이 초점이었다. 소련과 동유럽 공산주의가 몰락한 1990년대는 반체제 운동으로 전환되었다. 김대중 정권이 들어선 뒤 전교조와 노동운동이 인정되자, 운동권은 방향을 잃었다. 생명이든 조직이든 자연법칙은 마찬가지다. 일단 만들어지면 생존과 번식, 확장을 추구한다. 방향을 잃은 운동권은 반미를 꺼내 들었다.

반미 운동의 뿌리는 깊다. 그럴 수밖에 없는 것이 해방 이후 거의 모든 권력과 이익은 미국에 의존하는 판이었다. 권력과 이익에서 소외된 사람은 당연히 미국을 싫어할 수밖에 없는 구조다. 게다가 민주화 적기였던 1980년 서울의 봄을 뭉개버린 전두환 정권에 미국은 침묵하고 용인하였다. 미국으로서도 다른 나라 내정 간섭의 위험성을 잘 알기에 어쩔 수 없었는지는 몰라도 한국 국민은 크게 실망하였다.

김대중 정권의 국민의 정부가 들어서자 외교 안보 정책이 크게 바뀌었다. 이른바 햇볕 정책으로 북한을 개방으로 이끌어 남북 화해 협력의 시대를 열겠다는 구상이었다. 실제로 2000년 역사적인 남북정상회담과 6·15 남북공동선언문이 채택되었다. 국민은 금방이라도 남북한이 자주적인 평화 통일을 이룰 듯 기대에 부풀었다. 북한에 대한 적대감이 줄어드는 만큼, 사이에 낀 미국에 대한 반감은 치솟았다.

여기에 미국의 쇼트트랙 선수 아폴로 안톤 오노가 타는 장작에 기름을 끼얹었다. 2002 솔트레이크 동계 올림픽 쇼트트랙 1500미터 결승에서 선두로 달리던 김동성을 안쪽으로 추월하려다가 실패하자 마치 김동성이 반칙이라도 한 양 두 손을 번쩍 들어 올리는 몸짓을 했다. 솔트레이크는 미국 유타주의 주도다. 심판은 강대국 미국과 압도적으로 응원하는 관중을 의식하지 않을 수 없었으리라. 김동성은 1위로 골인했음에도 실격패하였고, 아폴로 안톤 오노는 금메달을 거머쥐었다.

국민은 분노하였다. 정부가 친북 성향으로 북한이 주적이라는 개념이 희미해진 데다 미국이 경제 발전과 안전 보장을 책임진 우방이라는 생각보다는 남과 북의 협력에 장애물처럼 인식하는 경향이 생겼다. 그런 마당에 안톤 오노가 파렴치한 할리우드 액션으로 금메달을 강탈해 가자 나라 전체가 안톤 오노와 미국에 대한 비난으로 들끓었다. 정부와 국민의 정서가 모처럼 하나가 된 것이다.

2002년 6월 29일 제2연평해전이 벌어졌다. 제1연평해전의 패전을 복수하기 위해 치밀하게 준비한 북한의 기습 공격으로 우리 경비함 참수리호가 침몰하고, 참수리호 정장 윤영하 대위를 포함하여 6명이 전사하는 비극이 발생했다. 이 사건도 월드컵 3위 결정전이 벌어지는 새벽에 발생하여 언론의 관심을 끌지 못하고 잊혔다. 미선·효순 양 사망 사고와 마찬가지였다. 미선·효선 압사 사고는 되살아났으나 연평해전 피해보상을 요구하는 대규모 국민 반발이나 촛불 시위는 일어나지 않았다.

사람은 보고 싶은 것만 보고, 듣고 싶은 것만 들으려고 할 뿐 아니라, 하고 싶어 하는 것만 하는 족속이다. 정부가 북한의 눈치를 살피며 피해 사실을 크게 보도하거나 트집 잡지 않고, 운동권과 언론이 정부에 동조하여 침묵하고, 다수 국민이 반발하지 않는 이상 피해자 유가족의 외침은 공허한 메아리다. 어떠한 반향도 없었다.

사람의 생명은 모두 소중하다. 여중생 두 명의 생명이 여섯 명의 군인 목숨보다 소중할 리 없다. 더구나 여중생의 사망은 의도하지 않은 사고다. 연평해전 전사자는 북한의 계획적인 공격에 의한 희생자다. 국가의 안전 보장을 위한 순국이다. 어떤 사실에 분노해야 하는가는 물어보지 않아도 뻔한 일이다. 북한은 흉악한 범죄를 저지르고도 남북 합의로 2002 부산 아시안게임에 소위 미녀 응원단을 내려 보냈다. 연평해전은 묻히고 매스컴은 미녀 응원단 보도에 열을 올렸다. 정부의 햇볕 정책을 지지하는 국민도 환호했다.

합동 조사 결과가 고의적인 살해가 아니라 과실 치사 정도라도 나와서 약간의 처벌이라도 받았으면 좀 나았을지도 모른다. 무죄라는 판결에 더해 한미행정협정 SOFA(Status Of Forces Agreement, 주둔군 지위에 관한 협정)의 불평등이 논란이 되었다. SOFA에는 미군에 의한 범죄가 발생하더라도 미군이 원한다면 한국에서 재판권을 포기해야 한다는 구절이 있다. 운동권에서는 이 문구가 불평등이라고 문제 삼았으나, 이는 우리나라뿐만 아니라 전 세계에 주둔한 미군에 적용하는 규칙이다. 우리나라의 해외 파병도 치외 법권을 인정받고 있다. 일반적인 규약을 악의적으로 선전 선동한 것이다.

이런 배경으로 촛불 시위가 발생했고 차츰 거세졌다. 전 국민 운동으로 확산하는 데는 막 태동한 인터넷이 큰 활약을 했다. 당시에는 인터넷 커뮤니티가 활성화하지 않았을 때다. 몇몇 선동자가 유언비어를 퍼뜨려도 그대로 확대 재생산되는 구조였다. 특정 운동권이나 정치세력이 퍼뜨린 가짜 뉴스는 그대로 사실로 받아들여졌다.

"우리 여중생을 살해한 미군에 대해 많이 퍼뜨려 주세요."

"장갑차 운전병이 중대장과 교신하느라 여중생을 못 봤다는 건 거짓말이다."

"충돌이나 추돌을 피하려고 조종간을 틀다가 사고가 났다는 것 역시 거짓말이다."

"미군이 폭주족마냥 과속해서 사고가 났다."

"도로 폭이 좁아서 사고가 났다는 말은 거짓말이다."

"사건 현장에 남겨진 살해 증거가 고의성을 뒷받침한다."

당시 인터넷에 떠돈 가짜 뉴스다. 지금이라면 아무도 믿지 않을 것이다. 국민 전체가 집단 흥분과 광기에 휩싸인 당시는 달랐다. 사실 여부를 냉정하게 판단하는 일 없이 그럴듯한 상황 설명을 곁들인 거짓 선전 선동에 부화뇌동했다. 촛불집회는 일파만파로 온 나라를 집어삼켰다. 반미 세력에 의해 촉발된 촛불 시위는 이후 특정 정치 세력이 심심하면 꺼내 드는 전가의 보도가 되었다. 촛불 시위는 사실에 바탕을 둔 항의가 아니라 국민 정서에 호소한 선동이다.

2002년은 월드컵으로 온 국민의 단합을 목격한 감격스러운 해다. 그 뜨거운 열기에 묻혔지만, 미군의 실수에 의한 여중생 미선·효순 양 사망 사고와 북한이 계획적으로 도발한 제2연평해전에 따른 참수리호 격침과 장병 6명의 전사라는 비극이 있었다. 두 사건 모두 있어서는 안 될 비극이고 전 국민이 분노할 일이었으나, 하나는 완전히 잊히고 다른 하나는 침소봉대되었다.

비극의 역사는 기록되고 기억해야 한다. 물론 복수하기 위함이 아니라 재발 방지를 위해서다. 불순한 의도를 가진 몇몇 사람에게 휘둘린 과거가 안타깝다. 한 번 걸어가면 길이 된다. 앞으로 또 어떤 집단이 걸핏하면 촛불 시위를 꺼내 들어 이익을 추구하려 할지 모른다. 일인 미디어의 발달로 사실과 허구를 구분하기 어려운 앞날에는 더욱 성행할 것이다. 점쟁이가 아닌 이상 일반 국민이 어떻게 가짜 뉴스를 구분할 것인가? 잘못 만들어진 길이 조국의 장래에 어떤 영향을 줄 것인가?

- 6권 끝 / 7권에 계속 -